おやごころ

畠中恵

文藝春秋

目次

登場人物相関図

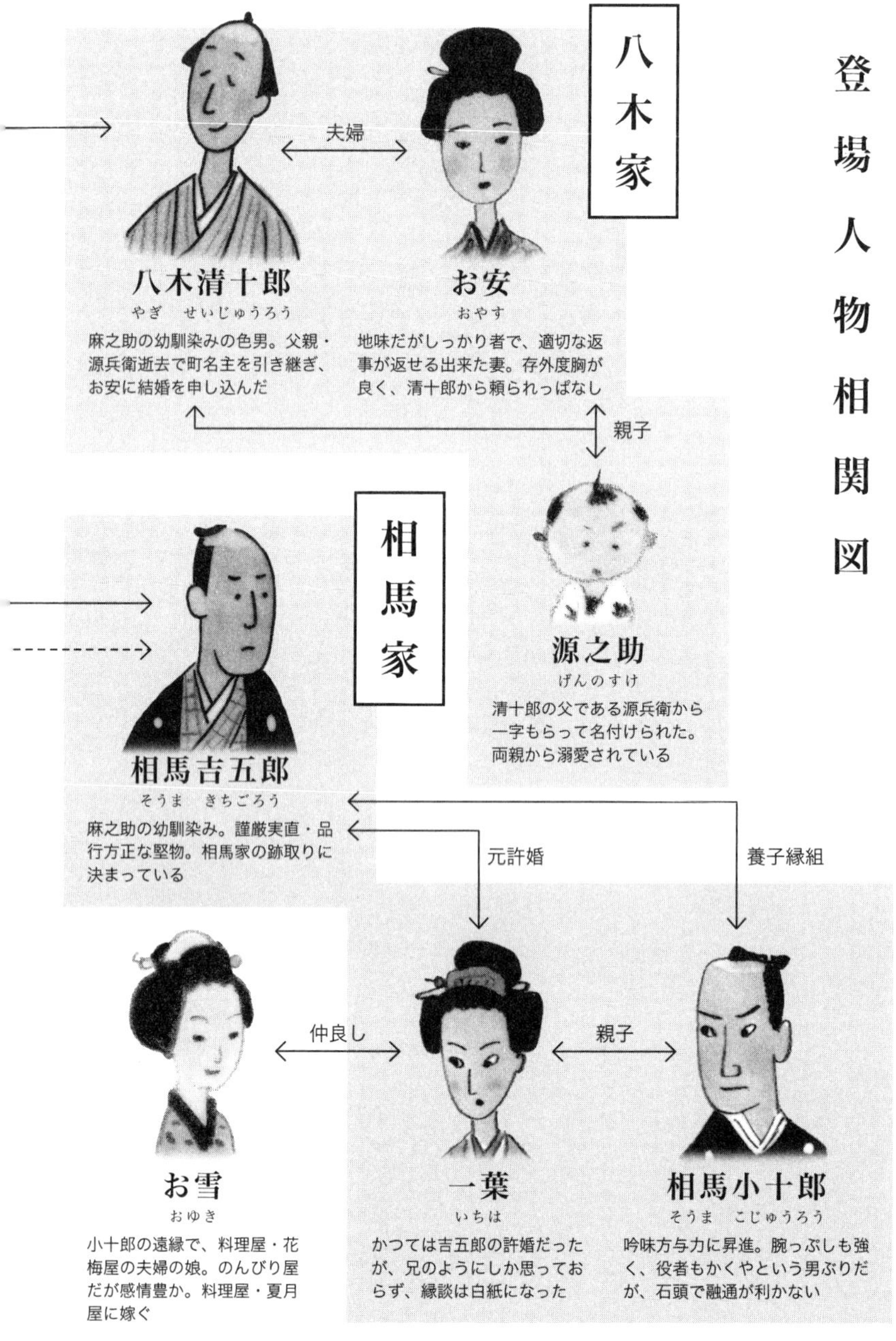
八木家
八木清十郎《やぎ せいじゅうろう》
麻之助の幼馴染みの色男。父親・源兵衛逝去で町名主を引き継ぎ、お安に結婚を申し込んだ
夫婦
お安《おやす》
地味だがしっかり者で、適切な返事が返せる出来た妻。存外度胸が良く、清十郎から頼られっぱなし
親子
源之助《げんのすけ》
清十郎の父である源兵衛から一字もらって名付けられた。両親から溺愛されている
相馬家
相馬吉五郎《そうま きちごろう》
麻之助の幼馴染み。謹厳実直・品行方正な堅物。相馬家の跡取りに決まっている
元許婚
養子縁組
仲良し
親子
お雪《おゆき》
小十郎の遠縁で、料理屋・花梅屋の夫婦の娘。のんびり屋だが感情豊か。料理屋・夏月屋に嫁ぐ
一葉《いちは》
かつては吉五郎の許婚だったが、兄のようにしか思っておらず、縁談は白紙になった
相馬小十郎《そうま こじゅうろう》
吟味方与力に昇進。腕っぷしも強く、役者もかくやという男ぶりだが、石頭で融通が利かない

高橋家

高橋宗右衛門《たかはし　そうえもん》

神田の町名主。玄関先で町中のさまざまな揉め事を裁定する

親子

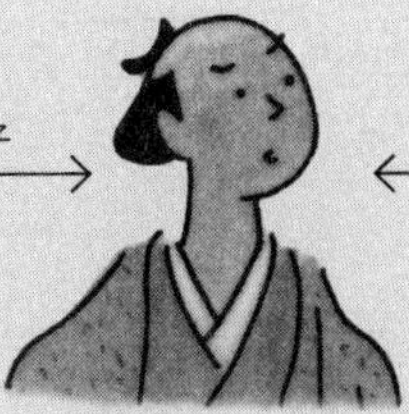

高橋麻之助《たかはし　あさのすけ》

神田町名主の跡取り息子。普段はお気楽者ながら、揉め事の解決には思いも寄らぬ閃きをみせる

夫婦（死別）

お寿ず《おすず》

琴は師範代、見目は紅朝顔のような女性だったが、お咲と名づけられた赤子に続いて自らも先立つ

夫婦

お和歌《おわか》

町名主・西森金吾の娘。麻之助と祝言をあげる。優しく気が利き、色々な考えを思いつく

悪友三人組

丸三《まるさん》

名高い高利貸し。借金がすぐ「丸っと三倍に」なる高利貸しだが、麻之助らを親友だと考えている

両国の貞《りょうごくのさだ》

両国界隈で若い衆を束ね、顔役のようないなせな男。吉五郎に男惚れし、勝手に義兄弟を名乗る

一目おいている

装丁・イラストレーション　南　伸坊
デザイン　城井文平

おやごころ

たのまれごと

一

神田にある古町名主《ふるまちなぬし》、高橋《たかはし》家の麻之助《あさのすけ》は、このところよく、首を傾げていた。

まず、気がついたら支配町が四町増え、嫁まで現れていた。

この分だと朝起きたら、仕事が倍になって、飼い猫が三匹に増えているかも知れない。そう口にしたところ、妻が笑い、友から難しい相談事が舞い込んで来た。

「言霊《ことだま》のせいだろうか」

麻之助は首を傾げ、悩むことになった。

次に妻のお和歌《わか》から、初めて品物をねだられ、買うと約束した後、また首を捻《ひね》った。その品は、妻の友達が欲しがっている、袋物だと分かったからだ。

（えっ？　それじゃお和歌へ買ったことに、ならないよぉ）

お和歌が嬉しそうにしていたので、そう口には出せない。ただ麻之助は腕組みをし、やっぱりしばし、悩んでいた。

更に、珍しくも悪友吉五郎《きちごろう》が、困り事と共に訪れた後、首を傾げた。友の手に余る困り事とは、やはりというか難物だったのだ。

吉五郎曰く、ある旗本の嫡男《ちゃくなん》が悪行に走り、家が潰れると、当主が悩んでいるという。

ところが、元定廻《じょうまわ》り同心見習いで、調べ事に慣れている吉五郎が探っても、嫡男の悪行が、見当たらなかったのだ。

「はて、悪さをしていない御仁《ごじん》が、どうやって家を滅ぼすんだ？」

悩んだが、疑問があっさり解決することはなかった。

二

高橋家の屋敷へ、久方ぶりに友の吉五郎が顔を見せたのは、晴れ渡った日の、昼前の事だ。

吉五郎は義父、相馬《そうま》小十郎《こじゅうろう》が吟味《ぎんみ》方与力《かたよりき》になった後、己も新たなお役を身につける為、忙しい日々を送っていた。

「元気そうで何よりだ。定廻りのお役を務めてた時は、町で行き会う事もあったのに。最近はそうもいかないから、ちょいと不便だね」

麻之助は笑うと、友を庭から部屋へ招き入れ、せんべいの入った木鉢を、側に置く。そして茶を淹《い》れつつ、友へ目を向けた。

麻之助と吉五郎、それに、町名主である八木清十郎《やぎせいじゅうろう》は、幼なじみであり悪友でもある。お互い、大概《たいがい》のことは承知している間柄で、こうして会えば、何ともほっとした。

よって、今は本当に暇がない時だと、承知してもいた。友が昼前から現れた事が、かなり不思議であったのだ。

(さて、急ぎの用でも出来たかな)

丁度、嫁のお和歌の所へは、里方の近くから友が来ており、猫のふにには、客へ出される饅頭目当てに、そちらへ行っている。麻之助が、話は余人の居ない、今のうちに聞くよと言うと、火鉢の向こうで、吉五郎が驚いた顔になる。

「ああ、見抜かれたか」

直《す》ぐに頷《うなず》くと、この件は麻之助だけが承知しておいてくれと、最初に言ってきた。

「困りごとを抱えているのだが、旗本がらみの話なのだ。余所《よそ》へ知られるのはまずくてな」

「ほいさ、何でも言っとくれ」

「実は一葉《いちは》さんが、引き受けている玄関の対応で、上手くいかず泣いてしまった」

早々に何とかしたいというので、麻之助が目をしばたたかせる。

「吉五郎、あの一葉さんが泣くとは、珍しいよね」

一葉は吉五郎の義父、小十郎の娘だ。まだ子供のような歳だが、大層しっかりしてきたと聞いていたのだ。

「当主が、吟味方与力のお役目を仰《おお》せつかると、身内のおなごも屋敷で忙しくなる。その話は以前、麻之助へも伝えたよな？」

「ああ。八丁堀で、与力への頼み事を抱えた客と対応するのは、家のご婦人方だという話だったね」

与力宅では、おなごが客前に出た方が、話を聞くにせよ、断るにせよ、柔らかく応対出来る。八丁堀では前々から、そう言われているのだ。よって妻などが玄関で、頼み事を抱えた客を、迎える習わしになっていた。

しかし相馬家では、小十郎の妻は亡くなっていたし、吉五郎はまだ妻帯していない。よって客を迎えるのは、一人娘、一葉の役目と決まっていた。

「相馬家には三人しかいないのだから、仕方がない。一葉さんも一所懸命、毎日務めてくれている。だがな」

しっかりしているとはいえ、頼み事を抱えた武家の客をさばくには、一葉では若すぎる。母親が生きていれば、一葉の歳で客を迎えることなど、まずないのだ。玄関で、頼みを断る事もある役目は、大変であった。

「おまけに、自分が長く屋敷を空けると、相馬家が困ると言ってな。一葉さんは、習い事や付き合いすら控えぎみだ」

小十郎がお役に馴染むにつれ、屋敷を訪ねてくる客人は増えているという。よって小十郎と吉五郎は、苦労を掛けている一葉が、何かしくじりごとをしても、それは己達が負うべき事だと、腹をくくっているのだ。

麻之助は眉尻を下げ、柔らかく問うた。

「一葉さん、断りきれなかったか。客人の困った願い事を、引き受けちまったんだね」

そしてその件は、きっと、大層手間の掛かることに違いなかった。勤めに追われている相馬家の二人は、頭を抱えてしまい、友の顔を思い出したのだろう。

簡単に、仕事を押っつけてくる友ではないと、麻之助は承知している。だからあっさり頷くと、笑った。

「ほい、じゃあ、この麻之助が力を貸すから、安心しな。あん？　まだ用件を聞いてないのに、承知して大丈夫かって？　断ることはないから、先に頷いておくのが悪友ってもんだ」

途端、吉五郎が大きく息を吐いたので、本当に困っていたのだと分かる。

「実はな、一葉さんは今回、羽山隆信《はやまたかのぶ》という百五十石の旗本から、挨拶を受けた」

だが客の話は分かりにくく、一葉は玄関で首を傾げたらしい。更に、差し出された菓子が重いのに驚き、受け取るのを断ったという。

「しかし羽山殿は、強引に手土産を玄関に置いて、帰ってしまったのだ。慌てて風呂敷包みを開けてみたら、菓子箱には饅頭と、刀代と書かれた金子《きんす》、切り餅一つ、それに相談事の書き付けが入っていた」

武器、武具の類は、武士が受け取っても構わない物であり、金の形で差し出されても、賄賂《わいろ》とはされない。よって今回貰った金で、相馬家が困ることはないという。

だが……そう言ってから、吉五郎が言葉に詰まると、麻之助が頷く。羽山は二十五両分の銀を、菓子と一緒に差し出してきた。もちろん、相談事があるからに違いなかった。

「麻之助、問題はそこなのだ。吟味方与力へ、わざわざ大枚を差し出したというのに、羽山殿は、もみ消して欲しい件や、勝ちたい争いごとなど、書き付けへ一つも示していなかった」

「はて？　吉五郎、じゃあお旗本は何で、金を贈ってきたんだい？」

「羽山殿には、確かに心配事はある。跡取りであるご長男に、悪い噂があるんだとか」

書き付けには、長男周太郎《しゅうたろう》が酔って堀に落ちたとか、このままでは家名に傷が付くとか、家を傾けかねぬとか、心配事が書き連ねてあった。そして、それ以上の言葉は無かったというので、麻之助は眉根を寄せる。

「何だ、そりゃ。うちのおとっつぁんが、私のことを愚痴るような悩みを、ただ書いて寄越したって言うのかい？」

そんな言葉を届けられても、町奉行の与力に、何か出来る筈もない。しかも悩みを持ち込んだ先が、切れ者として知られる相馬小十郎というのが、更に分からない。

「私だったら怖い小十郎様に、愚痴みたいな悩みを押っつけるなんて、ご免だけど」

勿論昼間、与力の屋敷へ顔を出せば、顔を見せてくるのはご婦人だと、羽山は分かっていたに違いない。だが、悩み事と金を届ければ、小十郎自身が旗本屋敷へ顔を見せても、おかしくはないのだ。

吉五郎も頷き、声を潜めると、更なる謎を告げてきた。

「一葉さんは、親が困るような、妙な頼み事を引き受けて申し訳ないと、夕餉《ゆうげ》の時、泣き出してしまった。仕事の都合で、直ぐには動けぬ義父上《ちちうえ》に代わり、まずは私が昨日、一日動いてみたのだ」

羽山が息子のことを、案じているのは間違いない。吉五郎は羽山周太郎の周囲を、探りにかかった。

「書いてあったように悪行が見つかったなら、内々に、がつんと言い聞かせ、事を終わらせる気だった。羽山殿も納得し、一件を終わりに出来るだろうと考えたのだ」

吉五郎はつい先日まで、定廻り同心の見習いとして、日々、江戸の町を回っていた。物事を探ることにかけては玄人であり、今の、吟味方の勤めよりも慣れている。羽山家は百五十石の小普《こぶ》請組《しんぐみ》だと、早々に摑《つか》んでいた。

ところが、だ。

「たまたまなのか、日が悪かったのか、周太郎殿の悪行、さっぱり何も摑めなかった」

「おや、ま」

吉五郎は朝から、お城の北側にある羽山家の屋敷へ向かい、人の出入りを窺《うかが》っていたらしい。すると周太郎は、昼前には屋敷から出かけたという。

「これは、遊びにでも出たのかと思い、跡を追ったのだ。だが」

「違ったのか?」

「周太郎殿は、ある旗本が、屋敷の一隅で貸している、瀟洒《しょうしゃ》な家へ入った」

吉五郎は、賭博でもやりにいったのかと、急ぎ、その家の辺りで聞き込んだ。するとその家は、思わぬ者の家だと分かった。

「そこは狩野《かのう》派の絵師、雪山《せつざん》とかいう御仁の家であった。聞けば周太郎殿は、絵を習っておられたのだ」

絵や茶道、歌道などは、武家男子のたしなみとして、習う者も多い。周太郎が励んでも、親が案ずるようなものではなかった。

「しかも雪山殿のお身内には、奥絵師もおられるとか。立派なお血筋の師匠であった」

「おやおや」

周太郎は、半時ほどで師の家を出た後、帰宅する前に、綺麗な茶屋娘のいる茶屋で一服し、絵草紙屋で浮世絵を見ていたという。

「周太郎様は絵草紙屋で、きわどい春画でも見てたのかしらん。ありゃ違うのかい、店で手にしたのは、ただの美人画とな」

吉五郎は、よく顔を出すという絵草紙屋で、周太郎の評判を聞いてみたのだ。すると、絵を描くことには熱心だと、皆が口を揃えた。

道端で雀をずっと写していたり、雨の中で描いていたのか、ずぶ濡れでいたり、変わってはいる。しかし画を学ぶ者は似たようなものだと言われ、吉五郎は頭を抱えたのだ。

麻之助の眉尻が下がった。

「吉五郎の言った通り、何か変だ。たまたま昨日は、周太郎様、何もしなかった日だったのかね」

悪行を為すと言っても、まだ若隠居に追い込まれてはいない。毎日律儀に、馬鹿を重ねてはいないのかも知れないが、麻之助の眉間で、皺が深くなる。

「だけどさ、真っ当な習い事の傍らで、済ませてる程度の悪行なら、多分、大したことはないよな。親が怒っても聞かないなら、絵の師に、叱って頂くことも出来るだろう」

なのにどうして羽山は早々に、奉行所の与力、小十郎を頼ったのか。羽山家の話はどうも、不思議な気がするのだ。

「周太郎様は余程、とんでもないことをやっているのかねえ。いや、ここで話してても、分かる事じゃないか」

麻之助の言葉に、吉五郎も頷く。

「とにかく、もっとじっくり調べてみないと、駄目だろう」

ただ相馬家の二人には、今、そんな暇は作れないのだ。事情を飲み込んで、麻之助が頷いた。

「委細承知した。時が掛かって困ったら、清十郎にも手を貸してもらうよ。だからこの件は任せておきな」

麻之助が、珍しくも頼りになる言葉を口にすると、吉五郎は深く頭を下げた後、早々に帰っていった。麻之助は、早めに動いた方が良さそうだと、自分も出かける支度をした後、ちょいと眉尻を下げる。

「吉五郎は今日も忙しそうだ。たまに会ったんだから、昼間だが一杯飲もうって話には……ならないよね。一葉さんの泣きべそを、何とかするのが先だもの」

ただ何だか少し、寂しい気もしたのだ。そういう歳になってきたのだと、親から言われもしないのに、分かるのが寂しい。守る者がいる者は、自分自身に、多少おぼつかなさを感じていても、ぐっと両の足を踏ん張るのみであった。

「うん、頑張ろう」

自分に言い聞かせたところ、側に猫が現れ、ふにぃと鳴いている。

「とにかく引き受けたんだ。動かなきゃ」

だが今は前のように、気軽に屋敷を離れる事など出来ない。麻之助が仕事を放り出して消えると、妻のお和歌が亭主の行方を聞かれ、困ってしまうからだ。

よって立派な亭主は、よんどころない事情で、しばし屋敷を留守にすると、まずは親へ告げ、溜息をつかれた。もっとも用は、生真面目な吉五郎への助力であったから、宗右衛門《そうえもん》は直ぐに他出を承知してくれた。

「相馬家におなごは一人きりだから、一葉さんは大変だ。麻之助で力になれるなら、頑張ってきなさい」

そして次に、友、お駒《こま》との話に夢中の妻へ、邪魔になるとは思ったが、声をかける。挨拶をしてから、妻へ他出を告げたのだ。

「お駒さん、ゆっくりしてって下さいね。お和歌、ちょいと用が出来ちまったんで、留守にするよ。誰ぞが玄関へ来たら、お和歌が相手を頼まれるかも知れないけど、堪忍だ」

土産を買うよと伝えると、お和歌がさっと顔を上げた。そして、もし買えたらで良いからと、珍しくも頼み事をしてきたのだ。

「おや、袋物が欲しいのかい？　ああ、見つけたら買ってくるよ」

甘い亭主として、直ぐに承知した。これから毎日、忙しく歩き回ることになるだろうから、屋敷に残る妻とは是非、仲良くしておきたいのだ。

ところが、ここで思わぬことが起きた。お和歌の友お駒が、その袋物について、麻之助へ話を向けてきたのだ。

「あの麻之助さん。袋物ですが、福松屋《ふくまつや》さんの品でお願いします」

もちろん柄は、半四郎《はんしろう》柄でという。

「はてお和歌、何か、特別な柄なのかな？」

すると返事をしたのは、今度もお駒であった。手に入れたいのは特別な品だと、続けてきたのだ。

「人気役者の岩井《いわい》半四郎様、ご存じですよね？　福松屋さんは、半四郎様が芝居で着た着物と、同じ柄の袋物を売り出してるんです。あの店じゃないと、手に入らないんですよ！」

だからお駒はもう三度も、福松屋へ行っているという。なのに目当ての袋は、いつも売り切れらしい。

「袋は一度に、多くは作れないとか。だから、いつ売りに出るか、分からないんです」

取り置きは頼めず、福松屋へ通わないと買えないので、却《かえ》って人気が高まっているらしい。しかしお駒の家は結構離れており、まめに袋物屋へ顔を出すのは、無理なのだ。

「本当に困ってたんです。だからお和歌ちゃんに、是非力を貸してってお願いしたの。ご亭主が、代わりに買って下さるって聞いて、本当に嬉しいわ」

「ありゃ？　袋物を欲しがってたのは、お駒さんだったのか」

妻を喜ばせるつもりが、いつの間にか話は、その友へ渡す、土産の話に化けていたのだ。しかも。

（人気の袋を手に入れるとしたら、私も、袋物屋へ通わなきゃならないようだ）

吉五郎からの頼まれ事で忙しくなりそうな時、妻、お和歌の友の用で引き回されるのは、ちと大変であった。

だが……。吉五郎の頼み事は引き受けるのに、妻の願いを聞かないのは、何だか情がない気もした。麻之助はどうにも、断りにくくなってしまったのだ。

（ああ、一葉さんも、羽山様の頼みを断り損ねてるし。頼み事って、悩ましい代物だね）

気がつくと袋物を買う件も、麻之助は引き受ける事になっていた。

三

高橋家を出ると、麻之助は、武家屋敷が集まっている西へ足を向けた。

神田は隅田川に近い東に町家が広がり、西寄りの武家地と隣り合っている。だからか、道では町人だけでなく、武家の姿も多く見かけ、賑やかであった。江戸に居るものの半分は、武家だと言われているゆえ、こんなものだろうとは思う。

しかし、かくも多く武家がいても、跡取り息子が実際、家を傾けたという話を、麻之助はまだ、耳にしたことがなかった。

「今時、お武家が家を傾けるとしたら、何をやらかした時かしらん」

勿論、人を殺《あや》めれば、お家は存亡の危機を迎えるだろう。

（だけど吉五郎は、人が殺されたとは言ってなかったよね？）

今回、どんな悪行があったにせよ、それは人殺しではない。

多分、博打《ばくち》の胴元になっていたとか、火付けをしたという話でもない気がする。もしそんな悪行をしていたら、羽山ははっきり事を告げ、相馬家へ縋《すが》り付いた筈なのだ。

「ならば周太郎様は、ご立派な師に絵を習いつつ、何をやったんだ？」

道をほてほてと歩きつつ、麻之助は唇を尖らせる。

「ああ、分からないねえ。ちっとも頭が、働いてくれない。こりゃきっと、遊び足りていないせいだね」

近頃麻之助は、生真面目に働き過ぎている気がするのだ。何しろ妻を迎えたし、支配町は増えたしで、気軽に出歩く間がない。

「楽しんでないから、頭の中が止まってるのかな。うん、もっと出かけて、両国で見世物を見たりしたら、頭も働く気がするよ」

そうつぶやき、道に並ぶ店へ目を向けた時、麻之助の足は止まってしまった。そして一寸《いっすん》の後、慌てて店へ駆け寄る事になった。

「いけない、あっさり忘れてた。滅多に買えない袋物を、頼まれてたんだっけ」

同じ支配町にあるため、目当ての袋物屋、福松屋前を通りかかったのは、幸運だった。しかし麻之助の頭は、本当に止まっていたのかも知れない。暖簾《のれん》をくぐった後、顔を向けてきた奉公人へ、思い切り間抜けなことを口にしたのだ。

「あの、袋物をお願いしたいんだけど」

袋物屋で、ただ袋物を買いたいと言ったのだから、思わず顔が赤くなる。ところが驚いたことに、これで話が通じてしまった。

「お客様、売り切れです。またおいで下さい」

「……あのぉ」

さすがに魂消《たまげ》、麻之助は店の上がり端《はな》で、立ちすくんでしまった。すると衝立《ついたて》に飾られた、煙草入れを見ていた客が笑い出した。

「兄さん、注文の仕方が他とは違うから、手代さんには答えが分かったのさ。ただ袋物が欲しいって言う客は、大概、人気役者岩井半四郎柄の袋物を、買いに来たお人なんだ」

そういう者達は、袋物の種類にはこだわらず、布の柄を気にする。よって手代は、今のような返事をしたのだ。

「岩井半四郎柄の袋物は、驚く程、人気があって、直ぐ売り切れるみたいだ。兄さん、なかなか買えないよぉ」

すると、その横にいた別の客が、驚くような話を付け足してきた。半四郎柄の袋物は、大概売り切れており、今は衝立に掛けられている、見本しかない。

だが、事と次第によっては、目の前にあるその見本が、外されるのだそうだ。

「兄さんが、余程気前よく払えば、あっさり買えるかもな。商売だからね、高く買ってくれるお人には、店も売ろうって気になるのさ」

半四郎柄の袋物を欲しがる客は、福松屋が丹精込めた品の作りなど、見もしないという。だから見本の作りを褒め、高値を付けてくれる者へ、売りたくなる気持ちも分かると、客達が頷いている。

「あたしだって、うちの小簞笥に、十倍払ってくれるお客がいたら、そっちへ売るな」

だが、袋物に十倍も金を払う程、麻之助の小遣いは余っていない。仕方なく、また覗きに来ると言い置いて、一旦福松屋から表へ出た。

「やれ、お和歌の友がうちへ来てまで、袋物を欲しがったのは、このせいか。半四郎柄の品は、本当に買えないみたいだ」

とにかく気を取り直し、吉五郎の心配事を片付ける為、また西へと向かった。するとじき、武家屋敷の塀が見えてくる。

吉五郎によると羽山家は、余り大きくない大名と、旗本などの屋敷が集まっている辺りの、神田川近くにあるとのことだった。しかし、家名が門に出ている訳もないから、小さな旗本が集まる辺りは、大層分かりづらい。麻之助は早々に迷い、武家が詰めている辻番を見つけ、顔を出すことになった。

しかし辻番にいた武家は、道案内ではないと言い、顔を顰《しか》め、屋敷の場所を教えてくれない。だが少しして、表から声が聞こえてきた途端、武家は口の端を引き上げた。そして開いた戸の向こうへ目をやると、麻之助へ、道の先にいる姿を指してきたのだ。

三人ほどの者が、何やら揉めている様子が見えた。

「お主は運が良いようだ。あそこにいる若い男は、確か旗本羽山家の者だぞ」

「何と。本当にありがとうございました。助かりました」

深く頭を下げると、武家が満足げに頷いたので、表へ飛び出る。塀の前で言い合っていたのは、すっきりとした見た目の若者と、若い娘御で、連れの男が止めかねている。

「おや、あの杖を持ったお連れ、目が悪いみたいだ」

だが按摩《あんま》ではない様子で、遠目にも分かる程、良い身なりをしている。娘の振り袖も華やかだと思った時、麻之助は驚いて、目を皿のようにしてしまった。

「おや娘さん、半四郎柄の巾着を持ってる。あの小さな袋、そうだろう」

しかも側にいる杖の男も、同じ柄の胴乱《どうらん》を身につけていたのだ。いやよく見れば、羽山家の若者も、流行の柄の煙草入れを腰に下げているではないか。

「魂消た。どうやって手に入れたんだ？」

今は旗本でも、借金を抱えた家も多いと聞く。そんな中、小普請組の小旗本が金に糸目を付けず、流行り物を買うとも思えなかった。つまり。

（金を出したのは、あの身なりの良い杖の男かな。目が悪い上、金持ちとなると、座頭金《ざとうがね》を扱う高利貸しかもしれないね。娘さんの父親みたいだ）

幕府も認めた、盲目の者の金貸し業で、高利だから、相当な蓄財をする者も多いという噂であった。娘は目が悪い様子もなく、若者と何か言い合っている。遠目だが、まるで泣くような仕草をしたようにも思えた。

しかし相手の袖を摑み、身を寄せて語る二人からは、何やら近しいものも感じられる。

（おや、あの娘さん、羽山家の若君を、恋しく思っているのかしらん）

町人の娘だろうから身分は違うが、親が持参金を積める者なら、嫁入りの手立てはある。つまり先々縁組みする気だから、若君と親子は辻番の目も憚《はばか》らず、屋敷近くを、連れだって歩いているように思えた。

すると麻之助は、辻番近くの道で、また大きく首を傾げた。

（あ、れれ？　そういう話があるなら、羽山のお殿様は、今、何に困ってるんだ？　何で相馬家へ二十五両も持って行って、悪い噂があるなんて、若君の愚痴を言ったんだ？）

大きな声では言えないが、借金を重ねたあげく、旗本という立場を売る者すら、この世にはいると聞く。

旗本より、もっと軽い身分である御家人ならば、表向きは養子縁組の形を取って、家を売り渡しても驚かれることもない。御家人株は幾らなどと、値段まで世に伝わっているのだ。

（息子が、金持ちの妻を得られるとしたら、悪行を為したどころじゃない。お家存続のため、手

柄を立てたことになる筈だ。なのに何で父親が、家を傾けかねぬと言うんだろ）

麻之助は唸《うな》ると、もう一度三人へ目を向けてみたが、気がつくと揉めていた一行は、道から消えていた。まだ近くには居る筈で、急ぎ辺りを探せば、三人を見つけることは出来るかも知れない。

だが、追いついて何をしたらいいのかが、分からなかった。

「羽山の殿様は、何に困って相馬家へ行ったんだろ。こんなに分からないとは思わなかった」

声に出してみたところ、先程のお武家が辻番から出てきて、まだ居るのかと、渋い顔で麻之助を見てくる。慌てて歩き出したが、溜息が三つばかり漏れ出てきてしまった。

四

頭を抱えた麻之助は、とにかく羽山家の噂を、武家地で拾ってみる事にした。

もっとも武家地というのは、一つの町がすっぽり入るほど広い屋敷の敷地が、道の両側に、延々と続いていたりする所だ。そして、ちょいと話を聞こうにも、店はないし、行き交う者も少ない。

「つまり聞き込みをするには、ほんと、向いていない場所だよな」

だが、それでも多くが暮らしている所に、商人はいる。麻之助はそういう、武家屋敷出入りの姿を見つけては、何とか羽山家の話を聞き出していったのだ。

すると、話は集まってきたが、いっそう悩むことになった。

旗本の羽山家？　さてこの辺りは、小さなお旗本が多い故、存じませんな。

ああ、見目良き若君に、嫁御が決まったというお旗本だ。きっと、そこですね。

存じております。若君の外出を、殿が心配されていると聞きましたが。

ここしばらく、羽山家のご当主は、渋い顔をされているとか。

羽山のご当主、散財が多くなったようだが、大丈夫なのか？　草履《ぞうり》や羽織を、新しきものにしたとか言うぞ。

帯を買い、草履を買ったのは、奥様の方だと聞きましたよ。

若殿は喧嘩でもしたのか？　晴れた日にずぶ濡れで、道を歩いていた。

若は、奥様の自慢だ。

麻之助は道ばたで、天に向かってうめく事になった。

「何だか、話が奇妙に、ねじれてるぞ。ううむっ、吉五郎から聞いた時より、もっと事情が分からなくなっちまった」

いよいよ困って、麻之助は神田へ足を向けた。高橋家へ戻るのではなく、同じ町名主の、八木家を訪ねることにしたのだ。

ところが八木家の表で、行きあった手代に喜ばれ、まず戸惑った。玄関へ向かったところ、友は何と、皆から清十郎以上に頼られている妻、お安《やす》に叱られていた。

「清十郎、今日はどうしたんだい」

土間から明るく声を掛けてみると、八畳間で揉めていた夫婦が、揃って顔を麻之助へ向けてくる。すると麻之助はここで、更に驚くことになった。清十郎が何と、あの福松屋の、半四郎柄の袋物を身につけていたのだ。

「ありゃ、何でその柄の煙草入れを、清十郎が持ってるんだい？　福松屋に通って、並んで買ったのかな。何時《なんどき》なら買えたか、教えちゃもらえないか」

思わず言ったところ、清十郎が天井へ目を向け、お安が深く頷いた。お安は麻之助を、亭主の側へと招くと、きちんと茶を出してくれてから、亭主へまた厳しい目を向ける。

「お前さん、麻之助さんが、芝居に詳しいとは聞いてません。でもその麻之助さんでも、半四郎柄の事は、承知しておいでじゃないですか」

「ええと、お安さん。私は何か、いけないこと、言っちまいましたかね」

怒った顔のお安を見て、麻之助はおずおずと問うてみる。するとお安は、亭主へ小言を向けていた訳を語り出した。

「麻之助さん、聞いて下さいな。見て直ぐ、話題の煙草入れと分かったんですから、どういう品か承知ですよね。ええ、人気役者、岩井半四郎柄の袋物です」

半四郎の人気は素晴らしく、着物と同じ柄の袋物が出ると、欲しがる者が多く現れた。

「今は福松屋へ通っても、買えないって聞いてます」

ところが先日、清十郎が、その貴重な半四郎柄の煙草入れを、身につけていたのだ。お安が、いつの間に買ったのかと問うたところ、清十郎は何と、八木家へ裁定に来ていた者から、譲ってもらったと言ったらしい。

「相手のお人は、町内の湯屋で揉めた、二人の内の、片方なんです」

まだ話し合いは付いておらず、裁定も終わっていない。

「そんな相手から、品物を受け取るのはまずいって、亭主へ言ったんですよ。半四郎柄の煙草入れは、返して下さいって」

ところが清十郎が承知と言わなかったので、珍しくも言い合いになった。そこへ、麻之助が顔を見せたというわけだ。

麻之助は、溜息と共に友を見た。

「清十郎、裁定してる御仁から、もらい物をするのはまずいよぅ。うちのおとっつぁんに知れたら、町名主が何してるんだって、拳固《げんこ》が降ってくるよ」

そして、いかに清十郎が喧嘩に強くとも、そういう拳固からは、逃れてはいけないのだ。恐ろしいことだと、麻之助は腕組みをしつつ頷く。

すると長年の悪友は、柱の前から、慌てて言い訳をしてきた。

「さっきお安にも言ったんだ。この煙草入れは、貰ったんじゃないって。確かに今、喧嘩の裁定をしてる、ある店主の持ち物だったよ。けど、あたしのと取り替えたんだ」

「取り替えた？」

「喧嘩した両方から話を聞いてたけど、食い違うばかりで、うんざりしてね。一休みして、とりとめもない話をしてたら、煙草入れの話になった」

その時、相手に見せて貰った煙草入れの柄が、面白かった。金唐革紙《きんからかわかみ》とか、革の凝《こ》った品ではなく、布製のあっさりした品だった。清十郎には、手軽な煙草入れに思えたのだ。

それで、どこで買ったのか聞いたところ、清十郎の煙草入れと、取り替えてもいいと言われたので、気軽に中身ごと替えたという。

「そうしたら後でお安が、返さなきゃ駄目だと言い出して」

納得いかない顔の友へ、麻之助はお安が正しい訳を、玄関で告げる。要するに、値段の問題なのだ。

「今、聞いただろ？　その煙草入れ、半四郎柄とかで、芝居好きには大層人気なんだ」

麻之助も、妻からその袋物を一つ頼まれているが、まだ手に入れていない。福松屋にいた馴染み客から、直ぐに買いたいなら、見本を十倍の値で買うしかないと言われたからだ。

「じゅ、十倍？」

「清十郎、お前さんに煙草入れを譲った御仁は、この品が人気のものだって、よぅく承知してると思うよ。清十郎を味方に出来たって、今頃湯屋の二階で、余分な事言ってるかもしれない」

「………」

だからお安が言ったように、煙草入れは戻すべきなのだ。いつもであれば、とっくに自分で事を見通し、始末しているだろうにどうしたと、麻之助は友を見る。

「清十郎、その煙草入れ、早めに返すんだな。で、見た時は気がつかなかったが、後で随分高い品だと分かった。だから町名主として返させて貰うって、交換した相手へ言うんだね」

清十郎が毅然《きぜん》とした態度を取れば、運が良ければ裁定中の喧嘩も、その時収まると麻之助は続ける。町名主がびしりとした姿勢をみせれば、支配町内の文句は減っていくものだと、宗右衛門は言っているのだ。

ただ宗右衛門によると、麻之助は、そういう時に必要な威厳が、情けないほど少ないのだそうだ。

「やれ、我らの仕事は、大変だよね」

笑い掛けると、清十郎はふっと息を吐き、総身から力を抜いた。そして早々に、相手が居るだろう湯屋へ、行くと言い出した。

「湯屋の二階で煙草入れを返すと、目立って、大勢からあれこれ言われるかもな。けど、あたし自身が皆へ、いきさつを語れる。だから、話が妙なものに化けることは避けられるはずだ」

お安がほっとした顔になり、麻之助へ笑みを向けてきた。

「麻之助さん、ありがとうございました。それでうちに、何かご用だったんですか?」

麻之助は一寸の後、己の深き悩みを思い出し、苦笑いを浮かべた。そして、悪友が湯屋へ消える前にと、大急ぎで羽山家の謎を玄関で語ったのだ。

「どうにも、訳が分からないんですよ」

羽山家の若様は、良き相手を見つけたように思える。なのに父の羽山は、大いに困っているからと、相馬家の屋敷を訪ねていた。

「どうして羽山殿は相馬家へ、息子の良くない話を伝えたんだろう。大枚を、与力へ差し出した訳は、何なんだ?」

日々使う草履や羽織を買った途端、商人から、急に羽振りが良くなったと言われる羽山家なのだ。

「間違いなく金はない。なのに二十五両出した事情を、思いつかないんだ」

麻之助は切々と、八木家の夫婦へ訴えた。

するとだ。清十郎はお安と顔を見合わせた後、何故だか笑い出した。そして、いつもの麻之助であれば、とうに事情を思いついている筈だと、麻之助が言った言葉を返してくる。

「己が関わると、見えなくなることもあるもんだ。お安、得心したよ」

「そうですよねえ。麻之助さん、見落としておいでですよ」

「はて、何を、です?」

すると清十郎が、麻之助が語った言葉を、繰り返してきた。

「羽山様は、相馬家へ渡した書き付けに、跡取りである長男に、悪い噂があると書いたんだろう?」

長男の素行が悪く、このままでは家名に傷が付いたり、家を傾けかねないと、羽山は考えたのだ。

「長男と、わざわざ書いてあったんだ。次男がいるのかもな」

「へっ?」

「例えば高橋家の息子は、一人きりだ。宗右衛門さんは麻之助のことを、長男とは言わなかろう? 息子が、とか、話すはずだ」

「そうか、そうだよね」

この話も、とうに考えついても良さそうなことで、麻之助は抜かったと言って頭を掻《か》く。ということは、もしかして。

「私が出会った羽山様の若君は、ご次男の方か」

裕福そうな親子と連れ立っていた、すっきりとした見た目の若君は、探していた若君ではなかった。そして良縁は、跡取りではない弟の方へ訪れていたのだ。

「なるほど。羽山の殿は、問題を抱えていそうだ」

出来れば清十郎と、羽山家の兄弟について語りたかったが、清十郎はこの後、煙草入れを返しに、急ぎ湯屋へ向かわなくてはならない。それで麻之助は、早々に八木家から出たが、悪友に会ったおかげで事は進み出した。

「さて、私はこの後、どう動いたら良いのかしらん。今度こそ、大間抜けはしないようにしなきゃね」

麻之助は首を傾げつつ、ほてほてと自分の屋敷へ足を進めた。途中、少し回り道をして、福松屋へ寄ってみたが、またしても半四郎柄の袋物は売り切れていて、手に入れる事はできなかった。

五

麻之助は子供の頃から、武道を習ってきた。道場へ行ったおかげで、町名主としては無駄に強くなった上、吉五郎や清十郎という生涯の友を、得ることが出来たのだ。

勿論、読み書き算盤は身につけたし、並の腕だが三味線も弾ける。本を読むのも好きなら、川柳や地口《じぐち》なども面白がって、たまに作ることがあった。帯に引っかけて使う、根付《ねつけ》の細工にも目がいき、幾つか集めている。

ただ麻之助はこれまで、筆で絵を描いたことはなかった。幼い頃字を習った時、半紙に墨で落書きをして、師匠から叱られた思い出が、あるくらいなものだ。

ところが高橋家へ帰った後、麻之助は不意に、周太郎の師、雪山の屋敷を訪ねたくなった。

旗本の息子のことは、正直な話、町人には分かりにくい。屋敷近くにいる商人達からの聞き込みも、又聞きや伝え聞きばかりで、親が何に困っているのか、話を摑むのは無理だという気がしていた。

(若様を直《じか》に知る人からじゃないと、確かな話は聞けない気がするよなぁ)

周太郎と縁の濃い人物で、麻之助が会えそうな者はいないか、必死に考えた。そして、唯一思い浮かんだのが、周太郎の絵の師匠、雪山だったのだ。

部屋へやって来た猫のふににも、雪山師匠が良いよねと、話しかけてみた。

「ふみゅ」

「絵を熱心に描いているなら、師匠とは、長い付き合いかもしれない。取り繕《つくろ》った顔ばかり、見せている訳じゃあるまいさ」

ところが、師の家を訪ねたいと思っても、今度は雪山との縁が繋げない。奥絵師の身内がいるというから、誰かの紹介がなければ、訪ねても、話が出来ないかも知れなかった。

「でもさ、ふに。奥絵師のお身内との縁なんて、高橋家には無いよねえ。さて、どうしたらいいんだろう」

「ふにぃ」

困って、部屋でしばし猫と寝転んでいたら、その内、引っかかれた。痛いと思ったら、相馬家のとらが思い浮かび、どこまで調べているか、八丁堀の与力宅で、吉五郎と話してみようと思い立った。

八つ時、屋敷奥にある友の部屋へ行くと、珍しくも在宅していた小十郎が、顔を見せてきた。そして話に加わり、麻之助へ、思わぬ考えを示してくれたのだ。

「麻之助、絵師に紹介して欲しければ、お浜《はま》殿を訪ねてみるといい」

お浜は相馬家と縁続きの町人で、料理屋花梅屋《はなうめや》の大おかみだ。

「そういえば料理屋では度々書画会が行われてましたね。文人達が集う場になってました」

酒宴を開き、即興で描く席画なども行われるのだ。

「紙や墨、絵の具を売る店の主《あるじ》は、そういう席に顔を出すと聞いている。狩野派の絵師とも、繋がっているだろうよ」

お浜ならば麻之助を、雪山に紹介出来るに違いないという。麻之助が礼を口にすると、小十郎は、元々、相馬家の頼み事ではないかと言い、笑った。

「わしは今、思うように動けぬ。麻之助には、手間をかける」

「なんの、私が役に立てましたら、父が大喜びします」

ここで吉五郎が、麻之助へ告げてきた。

「羽山様は旗本だ。次男の名と、盲目の知り合いがいるかは、我が家の方が調べやすかろう。それくらいは、私が当たってみよう」

自分も一葉の為に、役に立たねばならないと、吉五郎は言うのだ。

「それは助かる。目の悪い、裕福そうな男には、綺麗な、十六、七の娘御がいた。誰なのか、分かるやもしれないいな」

吉五郎が頷き、互いに知らせを送ると決めた後、麻之助は、料理屋花梅屋へと足を向けた。八丁堀にいるから、西にある日本橋の花梅屋までは、幾らもかからない。

途中、福松屋の半四郎柄の袋物が、まだ手に入っていないことを思い出し、麻之助は首を横に振った。


翌日、菓子折とお浜の書状を手に、麻之助は武家地にある、狩野雪山の家へ向かった。そして通された部屋で白髪頭の師へ、お浜からの一筆を見せた後、頭を下げた。

「町名主高橋家の息子、麻之助と申します。突然お邪魔して、申し訳ありません」

すると、雪山師匠は菓子の箱を受け取り、頷いてくれた。それで麻之助は、さっそく周太郎のことへ、話を移そうとしたのだ。

だがここで雪山は、思いも掛けないことを口にした。せっかく来たのだから、まずは描いた絵を見せろと、麻之助へ言ったのだ。

「その、持ってはおりません。あのですね、お浜さんは私のことを、何と書いておいでなんでしょうか」

「知り合いが行くので、よろしく頼むと書いてあったな。うむ、ならばこうしよう」

雪山は麻之助の目の前に、紙と筆を置いてきた。そして側に寝転んでいた猫を、描くように言ったのだ。

「お前さんが、どれだけの技量を持っているか、まずは知りたい。麻之助殿、気楽にさっと描いてみなさい」

「いえ、今日は、描くより他の話がしたくて、伺ったのです。実は、その……」

「話は後だ。直ぐに描きなさい」

仕方がない、諦めて描こうとはしたものの、ぶち猫は畳の上に丸まっており、大きくてふわふわとした、饅頭のようにしか見えない。それで仕方なく、見えているように描いたところ、絵を見た雪山は、寸《すん》の間《ま》動きを止めてしまった。

「これは……麻之助殿は、絵をたしなんだことが、これまで全く無かったようだ」

誠に正しい一言で、雪山が、腕の確かな絵師であるのが分かる。麻之助は、また詫びた後、やっと周太郎の名を口にし、用を伝える。雪山は大きく笑い出した。

「やれ、お前さんはここへ、周太郎様のことを聞きに来ただけだったのか。わはは、饅頭の絵など描かせてしまい、済まなかったな」

「あれ、猫の絵です」

とにかく、ようよう話が出来ることになり、麻之助は、実はと切り出した。

「縁がありまして、羽山の殿が周太郎様のことを、随分気に掛けておられると知りました。心配なすっておいでです」

しかしこちらは、旗本の若君のことを、ろくに知らないから、どう動いて良いのか分からない。それで麻之助は、周太郎の師である雪山に話を聞こうと、訪ねてきたのだ。

(まさか親が奉行所与力へ、周太郎様の悪行について、話したとは言えないし)

ぐっと口当たり良く語った訳だが、それを聞いた雪山は、一寸眉を顰《ひそ》めた。

「そうだったか。まあ確かに親御としては、周太郎様の先々が心配だろう」

そして確かに今こそ、先々を真剣に考える時だとも言う。

「おや、そうなのですか」

周太郎を語る師は、しかめ面をしたから、やはり余程の悪行を積み重ねているのかと案じる。

雪山は、町名主相手なら良かろうと、溜めていたものを吐き出すように語った。

「この雪山も、周太郎様の明日を案じていた所なのだ。何しろあの方は、腹を決められない」

「えっ? 腹、ですか」

恐ろしき悪行が語られるかと思ったら、〝腹〟という言葉が出てきて、返事が出来ない。

「周太郎様は我が弟子で、絵の才はあると思う。狩野派の一門に生まれていれば、絵で身を立てていけただろう。しかし、武家に生まれてしまった」

名のある絵師の、息子ではないわけだ。

「そして、生まれなど関係無いほどの、飛び抜けた絵の才には恵まれていない」

雪山の言葉は、きっぱりとしていた。

「旗本の若君なのだ。絵はたしなみとするのが、真っ当な生き方だと思う」

たまに好きな絵を描き、書画会などへ、顔を出すくらいにするのだ。

ただその道にも、困り事は待っていると、雪山は話した。羽山家には、積み重なった借金があると、他の武家の弟子から聞いていているという。

もし羽山家を継ぐのであれば、家の品を売り払い、何とか借金を減らすか、お役へ就けるよう、必死に頑張らねばまずいのだ。

「先々厄介になるだろう弟御もいる。このままではいつか暮らしに困り、己が困る。それが分かっているから、周太郎様は旗本として生きることに、惹かれていない様子だった」

しかし絵師として生きて行くことも、今は無理だ。仕事がなく、食べられない。

「思い切って旗本の家を捨て、絵師や版元の娘に婿入りし、縁続きとなる手はある。今よりは、立場が出来る」

だが嫡男ゆえ、旗本として生きれば、当分食うには困らない。周太郎は武家を捨てられず、迷いの中にいるのだ。

「それでも少し前までは、生真面目にこの雪山の所へ、通っていたのだが」

しかし何があったのか、急に様子が変わり、ここへは滅多に来なくなったという。ある弟子によると、声を掛けるのも怖いような濡れ鼠の格好で、周太郎は先日、町を歩いていたという。

「するとだ、急に顔を見せたと思ったら、錦絵を描き始めたと言ってきた。狩野派にいても、先がないと思ったのかのぉ」

なまじ才がある分、周太郎は絵から離れられないのだろう。そういう性分も、才の一つには違いない。だがより軽く見えても、錦絵には錦絵の難しさがあると雪山は語った。

「錦絵は、多くの者に好まれておるし、絵は町で、それは沢山売られている。絵師の数も、多いのだろう」

それだけ多くの仕事が、あるに違いない。

「ただ、錦絵を仕事にするとなると、綺麗で華やかな一枚絵ばかりを、描くことは叶わない。暮らしのため、色っぽい春画を描くことも多いと聞くな。知り合いに錦絵の絵師がいるが、愚痴も多いよ」

そして春画は、余りに危うい絵だと、お上に止められて出せないし、数を描くと、旗本の身分のままでは困るかもしれない。周太郎は今も旗本屋敷にいて、己の錦絵は、売り出されていない。

「わしが知る周太郎様のことは、こんなところだ。こういう話が、羽山家のお父上の、役に立つのかの」

「勿論です。他では聞けないお話、ありがとうございました」

耳にしたのは、定まらない立場で、思いも掛けない程真面目に悩み、もがいている若君の姿であった。自分の息子であったら、周太郎を悪く言う気には、とてもなれないに違いない。

（なのに羽山様は、どうして周太郎様が、家名に傷を付けるとか、家を傾けかねぬとか、考えたんだろう）

ただ雪山は、そこの事情を承知しているわけではないようだ。麻之助は深く頭を下げると、辞す前に一つ雪山へ問うた。

「あの、周太郎様は、絵で食べていけるように、なるでしょうか」

雪山が、真っ直ぐに見てくる。

「絵師の日々は、明日も仕事があるかという悩みや、心細さと道連れだ」

そして旗本として生きてきた周太郎は、暮らしを案ずる苦しさに慣れていない。そう言うと雪山は、更に言葉を足した。

「芸事の仕事で、長く売れ続けるのは難しい。絵師として生きていくには、絵の技量以外に、立ち回りの巧《うま》さも必要なのだ。この歳になって、身に染みておる」

武家生まれに、それが出来るかどうかだという。もう一度深く頭を下げてから、麻之助は雪山の家を辞した。

六

雪山の家からの帰り道、もう一度福松屋へ寄ってはみたが、麻之助はまたもや、半四郎柄の袋物を買えなかった。

「あのぉ、売っていることも、あるんですよね？」

思い切って袋物屋で聞いてみると、確かに売っていると、手代に笑われた。

「これ位で諦めているようじゃ、買えないよ。お兄さん、明日からも頑張っとくれ」

何しろ職人が、一つ一つ縫っているのだから、そう多くは仕上がらないという。仕方がないので屋敷へ帰った後、お和歌へまた購《あがな》えなかったと告げると、妻は諦めても構わないと言ってきた。だがそう言われると、明日も福松屋を覗いてみようと思ってしまうのだ。

お和歌が一つ、言い添えてきた。

「あの、お留守の間に、吉五郎様からの文が来ております」

友のことを吉五郎様と呼ばれて、麻之助は、何かむずがゆくて笑った。それから文を覗くと、悪友は早々に羽山家の弟君の名と、一緒にいた二人のことを知らせてきていた。

「さすがは吉五郎、早いもんだ」

羽山家の次男は正三郎《しょうざぶろう》と言い、周太郎よりも一つ下の、二十一だ。そして目の悪かった男はやはり高利貸しで、何と、位の高い検校《けんぎょう》だというから、余程儲けていると思えた。

「確か、目の悪い人の位を買うにも、大枚がいるって話だもの」

盲目の男の名は覚達《かくたつ》、娘は、おはつだ。半四郎柄の袋物をまとめて買ったのは、やはり覚達に違いなく、正三郎とも、高い袋物を与えるほど親しいわけだ。

「でも、金のある検校なら、娘を部屋住みの厄介者へ嫁がせたりしないよね。うん、間違いなく無理だろう」

そして吉五郎は一つ、気になる話を書き添えてきた。

「羽山家の近くでは、一時、長男は若隠居し、正三郎様が家を継ぐと言われてたのか」

噂が出た時期までは、分からないらしい。

「でも周太郎様は、今も屋敷にいるよね？　どういう事だろ」

ところが、麻之助が悩んでいたその時、高橋家の玄関の方が、騒がしくなってきた。今日も支配町の誰かが、揉め事を持ち込んできたのだろうが、まるで喧嘩のように、大声が奥まで聞こえてきたのだ。

「ありゃ、おとっつぁん、大変だ」

その内お和歌が、麻之助を呼びに来る。暫《しばら》く家の仕事から離れている息子が、玄関へ飛んでいくと、親は、揉めている面々を、二手に分けて欲しいと言ってきた。

「ありゃ、坊様も来てるのに、何で皆さん、騒いでるんですか。おとっつぁんが、一度座れって言ってるでしょ」

麻之助は、父親のように出来た者ではない。よって、言うことを聞かずけんか腰を止めない面々を、力業で強引に分け、座らせてしまった。

聞けば揉め事は、祭りで寺へ出す屋台の場所を、どうするかという話だった。売り上げが関わってくるから、双方引く様子がない。

「やれ、坊様がおられるんだから、仕切って下さりゃいいのに」

「麻之助さん、私はお前様のように、力で押さえることは出来ないんですよ」

僧が苦笑を浮かべると、横から宗右衛門が、まだ相馬家の用は終わらないのかと、問うてくる。早く終わらせてくれないと、親も支配町の皆も困ると言うのだ。

すると、玄関に座った後も言い合いを続ける面々が、今度は麻之助へ、怒りの矛先《ほこさき》を向けてきた。町名主の跡取り息子なのに、支配町のことより、知り合いの為に働いているのは、おかしいと言うのだ。

麻之助は、時々大間抜けをするから、今の調べが片付かないのだろうと、怖い言葉もくっついてきた。

宗右衛門までが、玄関の皆の言葉に頷いたので、麻之助は困ってしまう。そして、ならば玄関にいる皆が、自分に力を貸してくれないかと、皆に頼んでみたのだ。

「力を貸す？　麻之助さん、揉め事を何とかするのは、町名主さんの役目じゃないのかい？」

「ええ。でも、ほら、この支配町の跡取り息子は、頼りないから。皆さんが支えないと、事が進まないんですよ」

麻之助は、実際の名や、金のことは言わず、立場もぼやかした上で、相馬家の悩み事を話してみる事にした。一通り語り終わる頃には、互いのけんか腰も収まる気がしたからだ。

そして人に話すことは、己の為にもなる。事を過不足なく語れているか、間違っていないか、もう一度考えてみることになるからだ。

「あるお武家が奉行所の方に、悩み事の力になって欲しいと、刀代を添えて言いました。お武家には、息子が二人おられるんですが、これが悩みの元だった」

その話が高橋家へ回ってきて、麻之助がかり出されているのだ。

「長男は芸事をやっており、それで身を立てたいが、食べていけるか不安で、武家身分を捨てられない。次男には、裕福な相手との話があるが、兄に代わって家を継ぐのでなければ、相手が娘を嫁にくれないと思う」

「ほう、ほう。面白そうな話だね」

皆の顔が輝く。争い事は一気に収まった。

「おまけに、お武家の家には金が無い。親は裕福な嫁ほしさに次男贔屓《びいき》で、結構真面目な長男のことを、家を滅ぼすとか、悪し様《あざま》に言う始末なんです」

「おや、気の毒に」

弟が、自分の婚礼のために、跡取りの座を譲れと言っても、兄は承知しないだろう。しかし兄が芸事を諦め、真っ当に家を継いでも、めでたし、めでたしとはならない。借金が積み重なっている武家の家は、早晩、行き詰まりそうなのだ。その武家には裕福な嫁が、是非とも必要であった。

「こんな訳で、おとっつぁん、話が止まってしまって、先に進めずにいるんです」

「やれ、大事《おおごと》だ」

宗右衛門は、なかなか答えが出そうにないねと、眉を顰めている。

ところが、麻之助を助ける事に慣れている支配町の面々からは、いくつもの考えが出たようで、あっさり、こう言ってきた。

「麻之助さん、こんな話に、手間取ってるのかい？」

やっぱり高橋家には、自分たち支配町の皆が必要だと、面々は胸を張ったのだ。

「何か、考えが浮かんだのですか？　なら、教えて下さいな。皆さんが頼りです」

麻之助は気合いを入れて褒め、持ち上げる。大きく頷いた一人が、まずは語り出した。

「事ははっきりしてら。武家の家は、長男か次男、どっちかしか継げねえ。なら、どっちにするかって話だよな」

どちらでも良かろう。例えば兄が家を継がないなら、若隠居をすればいいと言い、御坊《ごぼう》までが頷いている。

「別のやり方もある。次男の相手の家は金持ちなんだろ？　なら親に金を出してもらって、次男夫婦は、商いでも始めりゃいいじゃないか。兄は、そのまま家を継ぐんだ」

ところがこの話が出ると、それはまずいと、一膳飯屋が言い出した。武家の次男と金持ちの娘が商うのはいいが、本当に店を続けられるのかと、不安を訴えたのだ。

「金があれば店は開けるよ。でも開店して十年保《も》つ商いは、十軒に一軒くらいなんだ」

支配町の皆が、揃って頷く。つまり商いをしたことの無い二人では、早晩、店を潰しかねなかった。

「それに弟の相手は、金持ちの娘なんだろ？　店を買ってくれ、そして娘を働かせ、苦労させるって親へ言ったら、もっと良い嫁ぎ先に逃げちまうぞ」

自分が親なら、より良き縁を求めると一膳飯屋が言い、玄関内の皆が顔を見合わせた。

「そうだね、弟を家から出すのは駄目だ。嫁に逃げられ、お武家の家も立ちゆかなくなる」

ならば答えは出た。兄の方が家を出て、芸事で身を立てるしかない。ここで御坊が、話しだした。

「兄君の問題は、先々暮らしていけるかどうかです。弟御は、武家の跡取りの立場を、兄から譲ってもらいます。嫁御の家が兄上へ、幾らか払うのはどうでしょう」

だが、宗右衛門は頷かなかった。

「幾らかって……御坊、ずっと食べていくには、大枚が必要ですよ」

例えば髪結いなら、月に八千文、つまり二両は稼ぐという話だ。年にすると、二十四両だ。兄はまだ二十二で、五十まで生きるとして、その三十倍近くの金が必要になる。

「ええと、幾らになりますっけ？　六百七十二両？　いや、嫁御の側にこれだけ出せと言ったら、やはり逃げますよ」

宗右衛門が首を横に振ると、皆は腕組みをし、顔を曇らせた。あっさり答えが出るかと思った悩み事は、またしても暗礁にのりあげてしまったのだ。

だがここで、不意に明るい声が上がる。話しだしたのは、大工だ。

「いや、暗くなることはねえ。おれ達の助言は、この辺りで良かろうってもんだ。そもそもこの悩み事は、麻之助さんが、何とかしなきゃいけないものなんだろ？」

途中までは、話を進めたのだ。この後、すっぱり片を付けるのは、麻之助がすることだ。そうでないと町名主の面目が潰れるからと、大工は言い出した。

「何しろ残った問題は、金の事だけなんだ」

江戸っ子なら、金に汚いことは言わないだろうから、直ぐに片が付くと言ったのだ。

「そうだろ？　いやぁ、おれ達は役に立った」

御坊が眉尻を下げ、宗右衛門は溜息を漏らしている。すると麻之助は、大層嬉しげな顔になり、まずは皆へ頭を下げ、感謝を伝えた。そしてその後、大いに頷いた。

「ええ、ええ、江戸っ子は、金に執着しちゃ駄目ですよね。皆さんのおっしゃる通りです」

ならば、売り上げが関わっているからと、祭りで出す屋台の場所にこだわるのは、格好が悪いというものであった。売り上げを気にするのは、男がやることではない。

「ですよね？」

「えっ？　あの、いやその……」

「ならば屋台の場所は、公平になるよう、御坊とおとっつぁんが、話し合って決めてください。町の皆さん、後でおとっつぁん達に、格好の悪い事、言わないで下さいね」

「……………」

このまま玄関にとどまると、支配町の皆から、文句の山が降ってくると分かっている。だから麻之助は後を親へ託し、武家の件を片付けに行くと言って、さっさと立ち上がった。

「私にとって、後の問題は、お金のことだけか。なるほど、その通りだね」

そろそろ相馬家の頼み事は、片を付けねばならない頃だと思う。余り長引くと、一葉に悪い。そして高橋家の、玄関での裁定も、数が増え、宗右衛門の手に余ってきていた。

「家の仕事に戻らなきゃね。さて、答えを出すときが来てるようだ」

無謀だろうが、いささか心許《こころもと》なかろうが、麻之助は両の足を踏ん張って、相馬家の困り事を終わらせようと決めた。それが出来る筈と、思えてもきた。

ただもう一つ、残っている不思議がある気もする。

（羽山様が相馬家へ出した金は、誰が用立てたんだ？　羽山様じゃ無理だよね）

屋敷前の道に立ち、一度首を傾げてから、麻之助は南へ目を向ける。そして八丁堀の相馬家を目指し、足を踏み出していった。

七

翌日、相馬吉五郎は屋敷へ、羽山家の親子と、覚達親子を呼んだ。そして双方の親子へ、こう告げたのだ。

「羽山殿が、当家へ刀代と共に、悩み事を書き記した書状を寄越した。よって相馬家は、その悩み事を軽くすべく、心がけておる」

途端、羽山家当主隆信は深く頭を下げ、一方検校親子は、戸惑うような顔になっている。吉五郎はここで、さりとて奉行所吟味方には時が足りぬ。だから町役人である町名主の力を借りたと、麻之助を皆へ示してきた。

「これより高橋家跡取り、麻之助から話がある。聞くように」

双方の親子がまた頭を下げ、麻之助は、しばしお付き合いをと言ってから、にこりと笑った。それから、羽山家が相馬家へ出した、身内の愚痴のような書状について、語り出した。

「書状によると、羽山様のご長男には、悪い噂があるんだとか」

酔って堀に落ちたとか、このままでは家名に傷を付け、家を傾けかねぬとか、心配事が尽きない様子だったのだ。

「しかしです。相馬家への書状には、これからどうしたいのか、願い事が書かれていなかったんです。ええ、非常に珍しいことでした」

それが却って目を引いたので、どういう事情なのか、麻之助はまず、羽山家を調べていったのだ。

「当家のことを、探ったのか」

麻之助は遠慮もなく、語っていく。

「いやぁ、色々分かりました」

羽山家はご多分に漏れず、金に困っていた。

跡取りである長男は、絵師になる覚悟もできず、旗本の家を継ぐのも不安で、迷っていた。

次男は、検校の娘との縁がどうなるか、心配していた。このままでは、親が許さず、おはつと夫婦になれないかも知れない。

「八方塞がりですね」

「……………」

この話には、検校親子も目を見張っている。

その後、麻之助は羽山や、次男と縁のある検校の悩みを、減らすべく動いたと続けた。相馬家に調べを頼まれたからには、事を解決したいと、麻之助は願っているのだ。

「い、いやその。町役人殿にまで、手間を掛けるのは、悪いと思う」

羽山は、大いに腰が引けていたが、麻之助は言葉を切らない。

「もう答えは出ていますんで、ご心配なく。ええ、良き案が出たんですよ」

次男の正三郎は、旗本にならなければ、裕福な嫁御を迎えられないように思えた。だから。

「結局、周太郎様が、家を出る話になりそうなんです。ですんで、周太郎様お一人が、気の毒な立場にならないよう考えてみました」

麻之助はにこりと笑うと、ここで検校覚達へ言葉を向けた。

「検校、皆が落ち着くには、周太郎様は正三郎様に、旗本の跡取りの座を譲るしかない。周太郎様が次へ踏み出せるよう、絵師になる祝いの金を、出していただけませんか？」

「金？　私が出すのか？」

「検校は、流行の半四郎柄の袋物を、十倍の値で買えるほど、裕福じゃありませんか。娘御が旗本の奥様になれるんです。検校も、旗本のお身内になるわけだ」

なに、とんでもない値は付けないと、麻之助は口にした。

「羽山様が、相馬家へ出した二十五両、あれは絵師になると決めた祝金として、周太郎様に下さるそうです」

だから検校には、あと二十五両、切り餅一つ、出しては貰えないだろうかと、麻之助は言ったのだ。

「二十五両？　合計五十両あれば、周太郎様は納得して、若隠居すると言ったのか？」

「言ってはおらぬぞ」

ここで当人が魂消た声を出したが、まあ聞いて下さいと、麻之助は先を続ける。

「周太郎様は、その五十両かけて、何かの株を買えばいいんです。真面目に勤めれば、何とか食べていけます。その生業《なりわい》をしつつ、暇を見つけ、絵を描いちゃどうでしょう」

「そ、そんなに都合良く、いくものなのか。第一、株を得ても、どうやって稼ぐ。わしは絵を描く以外、手に職などないぞ」

言われて、麻之助は深く頷いた。

「そいつも考えました。でね」

麻之助が世話することが出来る株で、やったことがなくとも、周太郎がこなせそうなものは限られている。麻之助はまず、書役《かきやく》を勧めた。町番所に詰め町名主を助けて、計算したり必要な事を書き留める、町役人の端の役目であった。

「あのお役なら、私が面倒をみられます。読み書き算盤に困らない周太郎様なら、出来る筈です」

株を買った後、多分、少し金に余裕があるだろうから、絵の具を買い、錦絵描きを始めればいい。

「雪山様が、周太郎様には絵の才があると、言っておいででした。二足の草鞋《わらじ》なら、なに、おかみさんを貰っても、やっていけますって」

町役人ならば、住まいを見つけるのも楽だ。明日への不安が、ぐっと少なくなる仕事であった。

「な、なるほど」

驚いてはいたものの、周太郎の声は、段々柔らかくなってくる。ただ検校の方は、渋い声を出してきていた。

「書役の株があれば、周太郎様が、若隠居をなさるかもしれないってことですよね。けど何で、その金をうちが出すんでしょう」

子への金は、親である旗本が出せと、検校はにべもない。すると麻之助はここで、検校の目を、大福のように丸くさせたのだ。

「なるほど、こうも金を出し渋るんです。羽山様が与力の相馬家へ贈った金は、おはつさんが出したものでしたか。検校と、どちらが出したのか、迷っておりましたが」

「おはつが、羽山家へ金を出した、だと？　しかも、町奉行所の与力宛とはどういうことだ？」

検校の声に、不安げな響きが混じる。おはつは正三郎の方を向き、その次男は、父親へ目を向けた。周太郎は口を引き結び、羽山は顔を赤くし、麻之助を見てくる。

麻之助は、眉尻を下げつつ言った。

「本日、このお屋敷で、相馬様が言われましたよね？　先日、相馬家へ羽山様は突然、不思議な書状を出したと」

その挨拶をする為、二十五両も払ったのだ。麻之助は、羽山が書き付けに書いた言葉を、一同へ語ってみた。

「跡取りであるご長男に、悪い噂がある。長男が酔って堀に落ちた。このままでは家名に傷が付く。家を傾けかねぬ。そんな心配事が書き連ねてありました」

するど、気がついたことがあった。並べられた言葉の中で、一つだけ、何があったか、はっきりしている言葉があった。

「長男が酔って堀に落ちた。これです」

麻之助は、周太郎が濡れた姿でいたと、聞いた事を思い出した。つまりそれは動かぬ事実なのだ。ただ。

「周太郎様が、酔って、水へ落ちたのが本当かは分かりません。今まで周太郎様が、飲んべえだとか、酔っていたと言った人はいなかった」

ならば他に、水へ落ちるとしたら、どういう場合があるだろうか。

「足を滑らせ、落ちる事もあるでしょう」

そして。

「人に、突き落とされることもあるはずです」

周太郎と揉めた相手がおはつなら、訳は分かりやすい。周太郎が若隠居をしないと、おはつは正三郎と一緒になれないからだ。おはつは多分今、己の思いに頭まで浸かって、他が見えていないのだ。

「ただねえ、江戸では泳げない者も多い」

落ちた周太郎は、たまたま一人で堀から上がれたようだが、下手をしたら死んでいた。その後、濡れたまま歩いている姿を、人に見られているのだ。

「つまり昼間、堀へ落ちたわけです。調べたら、周太郎様と誰が揉めていたのか、見たお人が分かってくるでしょう」

おはつが震え、目が膝へ向けられる。

「お父上に事を告げたら、正三郎様との縁が悪いと、別の話を勧められるとでも思ったのでしょう。とにかくおはつさんは、周太郎様を堀へ落としたと、正三郎様と羽山様へ話した」

羽山は、おはつが罪に問われたりしないよう、まず考えた。それで吟味方与力へ、周太郎が〝酔って〟堀に落ちたと、他の言葉に混ぜて相馬家へ伝えた。それが、確たる頼み事もないのに、二十五両も与力へ贈った、真の目的だったのだ。

「あの、私は……」

「おはつさん、心配なさらずとも、周太郎様は、おはつさんを追い詰めるより、その気持ちを考えて下さいました。だから落ちたことは人に言わず、その上、狩野派の絵師になることを諦めたんです」

「えっ……?」

血筋では他に敵わず、それを超える程の才もないと、自分を見きったわけだ。

「その上、何とか独り立ち出来ないかと、錦絵の絵師になろうとされています。そちらもまた、難しい道で、直ぐには出来ないようですが」

おはつの顔が、益々下を向いていく。

すると周太郎が、ここで父親と弟へ目を向けた。

「お二人はおはつさんから、私を堀へ落としてしまったと、聞いていたんですか。何故その時、私からも話を聞かなかったのか」

その件を周太郎が何と思い、どう動く気か、直ぐに分かった筈だ。吟味方与力へ大枚を渡さずとも、良かったのだ。

しかし父と弟は、返事をしてこない。周太郎は天井を見る事になった。

「やれ参った。私の居場所は、狩野派にも羽山家にもないようだ」

一寸、眉間に手をやってから、周太郎は姿勢を正しくした。それから覚達へ目を向けると、武家身分に守られて明日を怖がり、一歩踏み出せなかったゆえ、娘御に心配を掛けたと謝ったのだ。

「吟味方与力にも、町名主にも、お詫びします。他に仕事のある中、この身のことで、お手数を掛け申した」

そしてこれにて、調べは終えて貰えないだろうかと、周太郎は麻之助へ頼んできたのだ。それから一言、きっぱりと口にした。

「私は、若隠居をしましょう。何とか己で、食べていきます。父上、正三郎、それでようございますね」

羽山の家は、それでやっていける筈であった。

「……あの、済まなんだ。もっと周太郎を信頼し、話し合うべきであった」

羽山がとにかく長男へ、謝りの言葉を口にし、一件は終わることになった。それ以上の言葉は聞こえず、吉五郎が座の終わりを告げると、やがて皆が疲れた顔で、相馬家の玄関に向かう。すると、おはつに手を引かれ、最後から歩む覚達が、廊下でそっと麻之助へ、話があると言ってきた。

「私から周太郎様への詫び代として、切り餅を一つ、受け取っていただきたい」

今、周太郎は、金など受け取り辛いかもしれないから、書役株として渡していただけるとありがたい。そう言われたので、麻之助は声に出して礼を言った。そして別れる前に、正直な気持ちを一つ付け足す事にした。

「しかし急な話ですのに、二十五両をお持ちとは凄い。やはり検校は違いますな」

笑い声がゆっくりと遠ざかっていった。


後日周太郎は書役となった。すると、若い娘がいるあちこちの書役達が、町番所で随分親切に、仕事の手ほどきを引き受けてくれた。

正三郎は旗本の跡取りとなって、とりあえずは挨拶回りなど、忙しくしているという。旗本と縁が切れると、不思議な程、検校の話は聞こえてこなくなった。

麻之助は、いつもの仕事へ戻ったが、未だに半四郎柄の袋物を買えずにいた。

「ううむ、娘御たちの役者人気とは、凄いものだねぇ」

お和歌に申し訳ないと思ったが、じきに妻が頭を下げてきて、友へ断ったと言われた。どうやらお駒は、麻之助がなかなか袋物を買えずにいたので、文句を言ってきたらしい。

「ですのでわたし、一度自分で福松屋へ行ってみましたの。全く駄目でした。だから帰りに里方へ寄って、お駒さんに会って、きちんと無理だと伝えたんです」

しかし断りに行った時、父親の西森《にしもり》名主に会ったので、亭主に馬鹿な買い物をさせるんじゃないと、叱られたという。

「済みませんでした。久方ぶりに前々からのお友達に会って、頼み事をされたんで、嬉しかったんです」

でも、麻之助が何度も店へ行ってくれた気持ちが、一番嬉しかったと、妻が口にしてくる。だから今晩は麻之助が大好きな、卵焼きなのだそうだ。

「大根おろしを添えておくれね」

そうお願いすると、お和歌が柔らかく笑った。

夕餉に約束の卵焼きが出たので、嬉しくて一かけ、猫のふににも分けた。麻之助は一つ頷いてから、箸を手に取る。

(袋物じゃなくて、何か喜んでくれるものを、お和歌へ贈ろう)

そう思いつくと、夕餉の席がいつもより楽しい。妻は何が欲しいのか、ふらふらと考えていたら、ふにが、大層気に入ったらしい卵焼きへ、前足を伸ばしているのが見えた。

こころのこり

一

高橋《たかはし》家の跡取り息子、麻之助《あさのすけ》は、父の宗右衛門《そうえもん》と、江戸町名主《まちなぬし》の仕事を分け合ってこなしてきた。

何しろ少し前に支配町が増え、十二町にもなったからだ。それで、お気楽者の息子としては、引き受けすぎだと思うほど、あれこれ用が重なっていた。

だから手間と文句の塊《かたまり》、支配町民からの大事な相談事は、父親の宗右衛門が引き受けるべきだと心得ている。麻之助は外出が好きだし、友と会わねばならない事も多いのだ。なのに、身軽に屋敷から抜け出すと、何故だか後で、親から叱られる事が多かった。

「でもさ、若いんだもの。色んな経験を積むのも、大事だよねえ」

麻之助はもっと出かけられないかと、真剣に悩んでいる。

ところがだ。麻之助がお和歌《わか》を嫁にもらい、家の者が互いに、少しずつ馴染んでくると、何やら妙な具合になってきた。

お和歌は町名主西森《にしもり》家の娘で、屋敷へ寄せられる相談事には慣れている。その上、珍しい話に興味津々なのを知って、父の宗右衛門が、困った事をし始めたのだ。

町名主へ持ち込まれてきた相談事の内、麻之助に押っつけようと考えたものに限って、宗右衛門は面白おかしく、お和歌へ語るようになった。

するとお和歌は、相談事について一所懸命考え、それを麻之助へ話そうとしてくる。優しい亭主は勿論、妻の言葉をちゃんと聞くことになるのだ。

そして気がつくと、相談事は宗右衛門の思惑通り、麻之助が引き受ける事になってしまうのだった。

「うわーっ、おとっつぁんたら、妙な技を覚えちまって。どうしたら良いのかしらん」

真実困った麻之助は、まずは妻のお和歌へ、支配町の相談事には関わらないよう、頼んでみた。ところがその時、お和歌は既に、高橋家へ来た次の相談事を承知していた。そして麻之助に、話したいと待っていたのだ。

「お前さん、次のお話ですが、興味深いお話ですよ。宗右衛門おとっつぁまは、三件まとめて、お前さんが話を聞くのが良かろうと、おっしゃってました」

「さ、三件？　全部私が引き受けろって？」

お和歌が頷く。

「何故だか、似た所のある相談ばかりなんです。お前さん、頑張って下さいね」

「お和歌ぁ、私が引き受けるとは、決まってないよ。そういう大きな相談事なら、きっとおとっつぁんがやってくれるのさ」

お和歌は首を傾げた。

「でもお前さん、相談を抱えたお三方、じきにうちへ、おいでになりますよ。宗右衛門おとっつぁまが三人の方へ、息子が話を聞くとおっしゃってましたから」

「わあっ、おとっつぁんたら。私がうんと言う前に、何で約束しちまうんだろっ」

以前ならば、知り合いの貞《さだ》がいる両国辺りへ、気晴らしに逃げていた。ところが今は屋敷に、お和歌がいる。残して行くと、宗右衛門が手伝いに使いかねなかった。

自分の代わりに妻だけを働かせたら、舅《しゅうと》である西森名主が、きっと眉を吊り上げる。そして西森金吾《きんご》は若い頃から、喧嘩慣れしているとの噂であった。

「うーん、私は屋敷へ残るしか、ないみたいだ。困ったねえ」

「あの、わたし、お三方の相談事、聞いてます。皆さんが屋敷へ来られる前に、かいつまんで、何があったか、お話ししておきますか？」

「……お和歌、頼むよ」

だが話を聞く前に、麻之助は既に疲れていた。ここの所、厄介事が増え過ぎているからに違いない。

「だからお和歌、この件が終わったら、我らは一休みして、菊見に行こう」

両国の盛り場へ、菊人形を見に行くのもいいし、綺麗だと評判の、染井村の大きな植木屋へ行って、菊を一鉢買ってくるのもいい。勿論、その間の仕事は、宗右衛門に頼むのだ。

「どこへ行きたいか、考えておいてくれ」

「はい、頑張ります」

「頑張る？」

お和歌が嬉しそうに頷《うなず》いたので、麻之助はとにかく、早く相談事を終わらせようと決めた。すると、驚く程似たような三人が、町名主屋敷へ現れる事になった。

高橋家の玄関にある八畳間で、跡取り息子と顔を合わせたのは、共に大店《おおだな》を営む、紙問屋伊勢《いせ》屋《や》、書物《しょもつ》問屋丸屋《まるや》、乾物類卸《おろし》、和泉《いずみ》屋の三人だ。

この三人は別々の件で困り、高橋家へ相談にきたが、確かにかなり似たところがあった。

まず三人とも、江戸で大店を率いてはいるが、実を言うと店主ではない。店を持っているのは上方にいる主《あるじ》で、三人は本店《ほんだな》が雇っている大番頭なのだ。店はいわゆる、江戸店《えどだな》というものであった。

しかし主は江戸にいない。三人が、店の商いを仕切っているのだから、周りからは、店主のように扱われていた。

そして大番頭三人は、今回揃って、大事な物を失ったところも似ていた。

（はて、不思議だ。何でこんなに揃うのかしらん？）

麻之助が首を傾げていると、お和歌が客人達へ茶を出してくる。大番頭三人は、お和歌へは愛想良く笑みを向けたが、麻之助へ向き直ると、顔がぐっと渋くなった。

「町名主はん……やのうて、その跡取り、麻之助はん。この伊勢屋は日頃、町への寄進は、欠かさんようにしとります」

丸屋も和泉屋も、同じだという。よって、町名主が早く失《う》せ物を探し出し、それぞれの店を救って欲しいと、三人は急《せ》かしてきた。

「おや、困っておいでなのは、本当のようだ」

麻之助は、無茶と勝手を言われても、怒ることなく、やんわりと言葉を返した。

「江戸店の皆さんには、祭りとか大嵐の時、金の寄進で助けて頂き、感謝しております。ですから悩み事があるなら、勿論、町名主の息子として、お話を聞くつもりなんですよ」

けれど、だ。

「今回の、皆さんの悩みですが。持ち込む相手が、違ってませんか？」

町名主が聞くべきなのは、支配町の人達の、悩みや相談事だ。しかし。

「皆さんの店から、物が消えたんですよね。失せ物を取り戻したいなら、出入りの親分方か、同心の旦那に頼むべきかと思うんですが」

どの大店も、何かの時はよろしくと、岡っ引き達の袖へ、金を落としている筈なのだ。

「親分達、揃って伊勢参りにでも、行っちまったんですか？」

ところがだ。不思議な事に、三人が三人とも、岡っ引きに会いに行くとは、言ってくれなかった。それどころか、せっかく町名主の高橋家へ来たのだから、麻之助が話を聞き、きちんと事に当たって欲しいと言い、引かなかったのだ。

この辺りで麻之助は、深く首を傾げた。

(目の前にいる大番頭さん達。確かに皆、困っちゃいるみたいだ。でもさ)

店の失せ物を、単に探している訳では、なさそうに思えてきた。妙な塩梅《あんばい》の話に思えたので、宗右衛門は麻之助に仕事を、まとめて押っつけたに違いない。

(一体、何が起きたっていうんだろ)

お和歌が目を煌《きら》めかせつつ、部屋から下がっていく。

とにかく麻之助は三つの江戸店に、まず、困り事は何なのかを問うことにした。その後、あるかないか分からないが、町名主の威光で、勝手に順番を決めることにしたのだ。

二

ところが、麻之助が仕切るより先に、まずは伊勢屋が話し出してしまった。

「麻之助はん、この伊勢屋の悩み、一に片付けておくれやす。もの凄《すご》う困っとりますのや。掛売帳が、失せてしもうたんやもの」

「えっ？　それ、本当ですか？」

まさに大事《おおごと》であった。

掛売帳はつけで売買した、店の取引を記した帳面だ。店は掛売帳に書いてある金額を、盆暮れに客から払ってもらう。つまり掛売帳がないと、売ったものの代金を、受け取れなくなってしまう。紙問屋の危機であった。

(そんな話が上方の主に伝わったら、大騒ぎになる。下手をしたら大番頭さん、交代になるかも知れないよ)

途端、麻之助は着物の膝を軽く握り、小さく頷く事になった。

(ははあ、それで伊勢屋さんは、岡っ引きの親分と話したくないんだね。同心の旦那に事が伝わって、いつの間にか西の主へ、話が漏れるかも知れないもの)

つまり伊勢屋は、掛売帳の件を早く片付けたいが、内々の話にもしたいのだ。それで、頼りないという噂は承知で、麻之助に、一件を頼むと決めたらしい。

伊勢屋は期待を込めた目で、麻之助を見てきた。

「麻之助はん、さあ、すぱっとわての悩みを、無くしておくんなはれ」

ところが話は、伊勢屋が望むようには進まなかった。横から、書物問屋丸屋の大番頭が、口を挟んできたからだ。

「伊勢屋はん、この丸屋が先に、町名主屋敷へ来てたんでっせ。うちの相談事から考えて貰わんと、困りますわ」

そこまで一気に言うと、丸屋も、悩み事を語り始める。

「助けておくんなはれ。お武家様から預かってた本、のうなってしもたんや」

奉公人総出で店をひっくり返し、探しているが、未だに出てこないという。

「麻之助はん、本の持ち主は、旗本のお殿様でしてな。大事にしてはる『浮世道中膝栗毛』が失せて、えろう困っとります。早う本がどこにあるんか、考えておくれやす」

だが麻之助には、返事をする間も無かった。ここでもう一人の大番頭、乾物類卸の和泉屋が、語り出したからだ。

「麻之助はん、大事になってるんは、こっちや。そんな、お前もか、なんて顔、せんといて下さいな。妻の櫛《くし》が消えたんや」

ただの櫛ではない。持参金の一部として持ってきた、高価な品なのだと、和泉屋は言い立てる。しかもそれは、京にある和泉屋本店の、主から贈られた品であった。

「妻は主の、縁続きでして。このまま、櫛は出てきまへんでしたぁでは、済まんのや。何とかしておくんなはれ」

三つの困り事が言い立てられ、麻之助は町名主の家の玄関で、腕組みをした。大番頭達から、失せ物の悩みを三つも聞く間に、麻之助は更に二つも、似た騒ぎを思い出していた。

「そういえば他の支配町でも、失せ物騒ぎがありました。ええ、そうでした」

麻之助は、悪友の町名主清十郎《せいじゅうろう》と、義父の西森名主から、失せ物の話で困っていると、確かに聞いた事があるのだ。ただ町名主は忙しいから、さらりと耳にしたのみだった。それで今まで、忘れていたのだ。

だが、自分も失せ物探しを頼まれると、色々思い出してくる。

「確か、他の失せ物話も、江戸店からの相談だった筈です」

気がつけば方々の町名主の屋敷へ、五件も失せ物の相談が舞い込んでいたのだ。

「八木《やぎ》家、西森家に来た、二つだけの時は、たまたまかとも思いました。けれどね」

高橋家へも三つ、失せ物の相談が来たところをみると、これは多分、偶然ではない。しかも大番頭達は、揃って、岡っ引きを頼ろうとしていなかった。つまり。

「お三方は騒ぎが起きた事情、何か摑《つか》んでいるんじゃないですか？　そうですよね？」

麻之助がはっきり言うと、三人の大番頭は見事に揃って、明後日《あさって》の方を向いた。麻之助は目を半眼にし、更に言葉を重ねる。

「私に話していないことが、やっぱりあるみたいだ。事情は話したくないが、失せ物は探し出して欲しい。そう言われましても、力は貸せませんよ」

嘘をつくと、猫のふにをけしかけますよと、珍しくもぴしりと言ったが、大番頭達は降参しない。

「そやけど、その……隠した者を探すより、失せ物を探して欲しいんやけど」

「だから伊勢屋さん、とにかく本当の事を、全部言って下さい」

「なんや、岡っ引きの親分はんみたいやな」

「丸屋さん、事を終わらせたくないんですか」

多分、物を奪った相手を庇《かば》っているのだ。捕まえて欲しくも、ないようだ。

〈でも物は、各店で別の品が無くなってる。ということは、騒ぎを起こした誰かも、違う人だよね？）

なのにどうして皆、揃って庇うのだろうか。

（ああ、分からないよぉ）

するとそこに、またお和歌が現れ、もらい物だがと、皆に団子とお茶を配ってきた。

「お話が長くなると、疲れます。召し上がって下さいな」

「おお、おかみはんは優しいお方や。それに比べて跡取りはんの方は……怒りなはんな、事情、話しますがな。団子、もろたし」

何と、三人の大番頭達は、一斉に団子へ感謝を向けたのだ。大番頭であれば、一串四文の団子など、山と買えるのにと、麻之助が首を傾げる。すると、確かに〝今は〟買えると、皆、同じように言ってきた。しかしだ。

「長い間、わてはこの串一つ、買う事が出来なんだ。江戸店の奉公とは、そんなもんでおます」

三人が、語り出した。

三

「麻之助はん、今、江戸店で失せ物が重なっとるのは、浅草の盛り場でやっとった、宮地《みやち》芝居のせいですねん。我ら三人には、それが分かっとります」

伊勢屋は重々しく頷いている。

「半年前の春頃やったか。浅草の盛り場で、人情ものの芝居が掛かってな」

その芝居は、珍しくも江戸店を舞台に選んでいた為、江戸店の大番頭三人は、一緒に見に行ったそうだ。

「作者はんは、江戸店の事を、よう調べてはりました。話の中で手代どんは、中登りをする事になってました。ああ、中登りと言うんは、江戸店の決まり事なんですわ」

江戸店の奉公人達は、皆、本店のある上方の出なのだ。どの江戸店でも、江戸で働く新たな奉公人は、上方の本店が西で選ぶ。よって春と秋に十人ほど、十から十二くらいの子供らが、西から江戸へ旅をしてくるのだ。

「本店と懇意の、飛脚問屋のお人に、江戸店まで連れてきてもらうんですわ」

親元から離れ、遠い東の江戸で、小僧として暮らし始めるわけだ。江戸店の二階で寝起きし、雑用などをやりながら、読み書き算盤を教えて貰い、仕事を習い覚えていく。

そして江戸店の奉公人達は、江戸へ下って八、九年目に、初登りと言って、上方まで旅をし、本店の主へ挨拶をすることになっている。その後、十六年目には中登り、二十二年目は、三度登りの時を迎えるのだ。どの旅も、奉公人達にとって、区切りの年となった。

「年季奉公はみな、十年までと決まっとりますよって。そやから上方へ登る時、奉公人は皆、一旦店を、辞める形を取りますんや。奉公が続かん者も多うてな。初登りの頃、江戸へ来た子らは、半分ほどに減っとります」

本店で挨拶をした後、主の眼鏡に適《かな》った者達だけが、また雇われ、江戸店に戻ってくるのだ。

伊勢屋は芝居の中でも、同じ決まりになっていたと口にした。

「初登りを終えて、江戸店へ戻って来たもんは、手代になります」

浅草で見た宮地芝居では、江戸店の手代が、十六年目の中登りで、上方へ帰る時を迎えていた。

「けどな、宮地芝居の手代どんは、江戸の大番頭はんから、認められとらんかった」

大番頭と、上方の主はやりとりをしているから、そうなると、手代がまた雇われる事は、ほぼない。それで上方へ帰る時、役者の大番頭が、要らないことを言った。

「再び江戸店に戻ってくることはないと、舞台で、手代どんへ教えたんや」

まだ江戸店にいる内に、手代は希望を奪われたわけだ。和泉屋が、玄関座敷の奥で溜息をついた。

「大番頭はん、上方への旅の途中、先々のことを考えなはれと、手代どんへ言うた訳や。早う知った方が、後の事を、ゆっくり考えられてええと思うたんやろう」

奉公人は長い奉公の途中で、大方、店を辞めていく。だから大番頭は、己が冷たいとは思わなかったのだろう。

「番頭になれん内は、店の外には住めん決まりや。そやから妻を貰うことも出来んし、子も持てん。ある程度の歳で店を出て、自分で小商いを始める者も、多くなるわな」

江戸店で上の立場になる者は、十人に一人もいないのだ。店を持たせて貰える者は、更に少ない。つまり永年奉公をしても、店に残れない者が、ほとんどであった。

舞台の手代も仕事仲間から、そういう話を聞いてはいただろう。だが、それでも。

「芝居で手代どんは、己が奉公人として選ばれんかったことを、酷《ひど》く嘆いとった」

既に産まれた上方よりも、江戸で長く暮らしている筈だ。それでも奉公が続かないなら、二度と戻って来ることはなかろう。江戸へ来る為の路銀は、高かった。

「そやから、かな」

芝居の中で手代は、江戸店を去る前に、店へ一つ、意趣返しをしたのだ。

「あの手代どん、店の〝掛売帳〟を、店の台所に隠しはった」

「掛売帳を、隠したんですか……舞台上で、隠したんですよね？」

「そうや。麻之助はん、我らが見たのは、舞台での話や」

芝居の手代は掛売帳を、店から持ち出していない。台所も江戸店の一部だし、掛売帳はそこにある。だから盗んではいないのだ。それに。

「手代どんが帳面を隠したと、後から、証《あかし》を立てることも難しいやろな」

江戸から離れた手代を、他国まで追っていく者などいない。芝居の手代は、後の結末を、もう知る事も見る事もなく、西へ旅立っていったのだ。

一方、残された江戸店は、大騒ぎになった。掛売帳がないと、品物を売ったお客から金を貰えない。伊勢屋と同じ悩みを抱えたのだ。

「舞台端に見えてる台所に、掛売帳が隠されてるのは、客席からは丸見えや。けど、舞台にいる江戸店のもん達は、誰もそれに気がつかないときた」

なかなか掛売帳は見つからない。騒ぎは別の騒ぎを呼び、騒動が続いて、宮地芝居のお客達は、それを楽しんでいたという。

　ここで和泉屋が、口を開いた。

「あの芝居、よう出来た芝居やった。けど、わては見てるのが、なんや苦しかった」

　麻之助は、和泉屋が何を言おうとしているのか、分かる気がした。大番頭を名乗っていても、和泉屋もまた奉公人の一人なのだ。

「わては上方から江戸へ、三度とも戻って来れました。けどな、芝居の中の手代どんが、己の夢を失うた場を見るのは、辛かった」

　手代は、仕事と夢を一気に失ったのだ。なのにこの先、上方で、己を首にする主へ、礼を尽くさねばならない。

「舞台で震える姿を見て、己の失望と重ねたお人が、芝居小屋に大勢さん、おるような気がしたわ」

　江戸店ほどはっきり、時期は決まってなかろうが、奉公先を辞める者達は、江戸の店でも多い。そういう者が、ただ楽しんで笑うには、余りに辛い場面だった。ここで丸屋が顔を顰《しか》める。

「そやから秋になって、店から本が消えた時、あの、宮地芝居のことを思い出した」

　最初はまさかと思ったが、一緒に芝居を見た大番頭達も、芝居と同じように、店から、失ったら困る物を無くしていた。丸屋は本を、和泉屋は持参金の櫛を、伊勢屋は何と掛売帳を失ったのだ。

「こりゃ、間違い無しやと思うたわ。誰ぞがあの、宮地芝居の真似をしよった」

丁度、秋が来ていた。今年も決まった年月の末、何人かがまとまって、上方へ旅立った所であった。丸屋も、伊勢屋も和泉屋も、そうだ。

「もう己は戻って来れんと、腹をくくって店を出たもんも、おったはずや。誰か、余程辛かったんかいなと、なんや泣けてきた」

そこも芝居と同じだ。誰が櫛や掛売帳、本を隠したのか分からず、証もない。正直に言うと、丸屋は隠した者が誰なのか、知りたくもないという。

だが、しかし。

「今言うたように、丸屋から無《の》うなった本は、お旗本から預かった品や。切れた綴じ糸を、替える事になってた。あんなもんが失せたら、西の本店も困ります」

ここで和泉屋も頷く。

「妻の、無うなった櫛は、本店からもろた持参金の一部。見つけんとあかんのですわ」

次に、伊勢屋の低い声が聞こえてきた。

「和泉屋はん、丸屋はん、実は今朝方、伊勢屋の本店から文が届きましてな。何と珍しいことに、本店の番頭はんが、江戸店へ来るいうことでしたわ」

「えっ……」

麻之助と大番頭二人の顔が、引きつる。

「どうも、うちの奉公人の誰ぞが、失せもんの騒ぎを、西へ知らせたらしゅうて」

だが本店には、江戸店の掛売帳が失せたという、証もない筈であった。なのに、早々に番頭がやってくるとは、本当に珍しい事だと、伊勢屋が声を震わせる。

「西の番頭はんが来る前に、掛売帳が見つかっとらなんだら、わての首、どないなるやら」

江戸店の奉公人の内、分家させて貰える者は、ごくごく僅かだ。江戸店に奉公した者から一人、分家する事に決まったら、その後暫《しばら》くは、店を持つ奉公人は出ないという。

大番頭の伊勢屋が店を持ったら、分家の夢を絶たれる者達が現れるのだ。

「奉公は、競い合いでおます」

そう言い切る伊勢屋の大番頭が、麻之助には酷く落ち着いて見えた。三人の大番頭は目を見交わすと、麻之助の顔を見つめ、初めの頃とは違い、淡々と言ってきた。

「無うなったのは掛売帳と、本と、櫛でおます。町名主はんが見つけてくれはったら、この後ずっと、ご恩を覚えとりますわ」

ちなみに丸屋と和泉屋は、失せ物を見つけて、無事店を勤め上げたら、自分の店を開きたいと言った。分家か、小商いを始めるかは分からないが、店は上方ではなく、江戸で開きたいそうだ。

「子供の頃、上方を離れてます。江戸住まいも三十年を超したよって。死ぬまで暮らすんなら、馴染みの土地が楽やわ」

上方言葉で言われ、麻之助は笑みを浮かべた。だが確かに、十やそこらで離れた土地だと、縁は薄かろう。西に兄弟がいても、毎日の付き合いは無理だったろうし、長年の友は江戸にいる。親も、もう亡《な》いという。

「新しい店は、高橋家の支配町に開いて下さい。お待ちしてます」

支配町は十二町あるから、今の江戸店とは離れた場所に店を開けると言うと、二人は頷いている。伊勢屋は里方へ帰るのかと問うたら、里や本店は伊勢にあるが、自分は大坂に落ち着きたいと言い出した。

「身内や、商売で関わった友が、大坂におりましてな。わても親はおりまへんし、ほっと出来る所がええわ」

誰も、生まれた里に近い本店辺りを望まないので、麻之助は笑いたいような、泣きたいような気がした。そして三人の大番頭が何を願っているのか、きちんと一度、確認を入れる。

「掛売帳と、本と、櫛を探して、伊勢屋さん、丸屋さん、和泉屋さんへ戻すこと。そして、隠したお人を捕まえたいとは、三人とも、考えていないこと。これでよろしいですね」

期限は、西の本店の番頭が、現れる前までとなる。おそらく、半月無いと思われた。

「西にある本店の番頭さんが来ると、多分、他の大番頭さん達の噂も、拾われてしまいますね」

各江戸店の内には、他の奉公人という競い相手がいるから、これは覚悟せねばならない。番頭三人が頷き、頭を下げてくる。

「よろしゅうお願いします。わてらも、必死に探しますよって」

麻之助も勿論、早々に探し当てたいと、本心から願い始めた。だが今のところ、その当ては、全く無かった。

四

江戸店の大番頭達は、まだ何も見つかっていないのに、何かほっとした顔で、高橋家から帰って行った。江戸店では話せないことを、何人かと語ったので、少し気が晴れたのだろうか。

「和泉屋の中は、調べ尽くしたんやけど。棚の後ろから倉の中まで、ほんまに細《こま》こう、店の皆で探したんや。何で櫛、無いんやろ」

和泉屋のぼやきが遠ざかった後、麻之助は、まずは己の部屋に戻り、じっくり考えようとする。するとお和歌が待っていて、廊下で話を時々聞いてしまいましたと、正直に言ってきた。

「済みません。お前さん、怒りますか？」

「お和歌、私は何としても、失せ物を探し当てたくなった。だってさ、自分が分家出来なくなるかどうかの瀬戸際なのに、三人とも、大事な物を隠したのは誰か、調べなくてもいいって言ったんだもの」

三人の中には、誰がやったのか、察しが付いている大番頭もいると思う。中登りをするには十六年、勤め続けねばならない。今年西へ向かった手代は、多くはなかったはずなのだ。

「中登りをした手代さんに、その気持ちを知ってもらいたいよ」

麻之助の言葉に、お和歌が頷く。

だがお和歌は直《す》ぐ、それにしても不思議だと言葉を続けた。

「店は奉公人の皆さんが、気合いを入れて探した筈です。でも、失せ物が一つも見つかってないのは、何故でしょう」

麻之助が顔を顰める。三人の大番頭は芝居で、目の前に有るのに、見つかっていない掛売帳を見ている。本気で探した筈なのだ。

「帳場にも、店表にも、倉にも、きっと本当に櫛は無かったんだ。不思議だよね」

立っていても思いつかないので、ごろりと寝転んでみたが、やっぱり答えは浮かばない。すると、近頃お和歌にばかり懐《なつ》いて、麻之助には威張っているふにが、体を踏んづけて横切って行った。

「ふにぃ、頼むから教えてくれないか。伊勢屋、丸屋、和泉屋のどこでもいいから、失せ物が隠されている場所、示しとくれ」

「みゃん、にゃー、みゃー、みゅうっ」

ふには親切にも、長く語りかけてくれたが、残念ながら麻之助は、猫の言葉が分からない。

「私ときたら、修行が足りないね。さて、どうしたもんか」

すると、ふにが奥へと消える姿を見て、妻のお和歌が首を傾げた。

「そういえば、江戸店では猫、飼えるんでしょうか。大番頭さん達は、江戸で店主のように、扱われてますよね？　猫くらい、大丈夫なのかしら」

「さて……どうなんだろう」

だが和泉屋は、店で妻の櫛を無くしたのだ。つまり。

「おかみさんと、一緒に住んでるんだよね？　なら、猫がいても、良い気がするけど」

するとお和歌は、困った顔になった。

「あの、お前さん。江戸店って、上方のお店が江戸へ出した、出店の事ですよね」

「よく知ってるね。ああ、西森家の支配町にも、江戸店があるものね」

麻之助が頷く。するとお和歌は、戸惑うように言葉を続けた。

「あの、江戸店で雇われているお人は、男の人ばかりだと思ってました」

西森家の支配町にあった店では、台所の飯炊きまで、男しかいなかったそうだ。

「でも、店におかみさんがいるなら、小女《こおんな》の一人も、いそうに思えますが」

麻之助は一寸《いっすん》、目を見開く。

「そういえば……丸屋さんには行ったことがあるけど、あそこも、男ばかりの店に見えたな」

麻之助は首を傾げた。

「江戸店の大番頭さんて、どこでどんな風に、暮らしてるのかしらん」

江戸者の店だと、勿論店の奥には、主の一家が暮らす場所がある。奉公人は、店の二階などで寝起きをし、番頭になると、長屋に部屋を借り、妻を貰うという話になった。そこから通うのだ。

勿論働いている店で、妻共々暮らす事はない。

「でも江戸店には、主の一家がいないよね。大番頭さんが余所《よそ》から通ったら、店には夜、主の役の人が、居なくなっちまう」

そうなったら和泉屋の奉公人達は、夜など大いに気が緩むに違いない。それを上方の主が、許すとも思えなかった。

「さて江戸店に、こうも分からないことがあるとは、思わなかった」

日々の事が分かれば、大番頭が妻の櫛を、何故店で無くす事になったのか、分かるような気もしてきた。

「おかみさんのことは、和泉屋さんに聞けば、直ぐ分かる事だよね。まずはどこで暮らしているか、ちょいと問うてこなきゃ」

お和歌に見送られ、玄関から出るとき、麻之助は振り返ると、お和歌へ一つ頼んでみる。お和歌は、色々考えるのが好きだから、宗右衛門から、次の困り事を押っつけられる前に、一つ、力を貸して貰おうと思ったのだ。

「和泉屋さんが、暮らしている場所が分かったとして。お和歌、家のどこで櫛を探せばいいか、考えておいてくれないか」

するとお和歌は、麻之助が玄関を出る前に、返事をしてきた。

「お前さん、わたしでしたら、いつも櫛を置いていたような場所を、探してみますわ」

「えっ？　お和歌は、櫛が実は、無くなっていなかったって思ってるのかい？」

「いいえ、高価な櫛は、元の場所にはなかったんだと思います。ただ」

持参金代わりになるような高い櫛なら、蒔絵《まきえ》や螺鈿《らでん》、珊瑚《さんご》の飾りなどが施してあることだろう。そんな品を、台所や縁側に隠すのは怖い。風で飛んだり、猫が玩具《おもちゃ》にして、傷つけるかも知れないからだ。

「ですから櫛を隠したお人は、余程、隠し場所に困るだろうなと思いました」

その点、おかみの持ち物の中だと安心だし、奉公人達は探し辛いはずだ。

「言われてみれば……うん、本当にそうだね。無くした側の、おかみさんの荷を調べることは、考えていなかったよ」

ただ男の自分が、おかみのものを調べるのは、ちょいと難しいねと、麻之助はぼやく。そしてお和歌へ、一言いい置いた。

「伝えておきたい事があるから、西森名主に一度会ってくるよ」

お和歌の様子を聞けば、きっと舅殿は喜んでくれると麻之助が笑う。お和歌も、嬉しそうな顔になった。

「そういえば、おとっつぁんも支配町内の失せ物を探してると、おっしゃってましたね」

宮地芝居の一場面は、季節を経て、思わぬ騒ぎと化していた。

「上方へ去るお人の、江戸への心残りが、騒ぎを幾つも生んでしまってるわけだ。行ってくるね」

「早いお帰りを。おとっつぁん、大丈夫でしょうか。わたしが居なくなった後、ちゃんと書き付けに、毎日の事を書いているかしら。弟は、手伝うようになったでしょうか」

お和歌の心配を聞きつつ表へ出ると、今日も大勢が、神田の道を行き交っている。店の使いに出た、奉公人らしき姿も目についた。その暮らしの裏にある大変さを思い、麻之助は思わず、その背を長く見ていた。

お和歌が気にしていたので、麻之助はまず西森名主の屋敷を訪ね、自分の所も、江戸店の探し物を三つ抱えたと、舅へ伝えた。

金吾は、江戸店の失せ物と、宮地芝居が関わっていると知り、呆れた様子であったが、事情が分かってありがたいと言ってくれた。お和歌は元気で、金吾の、書き付けの整え方を心配していると言い足すと、舅は、ぺろりと舌を出し、その件は聞かなかったことにしてくれと頼まれた。

「お和歌は万事きちんとしてて、ありがたかった。でもなぁ、ちょいと細かかったぞ」

いつも職人が作った、同じ綴じ糸の帳面を揃え、見た目を整えていたという。そういえば本や帳面は、綴じ糸の付け方にも違いがありますねと言って、麻之助は頷いた。

「何か分かれば、またお伝えします。金一《きんいち》さんにも、よろしくお伝え下さい」

麻之助はまだ、義理の弟、金一を呼び捨てにするほど、親しくはないのだ。

五

次に、神田でも日本橋に近い辺りにある和泉屋へ向かうと、乾物類卸は繁盛しているようで、荷の山が見えた。

ただ卸の大店だからか、麻之助が店の暖簾《のれん》をくぐっても、客の姿は余り見かけない。客は乾物を売る店や、料理屋など大口の馴染みが多かろうから、和泉屋のほうから注文を取りに行くのかも知れなかった。

直ぐに奉公人が麻之助に気がつき、声を掛けてきた。

「町名主の跡取りはん、今日は何ぞ、御用がおありで？」

江戸店ではどこでも、上方言葉を耳にする。麻之助は頷くと、大番頭に会いに来たのだと、手代へ語った。

「ちょいと、頼まれ事をしてるんだよ。大番頭さん、店においでか？」

「なんと、間の悪いことで。大番頭はん、今日は出かけてはりますのや」

張り切って店を訪れた麻之助は、肩を落とす事になった。だがふと思いつくと、大番頭が店で寝起きをしているか、手代に確かめてみる。

「大番頭さん、こちらの二階で暮らしておいでかい？　もしそうなら、遅くに店へ顔を出しても、大丈夫だよね」

手代が、店表の上がり端《はな》で笑い出した。

「うちの大番頭はん、店で寝起きは、してはりまへんわ」

大番頭の住まいは、店の直ぐ裏にある一軒家だという。大番頭が少し前に、妻を江戸へ呼び寄せたからだ。

「大番頭なら、おかみはんは持てる決まりでおます。けど嫁御の方々は、大概《たいがい》上方にお住まいで」

大番頭といえど、たまに西へ帰った時しか、自分の妻子に会えないのだという。

ただ和泉屋のおかみは、本店の縁者だからか、融通が利いた。おかみは江戸で、暮らすようになったという。

「そんでも家は店の裏手、目と鼻の先に決められました。そやから大番頭はんは、店においでと変わりまへん。夜でも急な用があったら、奉公人は直ぐに行けますよって。助かっとります」

おまけに、店で奉公人達が騒げば、声は筒抜けだ。大番頭が、裏の家から飛んでくる。

「ああ、そうでしたか」

麻之助は、また来ると挨拶をし、和泉屋から表へ出た。

「大番頭さんの一軒家は、和泉屋の、直ぐ裏にあるとな」

一つ首を傾げた後、麻之助は店前の大通りから、ひょいと脇道へ入った。江戸店の裏手へ回り込んだところに、細い脇道があり、和泉屋の裏手が見える。大番頭の家は、早々に見つかった。

「おや、この一軒家、まるで店と続いているみたいだ。本当に近いね」

玄関から、声を掛けてみる。

「あの、和泉屋さんのおかみさんは、ご在宅でしょうか。町名主の家の者ですが」

すると奥から声が聞こえ、おかみが姿を現してきた。四十を超している大番頭の連れ合いとしては、思いがけないほど若く、驚く。

麻之助はまず名乗り、来訪の訳を口にする。大番頭がいなかったので、麻之助は先に、おかみと話をしておこうと思ったのだ。

「私は町名主の跡取りで、麻之助と申します。大番頭さんから無くなった櫛のことで、相談を受けております。それで今日、和泉屋さんへ伺ったんですが……」

ところが麻之助はここで、言葉を失ってしまった。和泉屋のおかみの後ろにいる、見慣れた姿に気づいたからだ。

何と、お和歌であった。

自分が、目一杯、目を見開いているのが分かった。

「お和歌！　うちのかみさんが、どうして和泉屋さんの一軒家に、上がっているんだい？」

すると、麻之助がお和歌の連れ合いだと知り、おかみのお香《こう》が笑い出す。

「麻之助はん、部屋へ上がっとくなはれ。ご夫婦でおいでなんや、構いまへんやろ。今、お和歌さんと、話してましたんや」

確かに自分一人ならば、おかみしかいない家へ上がるのは、まずかったろう。頭を下げ、上がらせて貰ったものの、まだ呆然としていた。

「お和歌、ここで、何してるんだい？」

思わず問うと、妻が、叱られた子犬のように、身を小さくした。

「麻之助さん、わたし、和泉屋さんのお宅に来ては、いけなかったでしょうか？」

通された居間で、お和歌は亭主へ、申し訳なさそうに問うてきた。麻之助が思わず眉尻を下げると、お和歌は事情を告げてくる。

「わたしは、無くなった櫛が、おかみさんの荷の中にあるのではと、さっき話しました」

だが男の麻之助が、おかみの荷を調べることは、難しかろうと思った。若い男が、おかみに会うこと自体、妙に思われかねない。

「なら、おかみさんの荷は、わたしが見せていただこうと思いましたの」

「お和歌ぁ、そういう時は、一言伝えておいてくれると嬉しいんだけど」

麻之助は、情けない声を出すしかない。

「それでわたし、習い事の仲間を頼り、和泉屋さんの店の場所を聞きましたの」

すると乾物類卸和泉屋の近くに、親類がいる仲間がいて、和泉屋のおかみが暮らすのは、奥の一軒家だと教えてくれた。

「それで、一人でこちらへ、来てしまいました」

「お和歌、仕事でもないのに、知らないお人の家を、いきなり訪ねたのかい？　これは、申し訳ありません」

麻之助が、思わずおかみへ頭を下げると、お香は笑って、嫌なら断っていたから、大丈夫だと言ってくれた。

「わて、上方から江戸へ嫁いできたさかい、親も仲ええ子も、側におらんようになってて。今日はお和歌はんと話が出来て、嬉しかったわ」

「あら、良かったたぁ」

「いやその、お和歌ぁ。私は凄ぉく驚いたんだよ」

麻之助がぼやくと、お和歌とお香が、揃って笑い出す。だがお和歌もここで、麻之助へ頭を下げてきた。

「それでね、お前さん。申し訳ないんですが、わたしの考え、間違ってました。お香さんに伺ったんですが、櫛は細い路地一本隔てた、和泉屋の店内で無くなったんだそうです」

だからお和歌は、一軒家を調べて欲しいと、おかみへ頼まなかったらしい。

麻之助は頷いたが、少し眉根を寄せる事になった。そして、どうして櫛が店へ行ったのかと首を傾げたので、お香は事情を語った。

「大事な櫛の螺鈿が、欠けたんですわ。で、修理を頼もうとしたんやけど、上方から江戸へきて、まだ半年経たんから」

お香は櫛の修理を、誰に頼んだらいいのか分からなかったのだ。困っていると亭主の大番頭が、自分が直しに出すと言ってくれた。

櫛をお香から受け取ると、和泉屋は一旦、店へ仕事に行った。後で顔見知りの職人に、修理を頼むつもりだったという。

ところが大番頭は和泉屋で、妻から預かった櫛を失ったのだ。

「うちの人、わての大事なもんを、あっさり無くしてしもたんよ」

「和泉屋さん、失せた櫛を、必死に探しておられますよ。その件で町名主の高橋家へ、お見えになったんですから」

「確かに何度か、店の内を探してるのは、見えましたけど」

お香が窓へ目を向けたので、麻之助も表を見てみると、驚く程近くに、和泉屋の台所辺りが見えた。

「ああ、ここからは和泉屋さんの奥の様子が、手に取るように分かりますね」

奥の台所の横は土間になっており、そこから奉公人達が出入りしている。その先にある倉の戸口まで、窓から見える作りになっているのは、一軒家にいても店の様子が分かるように、和泉屋が配慮したのかも知れない。

（大番頭さん達、江戸店にいる内は、嫁御を貰っても、上方と江戸で別れて暮らすのが並の事だったね）

奉公人達は出世しても、店に居る限り、寂しい毎日を送る事になる。途中で辞める者が、多い筈だと思う。

「本店との繋がりで、おかみさんを江戸へ呼べた和泉屋さんは、幸運でしたね」

すると話をして、ただ店奥を見ていただけなのに、何故だか事が急に、危険な方へと転がり出した。お香は溜息をつくと、突然、驚くような事を口にし、麻之助を魂消《たまげ》させたのだ。

「わては、幸運やおまへん。来て、もう半年近うなるんに、江戸はちっとも馴染めんもの。この土地、合わんみたいや」

「えっ？」

麻之助達が、急な話に驚いている間に、お香は和泉屋の店を見つつ、話を更に、危うくしていく。

「今、思うてます。わて、上方へ帰った方がええんやないかって」

親元で、良く知った人々に囲まれ暮らす方が、自分に合っている。櫛の件が、その事を分からせてくれたと、お香は続けたのだ。

焦ったのは、麻之助だ。白分が調べに出た途端、和泉屋からおかみが遠ざかっては、余りにも申し訳なさ過ぎる。

「あの、お香さん。今回の失せ物騒ぎには、訳があるんですよ。とにかく、聞いてくれませんか」

麻之助は、宮地芝居が騒ぎを引き起こした事情を、お香へ告げた。櫛の件は、選ばれなかった者の不満と、心残りが引き起こした事に違いないのだ。

「和泉屋さんが、櫛を粗末にしたから、無くなったんじゃないんです。櫛は店から失せていない筈だから、きっと見つかります」

だが麻之助は、ここで黙ってしまった。お香は夫婦の目の前で、胸元へ手を入れると、小さな袋を取り出した。そして中から何と、それは綺麗な櫛を、出して見せたのだ。

「えっ……その櫛は」

「麻之助はん、これ、亭主が無くした櫛ですわ。わて、和泉屋へ入って、勝手に探しました」

お香はそう言い切った。

「わては、これを手にしたこと、まだ亭主に言ってませんの」

この櫛を亭主に見せて、上方へ帰りたいと言う気だった。けれど和泉屋は忙しく、二人で向き合う時を、まだ見つけられない。

「この櫛、どうやってわてが、手に入れたんやと思います？　麻之助はん、言うて下さいな。当たったらわて、きっと亭主へ謝りますわ」

強気な言葉とは裏腹に、お香は泣きそうに見えた。麻之助は何としても、お香が櫛を持っている事情を思いつかねばならないと分かった。でないと和泉屋は、一人暮らしになってしまいそうなのだ。

六

翌日麻之助は、書物問屋丸屋へ顔を出し、奥の間で、和泉屋の失せ物、櫛が見つかったと告げた。

それから、和泉屋の櫛がどうやって失せ、なぜ現れてきたかを、丸屋へ語ったのだ。

「私達は、おかみさんと一度お話ししたいと思い、和泉屋さんの一軒家へ伺いました。驚いた事に、無くなったはずの櫛は、おかみのお香さんが持っておいででした」

そしてお香は、櫛が失せて、はっきりした事があると言った。自分は江戸に馴染めていないので、上方へ帰りたいと願ったのだ。

丸屋はひどく驚いた顔をしたが、問うてきたのは、お香のことではなかった。

「あの、達、とは？　どなたか他にも、和泉屋さんの一軒家へおいでだったのですか？」

麻之助は、一人ではおかみを訪ねづらかったので、妻のお和歌に、同道して貰った事にした。

丸屋と、呼んで貰った丸屋の妻、お清《きよ》が頷く。

「私らはお香さんに、こんな意味の事を言われました。櫛が見つかった事情を、当てて欲しい。それが出来たなら櫛の件で、和泉屋さんへ謝ると」

丸屋が僅かにうめき、お清は眉尻を下げた。麻之助は、お香と向きあった時の話を、伝えていった。


和泉屋の一軒家で、麻之助は櫛が見つかった事情を、必死に思い描いた。

「お香さん、今、言いましたように、江戸店で失せ物が続いているのは、宮地芝居がきっかけなんです」

そうでなければ、中登りと失せ物、江戸店絡みのことが、三つも重なったりしない。つまりお香の櫛の騒ぎにも、中登りに向かう手代が絡んでいる筈なのだ。

麻之助は、ゆっくりと頷いた。

「手代さんが関わっているなら、直しに出そうと思っていた櫛が、店から消えた訳は分かります。隠す為、手代さんが掠《かす》めた訳だ」

麻之助はここで、窓から和泉屋の台所へ目を向けた。

「この部屋から、台所がよく見えますね。もし、その手代さんが、台所へ櫛を隠したとしたら。そしておかみさんが、その場を見ていたら、おかみさんは大事な櫛を取り戻したでしょう」

そしておかみは上方へ帰ることを、考え始めたわけだ。お和歌が心配げな目で、お香を見ている。

だがここで麻之助は一つ、首を横に振った。

「でもこの考えには、〝たまたま〟が多すぎる気がします」

〝たまたま〟手代が櫛を選び、〝たまたま〟一軒家から見える台所に隠し、〝たまたま〟おかみが、その場を見ていたとなると、余りに、都合が良すぎる話に思える。

だが、そうはいってもお香は、実際その手に櫛を持っている。つまりと麻之助は頷いた。

「逆さまだったのではないかと思います」

「お前さん、逆さま、とは？」

「お和歌、手代さんは隠す物として、櫛を〝たまたま〟選んだんじゃない。お香さんが上方へ帰りたいと言ったから櫛を掠め、台所へ隠す事にしたんです」

じき、中登りをする手代も、宮地芝居の噂を承知していたのだ。ただ、手代は櫛を隠す時、これから台所に置くと、お香へ告げておいたに違いない。

そして芝居同様、手代は店の品を隠して、上方へ帰っていったのだ。つまり手代に罪はない。

「そして、隠す所を見ていたお香さんが、その櫛を取り戻した。そうではないですか？」

お和歌が目を見張り、お香は手の中の櫛に目を落とす。そして……ある日手代が一人、店裏と一軒家の間の路地で、泣いていたと語り出した。

「自分は上方へ帰ったら、もう江戸へは戻って来られん。それが悔しゅうて、悲しいと言っておった」

しかしお香は、上方へゆく手代が羨《うらや》ましかった。それで、思わず正直に言ったら、手代は同情してくれた。そして手代は、思い切って櫛の螺鈿を小さく傷つけ、店へ寄越すよう言ってきたのだ。

「持参金の櫛がのうなったら、上方へ帰ると言う、きっかけになります。手代はんはわてへ、そう言わはった」

その企《たくら》みは上手くいき、お香は櫛が失せた事に出来た。しかし、なかなか上方へ帰ると言い出せない内に、麻之助がやってきて、話をする事になったのだ。

「丸屋さん、私の思いつき、当たっていたそうです」

お香は、麻之助と話をした後、櫛を持っていることを和泉屋へ告げてくれた。櫛の件は、とりあえず片が付いたのだ。

すると丸屋は、和泉屋の話に目を丸くし、じき、顔を強《こわ》ばらせた。

「あの、わてと伊勢屋はん、和泉屋はんは、一緒に高橋家へ、伺いましたわな」

同じ頃、店で失せ物が出たからだ。そして三人は同じ上方出の大番頭として、付き合いもある。

だが、しかし。丸屋は麻之助の目を、のぞき込んできた。

「そのな。和泉屋のおかみお香はんが、櫛をとうに見つけたんに、黙ってはったことを、わてに教えて良かったんやろうか」

和泉屋が気にしないのかと問われ、麻之助は茶を手に、ゆっくりと頷く。

「実はその、丸屋さんへお話しすること、和泉屋さんは承知です」

和泉屋は、いずれは江戸で店を開こうと、お香を呼んだ。おかみに早く、江戸に馴染んで欲しかったのだ。

「しかし無理だったようで。和泉屋さんは今、がっくりきてます」

丸屋は眉尻を下げ、困った顔になった。そして、和泉屋のおかみが里へ帰りたいのなら、揉め事を引き起こさなくとも、良かったのにと口にした。

「自分には江戸の水が合わんかった。暮らしていけん。お香はんは和泉屋はんへ、そう泣きつくだけで、済んだことやのに」

江戸店で商っていれば、上方から来た奉公人の中に、調子を崩す者が現れることくらい、承知している。時に大病を患う者も出るから、そういうとき大番頭達は、無理をさせない。

水以外の訳があるかもと思っても、和泉屋はおかみを、問いつめたりしなかった筈なのだ。丸屋が眉尻を下げた。

「和泉屋はんは、その内お香はんを、西へ帰すやろな。寂しいと思います」

だが少し間を置いて、別の人と縁組みすればいいと丸屋は口にした。例えば自分のように、江戸のおなごを嫁にするという手もあると言うのだ。

麻之助が、上方の店主が、よく許しましたねと言うと、西にはお清を、妾《めかけ》と言ってあると告げてくる。

「お清には悪いけど。わてが店を辞めるまでは、表向き、そういう事にしております」

だが、お清にはちゃんと家を買い、丸屋夫婦は子供らと、そこで暮らしているのだ。丸屋は夜の間の店を、店で働く他の番頭に頼み、代わりに、自分は分家をしないと約束している。

「丸屋を辞め、いくらか頂いたら、わては江戸で己の商いを始めます。江戸店の番頭はん達は、自分の隠居時を考えて、目をつぶってくれてるわ」

江戸店でやっていくのは大変だと、丸屋はつぶやく。すると麻之助はここで、やはり大変な思いをしているお香に、手を貸して貰えないだろうかと、丸屋へ話した。

「手を、貸すとは？」

「うちのお和歌が、お香さんは遠くへ嫁いだ事に、まだ戸惑ってるだけかもと言ってました」

お和歌も丁度、嫁いだばかりだ。そして江戸生まれのお和歌にしても、今は戸惑うことが色々あると言われ、麻之助は少し焦った。

「まさかですけど、お和歌が里へ帰りたいと言い出すのかと思い、冷や汗をかきました」

「はは、そりゃ、困りましたな」

お和歌は、里帰りは言い出さなかった。ただ、前の友に会った時など、以前の付き合いのようには行かず、その事に驚いていたのだ。

「お香さんは江戸に来て、半年程です。ですが、毎日のことを気軽に話せる、おなごの付き合いがないようなのです」

一軒家暮らしで、かなり年上の亭主一人が頼りとなると、見知らぬ地で、おなごの知り合いを増やすのが難しい。江戸店には、おなごが居ないからだ。

「習い事でもなされればと思いますが、それも、どこへ行けばいいか、お香さんには分からないでしょうし」

今回お和歌と縁は出来たが、高橋家の屋敷は少し離れている。ここで丸屋が笑った。

「ああ、そういうことかいな」

それで和泉屋の櫛の事情を、自分に伝えたのかと、丸屋は察しよく頷いた。そして、連れ合いのお清を見ると、和泉屋のおかみを頼めるかと問うてくれた。

「お清は、習い事をやっとったわな。稽古仲間も多いんちゃうかな」

お清が頷く。

「和泉屋のお香さん、急いで上方へ帰るより、こっちで、習い事を始めた方がいいですよ。生け花にでも誘いましょう」

そこでお清の知り合いと親しくなれば、他にも付き合いが生まれ、お香は少しずつ江戸に馴染んでいくだろう。それに。

「上方へ帰っても、お香さん、前の暮らしには戻れないと思います。お香さんの周りの娘さん達も、変わっていくでしょうし」

「おや、そうなんか？」

丸屋が暢気《のんき》に驚いていたので、お清が苦笑を浮かべた。

「男の人は、お嫁さんが自分の家へ嫁いでくれるから、分からないんですね。里方にいる、同じような歳の娘さん達は、似た頃に嫁入りして、家から離れていくんです」

子が生まれたら、家の用も増える。

「娘の頃みたいに、お友達と連れだって、お参りに行ったりしなくなります」

変わりたくなくて、上方の里へ帰っても、お香は、周りが変わっていくのを見るだけかも知れない。縁づく年頃は特に、暮らしも、人との関わりも、大きく違っていく。麻之助が、静かな声で言った。

「里方にいてさえ寂しいと思ったら、お香さん、江戸にいるより辛いでしょうね」

麻之助はここで、頼りのお清へ、お香さんをよろしくお願いしますと頭を下げた。

「お香さんが、このお江戸に馴染んだら、きっと和泉屋さんも喜ぶと思います」

「町名主はんというんは、あれこれ気を遣うお役でございますなぁ」

丸屋はまた笑っている。麻之助は、ようよう和泉屋の件を終えられたので、今度は丸屋の心配事を、何とかすると口にした。

「実は既に一つ、考えが浮かんでおりまして。ありがたい事に、こちらの事でも、お和歌が助けになっております」

「おやおや、どういうことですやろ」

麻之助は妻のお和歌が、里方の西森町名主の屋敷で、帳面などを、それはきちんと整えていた事を語った。

「だから西森家の帳面の綴じ糸は、揃っていたと聞きました。お和歌は藍色の糸が、好きだったようです」

「はい？　あの、それで？」

丸屋夫婦は、揃って首を傾げた。

七

麻之助は、丸屋の心配事も片付けると、次の日、紙問屋伊勢屋の江戸店へ向かった。

伊勢屋は今も独り者で、紙問屋の二階に、自分用の部屋を貰って、暮らしているらしい。麻之助が訪れると、商いをする時に使う、奥のひと間に通し、茶菓子なども出してくれた。

こういう時、まさに大番頭達は、大店の主そのものであった。

「麻之助はん、和泉屋はんに続いて、丸屋はんの困りごとも、あんじょう片付けはったんやて?」

伊勢屋は昨日、風呂屋の二階で丸屋と会ったようだ。

「大番頭はん、喜んどったで」

「ありがとうございます。それで、丸屋さんの件ですが。私は親と妻以外には、詳しくは伝えていないんです」

だから今回、ずっと関わっている伊勢屋には事情を話すが、余所には言わないでくれと、麻之助は頭を下げる。伊勢屋が首を傾げ、どういう次第かと聞いてきたので、麻之助は、伊勢屋の困り事を片付ける前に、まずは、丸屋の件を伝えることになった。

「丸屋さんは、ご存じの通り書物問屋です」

書物も、昔は他を圧するがごとく、上方の方が随分盛んであった。江戸など東の地として、後《こう》塵《じん》を拝していたのだ。

しかし時が経ち、江戸に住む者の数が膨《ふく》れ上がってくると、東でも本が大層良く売れるようになった。江戸で本を作る店の数も、ぐっと増えていったのだ。

そうなると、硬い内容の本を扱う書物問屋も、軽い読み物や、浮世絵を扱う地本《じほん》問屋も、江戸で大きくなっていった。

こういう話は既にご承知ですよねと、麻之助は笑う。

「そういうご時世になると、本好きの集う〝連〟も、江戸のあちこちに出来ました。本の連はいいですね。身分や立場を超え、武家も町人も、本好きが集うのですから」

丸屋が本を預かり、無くしてしまった相手は、その連で縁の出来た旗本の殿様、戸田《とだ》だ。戸田が大事にしていた『浮世道中膝栗毛』が失せ、丸屋は困り切っていた。

「丸屋さんによると、戸田様が本を預けてきたのは、綴じ糸が切れたからという事でした」

丸屋は書物問屋だから、職人を知っており、直せるだろうと話が来たのだ。

「戸田様は、『浮世道中膝栗毛』を、それは大事にされていたとか。入っていた〝三日連〟の皆も、良き本だと、羨ましがっていたとのことです」

「その本はええな。わても綺麗な一冊が欲しいわ」

伊勢屋も、笑みを浮かべている。

戸田は藍の風呂敷に『浮世道中膝栗毛』を包み、丸屋へ確認させた後、店から帰っている。丸屋はその風呂敷を、いつもの職人へ頼むことにして、しばし店に置いていた。

ところが、だ。直しを頼んだ職人が、風呂敷を開けてみると、入っていたのは、『浮世道中膝栗毛』ではなく、『番付百話』という、新しい草双紙《くさぞうし》だったのだ。

「丸屋はん、驚いたやろうな。それで、上方へ立った奉公人の誰かが、店のどこかへ本を隠したんやろうと、言うた訳や」

宮地芝居の事を、大番頭達は覚えていた。だからこの考えが、真っ当に思えたのだと、麻之助は言葉を続ける。

「ん？　真っ当に思えた、とは、変わった言い方や。違ったんか？」

戸惑う伊勢屋へ、麻之助は妻の助力がどういうものだったのか、話した。

「先程言いましたがうちのお和歌は、里方にある帳面の糸が、きちんと揃っているのが好きだったんです。いつも同じ職人さんのものを、買っていたと聞いてます」

糸一本でも、染める職人が違えば、何とはなしに、見た目が違ってくる。町名主が使う帳面など、高いものではないが、揃っていれば確かに綺麗であった。

「西森家の帳面を綴じる糸は、藍色だったそうです」

ここで麻之助は、旗本の戸田がやったことを考えた。

「殿様は、大事にしていた、『浮世道中膝栗毛』を綴じる糸が切れたと、丸屋さんへ修理を頼みました。ええ、まずはそこが妙だったんです」

丸屋は書物問屋だ。硬い本を売る店なのだ。勿論、『浮世道中膝栗毛』などという面白い本は、売っていない。そういう軽い本を綴じている職人にも、縁は無いはずであった。

問屋が違えば、糸の綴じ方、色味、その他諸々、違ってくる。そういう細かな所まで楽しむのが、本好きの集う〝連〟ではなかろうか。

そもそも戸田は『浮世道中膝栗毛』を、地本問屋で買った筈なのだ。

「不思議ですよね。戸田様はどうして、地本問屋で買われた本の修理を、わざわざ書物問屋へ頼んだのでしょう」

そこが、丸屋の悩みを何とかする為、一番考えねばならない所だったのだ。

「麻之助はん、その謎、解かはったんかいな」

麻之助がにこりと笑った。伊勢屋は腕組みをし、十数えてから、降参だと言ってくる。

「教えとくれやす。麻之助はん、戸田様は大事な本を、何で丸屋はんへ預けたんや？」

「その訳ですが、丸屋さんが、江戸店だったからです。一方、本を買った地本問屋は、江戸生まれのお人が開いている、店だったんですよ」

伊勢屋が、寄り目になった。

「江戸店やと、何が違うんやろ」

「伊勢屋さん、ここ暫く、江戸店で失せ物があると、江戸店の皆さんは、宮地芝居を思い出してました」

「そやな、それで？」

伊勢屋がじれてきたので、麻之助は事情を急いで語る。

「戸田様が丸屋さんに本を預けたのは、『浮世道中膝栗毛』が、無くなる必要があったからです。

そして戸田様も、件《くだん》の宮地芝居をご存じで、江戸店ならば今、失せ物があっても、おかしくないと、思っておいでだった」

奉公人が上方へ登る時、大事な品を隠すと言われていたからだ。しかし品物を、店から持ち出してはいないことになっている。つまり誰かを罪人にせず、物が無くなった事に出来る好機が、江戸店にあったのだ。

「戸田様は……大事にしとった本を、無くしたかったと言うんかいな。何でや」

納得出来ない顔の伊勢屋へ、麻之助は告げた。

「私は、三日連に加わっているどなたかが、『浮世道中膝栗毛』を、欲しがったのではないかと思ってます」

連では普通、人の物に手を出したりしない。そんなことを許せば、連から、人が逃げだしてしまうからだ。しかし……伊勢屋が、顔を顰めた。

「戸田様は、お武家やからか。相手が上の立場のお武家やと、断るに断れんし、逃げるに逃げられんことも、あるやろな」

それでも本を渡したくない場合、どうするか。戸田も、流行の宮地芝居を利用して、本が無くなったことにした。

「戸田様が本をすり替えることは、簡単でした。同じ風呂敷包みを二つ用意して、一旦渡した後、入れ替えたんです」

「丸屋はんには、えらい迷惑なことや」

伊勢屋はそう言ったが、丸屋は戸田のことを余り怒っていなかったと、麻之助は教えた。丸屋も本好きだから、本を取られたくない戸田の気持ちが、よく分かったのだ。

「丸屋さんは話し合ったとき、戸田様を責めませんでした。代わりに、三日連のお人に、事情を話したようです」

連から抜けることになったのは、戸田へ本を譲れと言った方になった。そして戸田は、『浮世道中膝栗毛』は、今回、無くなったことにしているという。

「そうすれば、もう寄越せと言われることも、ありませんから」

伊勢屋は頷き、やれ、丸屋は難儀が片付いて羨ましいと言った。

「他の大番頭はん達は、失せ物の事、何とかなったようや。けどわては己が無事、掛売帳の事を、切り抜けられるとは思えん」

麻之助はどう思うか、伊勢屋は問うてきた。麻之助は腹に力を込めると、正直に言った。

「あの、難しいでしょうね」

麻之助は、和泉屋の奉公人が、おかみと力を合わせた件から、伊勢屋で起こったことにも察しがついたと、話し始める。

「ほお、分かったんか」

「和泉屋の手代さんは、店への意趣返しというより、おかみさんの役に立とうと、事を起こしていました」

伊勢屋の失せ物も、宮地芝居通りの話とは、違うかもと考えると、分かりやすかった。そして麻之助が、掛売帳の隠し先を思い付いたのは、どうやって掛売帳を隠したか、大番頭達の話に出ていたからだ。

「はて？　わては何を言いましたかな」

「江戸店で働く新たな子供らは、上方の本店が選んで、飛脚問屋のお人に、江戸店まで連れてきてもらう。前に、そうおっしゃってました」

「ああ、そういうたら話したたな」

そういう無理を聞いて貰える間柄なのだから、飛脚問屋と江戸店は、日頃から深い付き合いがあるのだ。江戸店と上方の店の間で、飛脚が行き交っているのだろう。

「飛脚問屋が、上方へ運んだ小荷物の中に、奉公人の誰かが、掛売帳を紛れ込ませたのではと思います。何日探しても、店内では見つからないのですから、もう店内にはないんですよ」

「う、うわぁ」

荷は、店から奪われてはいない。だから芝居の時と同様、盗んだ者はいないのだ。

ただ。伊勢屋は顔色を白っぽくした。

「ほんまにそんなこと、やった奉公人がおったんかいな。なら、わてはもう、大番頭ではいられまへんな」

掛売帳を、勝手に江戸店から上方の本店へ送るなど、やって良いことではなかった。大番頭はこれから、その責を問われるのだ。

何故急に、上方から番頭がやってくるのか。

「掛売帳が、本店に届いたからか」

やっと事情が分かったと、伊勢屋はつぶやいた。

八

麻之助はここで、伊勢屋と正面から向き合った。そして余分な事だが知りたいと、一つ問うたのだ。

「前に、身内が大坂にいると言われました。もしかしてそのお方、丸屋さんにとっての、お清さんみたいな方ですか？」

江戸店には、妻を持つなら上方のおなごと、決まっている店がある。しかも妻子は大番頭と離れ、上方で暮らすのだ。

「それを嫌がるお人は、いるでしょう」

伊勢屋は、大坂の事は内緒やと言ってきた。

「妻子のことは、本店へは、知らせとらんのですわ。せやからわてては、本店の側へは帰りまへん」

大坂には子が二人居ると聞き、麻之助は頷いた。そして、この後、こういうやり方をしてはどうかと、伊勢屋へ考えを伝えたのだ。

「掛売帳は、実際本店へ送られたものとして、腹をくくります。まず、分家は諦めます」

もっとも、分家をさせてもらえる大番頭は少ないし、伊勢屋はそこに、こだわってはいないように思えた。ならば。

「もう一段、腹をくくりませんか。少し早くなりますが、勤めを終え、大坂へ行くことを考えるのも、いい時期かと」

「こっちから、辞めるんかいな」

「ただ、他の奉公人に嵌《は》められたあげく、本店のいいように辞めるのも、業腹《ごうはら》です」

下手をすると本店は、いきなり首を、言い渡してくるかも知れなかった。だが、これから店を開くなら、分家は諦めても、まとまった金は欲しい。麻之助が言うと、伊勢屋も大いに頷く。

「長年、頑張って儲けてきたんや。幾らか渡してくれても、罰は当たらんわ」

「では、そこを勝負所としましょう」

本店方はきっと、上方へ送られた掛売帳を、大番頭が行き届かなかった事への、証のように見せてくるだろう。ならば、だ。

「反対に、その掛売帳を使わせて貰うのも、いいかなと思います」

実はこの件の始末は、麻之助が己で考えついた事ではない。

「私は話を、どう持っていったらいいか、さっぱり分からなかったんです。それで先々、吟味《ぎんみ》方《かた》与《よ》力《りき》になる友を頼りました」

「おおっ、大物を、知っとるんやな」

「納得いかない物事を、どう決着するか。良き鍛錬になると、友は考えてくれました」

吉五《きちご》郎《ろう》の返答は、面白いものであった。

「江戸店の掛売帳は、本店が送れとも言ってないのに、送って良い物ではありません」

上方へ送る途中、もし失せたら、店に損害を与えるからだ。つまり伊勢屋にいる奉公人は誰も、掛売帳を自分が送ったと言わないだろうと、吉五郎は考えた。それで。

「もし本店が、大番頭さんに首を言い渡し、一文も金を渡さないと言ってきたら、です。伊勢屋さんは、本店が江戸の奉公人にわざと、掛売帳を店から送らせたのではと、疑うべし。友はそう言ったんです」

金惜しさに、無実の奉公人を嵌めたと言うのだ。非道な振る舞いだから、奉行所に訴えると、上方の番頭へ伝えるべきだという。

「そうなると、本店の店主は罪に問われかねません。そしてその件の調べは、主が幅を利かせている国、伊勢ではなく、馴染みのない江戸で行われる事になる」

他国に居るからと、お調べから逃げれば、江戸店の商いに差し障る。

「金勘定が出来る主なら、大番頭さんが辞める時の金を払ってくれるだろうと、友は言いました」

揉めた後、大番頭が江戸で、同業の商いを始めるのなら、少し困る事もあるかもしれない。だが伊勢屋は辞めたら、大坂へ向かうのだ。

伊勢屋が、明るく頷いた。

「やってみますわ。ええ、一度本店に、言い返してみたかったんや」

その為なら、辞める時の金が減っても、諦めが付く。伊勢屋はそう言って大いに笑うと、麻之助へ、腹を決めたと告げたのだ。

そして二人は、間も無くやってくる上方の番頭と、まずはどう話し、どのように振る舞うべきか、長いこと話していった。

その後、伊勢屋が無事大坂へ去ると、草臥《くたび》れた麻之助は、己が、使い物にならない雑巾になったと言い出し、何日か怠《なま》けた。

そしてやっと動き出すと、約束通りお和歌と、菊見に行こうと言い出した。

「それでお和歌、どっちへ行こうか。両国かい？　染井村かい？」

「あの、お前さん。迷ったんで相談してたら、行く人が増えました。西森の親と、弟と、丸屋さんご夫婦と、和泉屋さんご夫婦も、一緒においでになるとのことなんです」

これだけ大人数だと、近場の両国で、菊人形を見た方が良いのではないか。妻にそう言われて、いつの間にそういう話になったのかと、麻之助は笑い出した。

「こりゃ両国の若親分、貞さんに話を通して、大人数が休む場所とか、用意しておかないとね。帰りに料理屋花梅屋《はなうめや》へ寄って、皆で夕餉《ゆうげ》を食べよう」

その内、猫のふにまで行きたがるかもと言うと、ふには迷子になりかねないから止《よ》しましょうと、お和歌が真面目に返してくる。

「ふみ？」

ふにが首を傾げている横で、麻之助が、また笑い出した。

よめごりょう

仍て如件

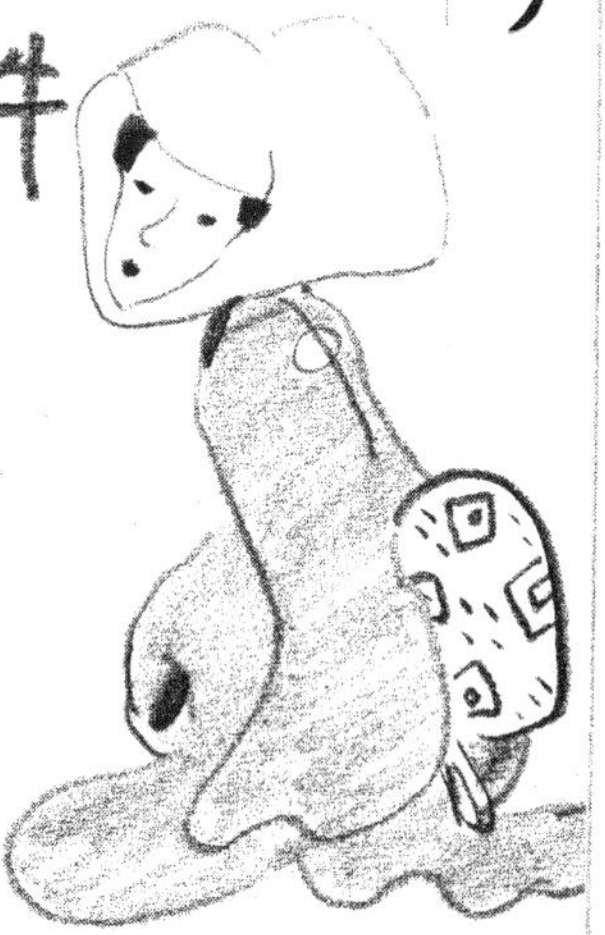

一

神田の古町名主《ふるまちなぬし》、高橋《たかはし》家の跡取り息子麻之助《あさのすけ》は、所用から帰った時、玄関で目を丸くした。

驚いた事に、妻お和歌《わか》の父、西森《にしもり》町名主が、連れと一緒に高橋家へ顔を出していたのだ。

（いや、金吾《きんご》さんが挨拶に来たんなら、夕餉《ゆうげ》に誘えて嬉しいけど）

麻之助は、岡っ引きからの断りにくい頼みに、否《いな》と言った所で、誰かと一杯飲みたかったのだ。

だが帰宅の挨拶をした後、目の前の集いへ目を向け、首を傾げてしまった。

父の宗右衛門《そうえもん》が、西森金吾と見慣れぬ連れを通したのは、高橋家の玄関にある八畳間だったからだ。そこは、町名主達が日々仕事で使う場所で、礼儀にうるさい父が、その部屋に息子の舅《しゅうと》を招くとは、思った事もなかった。

（おとっつぁん、何を考えて、わざわざこの部屋を使ったんだろ）

金吾が来たからか、部屋にはお和歌も座っている。なのに二人が談笑するでもなく、共に黙っているのも気に掛かった。

そして麻之助は、自分も八畳間へ座ると、その場にいた、顔を見た事のない若い男へ、そっと目を向けた。

（誰なのかしらん。金吾さんと一緒に居るんだから、連れだよね？　でも誰も、あのお人を紹介してくれないとは、どうしたって言うんだろ）

宗右衛門も金吾も、お和歌も、口を開くのを躊躇《ためら》っているかのように見えた。麻之助が仕方なく、自分から名乗ってみると、見知らぬ若い男が語り出した。

「お前様が、この高橋家の跡取り、麻之助さんでしたか。俺は西森町名主の従兄弟《いとこ》、西森末吉《すえきち》の息子で、西森太助《たすけ》と言います」

「おや、西森家のご親戚の方でしたか」

麻之助は思わず金吾を見たが、当人は何故だか、睨《にら》むようにして太助を見るばかりで、口を開かない。太助は少し笑うと、さっさと話を進めてゆく。

「親の末吉は大家をやっており、いずれは手前が大家株を継ぎます。だが、親達はまだ元気でしてね」

仕事の手は足りているので、太助は今、書物を版木にする前の清書作業、筆耕《ひっこう》をやっていると続けた。

「従兄弟の子じゃ、西森町名主とは少し遠い繋がりなんで、お和歌さんの婚礼の祝いには、伺っておりません。だから麻之助さんとは今日、初めてお会いするわけだ」

太助は饒舌《じょうぜつ》に語るが、何用で玄関にいるのか、なかなか口にしない。よって舅の金吾が不機嫌そうに見える訳も、分からない。麻之助は早々にしびれを切らし、正面から問うことにした。

「それで太助さん、どういう用件で、高橋家へおいでになったんでしょう」

途端、太助は一寸《ちょっと》黙った。すると代わりに口を開いたのは、何と妻のお和歌であった。

「麻之助さん、太助さんは、わたしに会いに来たんだそうです」

「お和歌に？　おや、何の用なんだい？」

「それが、その。わたしが勝手に嫁入りしたことが、気に入らないから来たとおっしゃって」

「へっ？」

太助はお和歌の嫁入りについて、わざわざ高橋家へ、文句を言いに来たらしい。ここでようよう、金吾が口を開いた。

「この太助さんだが、今朝方まず、西森家へ来た。そしていきなり、お和歌は自分と夫婦になる筈だったと、言い出したんだ」

魂消《たまげ》たのは西森家の皆で、そんな話、誰も聞いたことがなかった。第一、お和歌は既に、西森家にはいない。金吾は太助を、顰《しか》め面《つら》で見る事になった。

「それで私は、太助さんに聞いたんだ。お和歌はとうに嫁入りしてる。何でうちへ来たのかってね」

するとと太助は大いに頷《うなず》き、今お和歌がいる、高橋家へ行くべきだったと言って、西森家を離れたという。驚いた金吾が慌てて跡を追うと、太助は駆け続けて、先に高橋家へ乗り込み、玄関へ上がり込んでしまった。そして高橋家で、自分はお和歌が添う筈であった男だと、宗右衛門へ告げていたのだ。

「麻之助さんが所用で出てたんで、相手をしてくれた宗右衛門さんへ、まず言ったんだな。いや、宗右衛門さんを驚かせてしまった」

金吾は高橋家の玄関で、従兄弟の子を睨んでいる。話が聞こえたらしく、玄関の八畳間へお和歌も現れ、座は寸《すん》の間《ま》、静まり返っていたのだ。

「その時、表から麻之助さんが帰ってきたんだよ」

金吾が話し終えると、麻之助はやっと事情を摑《つか》み、頷いた。それから太助ではなく、妻のお和歌へ目を向ける。

「お和歌、私との婚礼の前に、この太助さんと、縁などあったのかな？」

「いえ。太助さんへ嫁ぐ話など、無かったと思いますが」

即答があったので、横に居た宗右衛門共々、金吾の顔を見る。舅は、うんざりとした口調で語った。

「お和歌と太助さんの間に、縁談などありませんでしたよ。それに、従兄弟の末吉の家は両国にあって、西森家とは離れている。お和歌を従兄弟の家へ、連れて行った事もない。太助さんと娘が、親しかったとは思えないが」

するとそこに二つの返事が重なって、麻之助は更に、首を傾げることになった。

「わたしは太助さんのことを、良く存じません。おじいさまのお葬式でお見かけしたくらいかなと、思いますが」

お和歌の声に、太助の言葉が被る。

「いえいえ、俺とお和歌さんは、そりゃ親しくしてきたんですよ。俺は、いずれは嫁に貰うと決めてました」

なのに、いきなりお和歌の嫁入りが決まったと聞き、太助は言葉を失ったという。だが、自分という者がいるのだ。

「まさか本当に嫁いだりしなかろうと、高をくくっていたら、お和歌さん、本当に嫁に行っちまった」

太助はしばらくの間、どうしたら良いのか分からなくなっていたのだ。

だが気がつけば、太助とお和歌の縁など、端《はな》から無かったかのように、毎日は過ぎていく。太助は、このままにする気には、なれなくなったという。

「それで西森家の親御と、高橋家の御亭主に、会いに来たってわけです」

正直に言えば、今更会ったからと言って、何か出来る訳でもなかろう。ただ。

「金吾さんやご亭主に、俺のことを知っていてもらおうと思ってね。居なかったことにされるのは、我慢が出来ないからさ」

以前妻に、別の男がいたと噂になったら、高橋家の夫婦は、嫌な思いをするかも知れない。だが。

「俺は振られてるんだ。お前さん達夫婦が顔を顰めても、悪いたぁ思わないよ」

いや、太助は今、お和歌や麻之助の嫌そうな顔が見たいのだと、堂々と言ってくる。要するに太助は振られたので、麻之助夫婦に嫌がらせをしにきたのだ。

誠に分かりやすく、うんざりする話であった。

「よくぞまあ、そんなことを口にして、恥ずかしくないものだ」

万事に物堅い宗右衛門は、麻之助の傍らで、本気で呆れている。金吾は太助を睨み付け、お和歌は困った顔になってしまった。

一方麻之助は、また一つ首を傾げた後、太助ではなく、妻のお和歌を見た。

「お和歌はさっき、太助さんの事は、良く知らないと言ったよね。太助さんとの縁談も、聞いていないと」

「ええ、その通りです」

しかしだ。ここでお和歌は眉尻を下げた。

「無かったことの証《あかし》を立てるのは、難しいですよね。とっても」

普段、支配町の皆から厄介な話を聞いている、町名主の家の者だからこそ、お和歌はその事が身に染みている様子であった。

だが麻之助はにこりと笑うと、お和歌へ頷きかけた。

「お和歌が、太助さんを知らないって言うなら、その通りだろう。うん、私は納得したよ」

「は？　ご亭主、納得って、どういう事だい？　今の今、お和歌さんが、無かったことの証を立てるのは、難しいって言ったじゃないか！」

太助が、ふてくされた顔を向けてきたので、麻之助は、舅の従兄弟の子を見て、にやりと笑った。

「そうだね、もし支配町の誰かが、同じような話を持ち込んできたとしても、だ。こういう件には証なんか、見つからないと思う」

だから最後には、麻之助が、突然現れた西森家の親戚を信じるか、己の妻を信じるかという話になる。

ならば、麻之助には迷いなどなかった。

「妻を信じるに、決まってるじゃないか。太助さん、何で高橋家へ、妙な事を言いに来たのかは分からないがね。答えは出たんだ。早々に帰ってくんな」

妙な客が来たので、麻之助は驚いたし、お和歌も疲れたに違いない。

「今日はお和歌の好きな、ふわふわ豆腐でも食べたいね。玉子と豆腐で作ろう」

せっかく舅が、来てくれているのだ。夕餉に一杯やりたいと麻之助が言うと、それは嬉しいと金吾が笑い出した。気がつけば、つい今し方まで、皆が困り切っていた件は、あっという間に、終わった話になってしまったのだ。

だが太助は納得せず、己の話を無視した麻之助へ、食ってかかる。

「何を勝手に、終わらせてんだっ。あのなぁ、お前も本心じゃ、お和歌さんを疑ってるんだろ。そのはずだよな？　麻之助さんも男なら、そうに決まってる」

「は？　何で見も知らないお前さんの方を、信じなきゃならないんだ。あんた、ちょいとおかしいよ」

麻之助から更に撥《は》ね付けられると、太助は顔を真っ赤にする。そして今度は、お和歌の方を向くと、いきなり傍らに行き、その肩に手を回した。

「俺とお和歌さんは、親しかったんだ。それを無いものにすると言われたって……」

だが太助は最後まで、話を続けられなかった。ぱぁんという派手な音と共に、麻之助に横っ面を、張り飛ばされたのだ。

体が横に飛んで、太助は畳に這いつくばる。それを、麻之助が怖い顔で見下ろした。

「人の恋女房の肩に、気安く手を掛けるんじゃないっ」

「あらわたし、恋女房なんですか」

これ以上引かないと、男同士、拳固《げんこ》で白黒付けることになると、麻之助は続けた。

「言っちゃなんだが、私はお前さんに、負けないと思うけどね。それでも馬鹿を続けると言うなら、猫のふににも力を貸してもらうぞ」

着物の袖をめくり、喧嘩で鍛えられた腕を見せると、赤かった太助の顔が、今度は青くなる。

太助は立ち上がると一寸顔を歪め、その後お和歌でも、金吾でも、宗右衛門でもなく、麻之助をにらみ付ける。そして嫌な台詞《せりふ》を残し、玄関から消えていった。

「おめえが悪りぃんだ。おめえのせいだっ」

「私のせい？　何がだい？」

麻之助は驚いて、一応訳を問うてみる。だが太助は次の平手を恐れたのか、高橋家の玄関から脱兎のごとく逃げ出した後で、既に姿がない。

金吾が横で、大きく息を吐いた。

二

次の日麻之助は、ちょいと溜息を漏らしつつ、賑わう道を両国へ向け歩いていた。暫《しばら》くの間、それは忙しくなりそうな気がして、己らしくないと嘆いていたのだ。

「太助さんの件を、片付けなきゃならないようだ」

団子屋で一本、お八つを買いたかったが諦め、先を急ぐ。昨日、太助が帰った後、舅や親、お和歌と、夕餉時にした話が頭をよぎった。

膳を前にした金吾は、太助が話した事は嘘だと、麻之助へ言い切った。

「もし太助さんとお和歌が惚れあってたなら、俺は早々に従兄弟の末吉と、先々の事を話し合ってたと思う」

筆耕として真面目に働いている太助は、真っ当な婿がねなのだ。しかも親は大家で、太助はその内、大家株を継ぎ、結構稼ぐようになる。娘が好いていると聞けば、金吾も太助との縁を、きちんと考えたという。

「しかも太助さんは、従兄弟の子なんだから。縁談はまとまってたかもな」

なのに、お和歌が他の相手と婚礼をあげた時、太助はただ黙っていた。お和歌も、何も言わなかった。だが、嫁いで大分経った今頃、太助は文句を言い出した。

「どう考えても妙な話だ」

だから麻之助が、お和歌を信じた事には納得がいく。ただ、金吾は渋い顔で続けた。

「お和歌を信じるって事は、妙な疑問が残るって事なんだよ」

太助とお和歌が、恋仲でなかったとしたら、太助は何で、お和歌と仲が良かったなどと、今頃言ってきたのか。

「そいつが分からないと、お和歌と太助さんの事が、噂になりかねん。太助さんは西森家の玄関で、騒いでいったんだ」

町名主の屋敷だから、客もいたのだ。太助の言葉を、秘密には出来ない。

麻之助は、一発、太助の横っ面を張り飛ばしたことで、事を終わらせたいとは思っていた。長引くと、事は高橋家の支配町でも噂になりかねない。

だが、しかし。太助は昨日、妙な疑問を、麻之助に残して消えたのだ。

「太助さんは、玄関から出て行く前に、何であんなこと言ったんだろ。私は今回初めて、太助さんと会ったのに」

太助は麻之助へ、おめえが悪いと言い切っていた。

「お和歌と太助さんが添えなかったのも、金吾さんに嫌な顔をされたのも、私に張り倒されたのも、全部全部私が悪いように聞こえたよ」

そして高橋家から消えていった。

「妙だよねえ」

麻之助は、太助の無謀の訳を知りたくなった。宗右衛門は多分、麻之助がどこかで無茶をしたから、巡り巡って、お和歌が迷惑を被《こうむ》ったのではと疑っている。つまりこのままだと麻之助への疑いが、残ってしまいそうなのだ。

「ちゃんと、太助さんが馬鹿をした訳を、摑まなきゃ駄目みたいだ。けどさ、突き止める当てなんか、ないんだよなぁ」

しょうがないから麻之助は今日、唯一出来る事をやろうと決めた。つまり太助が親と住む、両国の一軒家へ行き、正面から当人へ、捨て台詞の理由を問うことにしたのだ。

「太助さんが急に素直になって、本当の事を話してくれるのを祈ろう」

両国の道で、大家末吉の住まいを知らぬか問うと、見えている二階建て長屋の先にあると、振り売りが教えてくれる。当の一軒家は直《す》ぐに見つかったが、麻之助は、そちらへは向かわなかった。

「おやま、太助さんを、早くも見つけた」

太助は二階長屋の前で、若く綺麗なおなごと、大声で喧嘩をしていたのだ。ただ喧嘩と言っても、太助の怒りが本気とは、思えないものであった。

「あれは……痴話《ちわ》げんかみたいに見えるじゃないか」

麻之助の声が、思わず低くなる。昨日太助は、お和歌と親しかったように言い、西森家と高橋家の玄関を、混乱させた。なのに今日になったら、別のおなごと親しげにしている。

「あ、なんとなく腹が立ってきたぞ」

麻之助は二人へ近づいたが、この判断はまずかった。長屋前のどぶ板に、二人の言い合いが響くと、おなごが井戸端にあった、小さな盥《たらい》を摑んだからだ。

「あ、危ない」

投げられた盥は太助をかすって逸《そ》れ、長屋の戸板にぶつかった。そして結局麻之助が、肩に盥を食らってしまったのだ。

「痛ぁ……」

「あ、ごめんなさいっ」

おなごが謝ると、その言葉に、太助の不機嫌な声が重なった。

「お琴《こと》っ、話が途中だ。町名主なんか構うなっ」

「町名主って、このお人がそうなの？　でもこの辺りの町名主さんじゃ、ないわよね」

「お琴、そっちに構うなよ。それより……夫婦になってくれって、言った所だろうがっ」

「返事はしたでしょ。町名主さんが現れた。あたし、どうしたらいいかしら」

お琴は、太助には構わず、寸の間、首を傾げている。そしてその後急に、用を思いついたと、井戸端から駆け出したものだから、太助が慌てて跡を追った。気がつけば麻之助は、盥を手に持ち、井戸端に一人残されてしまったのだ。

「こりゃ、追いかけても無駄かな。細い道を、走って行っちまった」

仕方なく、せめて大家をしているという、太助の親を訪ね、何か聞いていないか問う事にした。するとと末吉は、一軒家で麻之助に会った途端、太助は他出しているから、後で来るよう言ったのだ。

「えっ、お前さんは、太助の友達じゃないんだって？　おや、西森名主の娘婿なのかい」

「実は昨日、高橋家の屋敷で、太助さんと会いまして」

太助が麻之助の事を、何か言っていなかったか、麻之助は問おうとしたのだ。ところが末吉は、金吾の名を聞いた途端、何故だか渋い顔になってしまった。

「なんだ、西森名主の使いだったのかい。従兄弟殿、情の無い事をしたと思って、謝ろうと、使いを寄越したのかな。自分で謝りに来ればいいのに」

「は？　末吉さんは金吾さんが……何か悪行をしたと言われるんですか？」

すると末吉は、金吾は悪い事などしていないが、少々冷たいと言い出した。末吉の家でもまた、話は麻之助が考えていなかった方へと逸れだした。

「西森名主は、十五町も支配町を持ってるんだ。忙しい事は承知してる」

けれど末吉は従兄弟だし、身内として、これまで仲良くしてきたのだ。

「息子の仲人を引き受けてくれたって、良いと思うんだけどね」

「おや、金吾さんが仲人をするんですか？　お子さんのどなたが、婚礼を挙げるんですか」

「一人息子の太助が、そろそろ嫁を貰いたいって言ってるんだ。相手は勿論、幼なじみのお琴ちゃんだ。早く孫を抱きたいねえ」

「お相手、とうに決まってたんですか」

末吉は、息子の仲人を金吾に頼みたいと思ったが、従兄弟の子は少し縁が遠い。忙しい町名主が受けてくれるか心配していたところ、太助は昨日己で、金吾の屋敷へ向かうと言ったのだ。

「息子は、仲人を引き受けて欲しいと、自分で金吾さんへ頼む事にしたんだろう」

なのに太助は昨日、強《こわ》ばった顔で帰ってきた。きっと仲人を、断られたに違いない。

「あの子がかわいそうでね。まだ、詳しい話を聞けてないんだ」

肩を落とす末吉の様子を見て、太助が金吾へ何を言ったか、麻之助は告げにくくなってしまった。違う、余りにも話が違ってしまっている。

(この分じゃ末吉さんに、昨日のこと、信じて貰えないかも知れないね)

「末吉さんのお考え、舅へ伝えておきます」

麻之助は、一旦仕切り直すことにして、大家の家から出る。

表で溜息をついたところ、ふと、井戸端にあった、先程の盥が目に入った。麻之助は腕を組んで、盥を見つめる。

(太助さんと喧嘩してた子が、お琴さんだよね。太助さん、あの可愛い子を、嫁御にしようと決めてるみたいだ。なのに、何でお和歌を嫁にする気だったなんて、言い出したのかしらん)

首を傾げた後、麻之助はもう一度、お琴と会ってみたくなった。

(さっきのお琴さんなら、太助さんの無謀の訳を、知っているかもしれない)

麻之助は、今度はお琴を探すことにした。

三

ところが麻之助の調べ事は、またしても上手く進まなくなった。

お琴の行方を聞こうと決めた途端、顔見知りの岡っ引き久助《ひさすけ》が麻之助を探し、両国の、二階長屋の前までやってきたからだ。

「ああ、やっと見つけた。麻之助さん、何で両国になんか、いるんですか」

久助は岡っ引きの手下《てか》だった者で、小十郎《こじゅうろう》が与力になった後、定廻《じょうまわ》り同心のお役に就いた大森《おおもり》三郎四郎《さぶろうしろう》から十手を貰った。晴れて親分と言われるようになった、新米の岡っ引きなのだ。

ところが新米同士の三郎四郎と久助親分は、お役が始まって早々に、悩みを抱えてしまったらしい。そしてその解決の手助けを、何故だか、麻之助へ求めているのだ。

「麻之助さん、うちの旦那の悩みを放り出して、両国へ消えちゃ駄目ですよ。三郎四郎様を助けて欲しいって、お願いしたじゃないですか。うちの旦那を、見捨てないで下さいまし」

余程切羽詰まっているのか、きちんと断った件なのに、久助親分はまた泣きついてくる。麻之助は頭を抱えた。

「久助親分、同心の旦那が受け持った盗みの件を、町名主の跡取りに調べさせようなんて、無茶言うなよ」

麻之助は、早くお琴を追いたいのだ。だが久助親分は、生真面目に事情を繰り返してきた。

「訳は昨日、お話ししたじゃありませんか。最初、吉五郎《きちごろう》様に頼ったんですが、吉五郎様は、うちの旦那と同じ奉行所のお方だ。他のお役の勤めを、代わりにやることは出来ないって言われたんですよ」

となると、他の三廻りの同心へ頼むのも無理だと、久助親分は言い切った。

「だから麻之助さんに、助力をお願いしてるんです。町役人として、いつも失《う》せ物の相談に乗ってますよね？　麻之助さんなら、笹間屋《ささまや》の盗人を捕まえられますって」

「三郎四郎様は、同心になったんだ。盗人は、ご本人が捕らえるべきだよぅ」

「うちの旦那はまだ、物慣れないんです。麻之助さんが二、三回手本を見せて下さったら、旦那もきっと、事件の捌《さば》き方を覚えますって」

「おいおい、私に三度も、同心のお調べをしろって言うのかい？　そりゃ勘弁だ」

新たに、定廻りのお役に就いた大森三郎四郎は、まだ二十二の若者だ。この御家人の次男は、八丁堀同心の親戚で、他家へ養子に行けるよう剣術を習い、学問や付き合いもこなしてきた、立派な若者らしい。三郎四郎は、数多《あまた》の候補達の中から、晴れて、新しい八丁堀同心に選ばれたのだ。

いざお役に就いてからも、三郎四郎は覚えが良かったという。見習いの間、何の問題も起こさず、三郎四郎は早々に、毎日江戸の町を回る事になっていた。

（ところが、だ。良いことばっかりじゃ、なかったみたいだねえ）

麻之助は、眉尻を下げる。

定廻りとして町を回る分には、大過なく勤めていたのに、いざ悪事が起き、調べが必要になると、三郎四郎は、一人で動けなくなってしまったのだ。それで麻之助が、久助親分に頼られる羽目になっている。

(でも正直な話、定廻りの旦那が困っちまうような盗みだとは、思えないんだけど)

麻之助は、岡っ引きの久助へそう言いたいのを、ぐっとこらえているのだ。

盗みは先日、両国の小間物屋、笹間屋で起きた。笹間屋は櫛《くし》、簪《かんざし》などを取り扱う店で、大名家にも納めているという品は、どれも高直《こうじき》なものらしい。その高い品物が、ある日、一遍に幾つも失せてしまったのだ。

ある日、笹間屋の手代達二人が、注文の品を引き取って、店へ戻った。すると……桐箱に入っている筈の品物が、そっくり無くなってしまったという。

(で、同心である三郎四郎様は、一人でどう動いたらいいのか、分からなくなったとな)

だが三郎四郎は、吉五郎を頼っている。相馬《そうま》家は、同心のお役を渡した立場なのだ。だから、一件を片付ける事はせずとも、どう調べたら良いのか、吉五郎は話くらいした筈だと思う。

麻之助がそう言うと、久助親分は、確かに吉五郎から指示は受けたと言ってきた。

「うちの旦那ですが、吉五郎様から言われた事は、調べを終わらせてます。今、小料理屋の二階で待っておいでなんで、話を聞いて、事を最後まで終わらせて下さいまし」

「久助親分、三郎四郎様は、自分で全部終わらせてもいいいんだよ」

そう言ってみたが、久助親分は納得しなかった。このままだと明日も、泣きついてくるかもしれない。麻之助は仕方なく、お琴ではなく、三郎四郎様と会うことになった。

小料理屋の二階で、三郎四郎は、麻之助を待ち構えていた。そして、井桁《いげた》の着物を着た娘が茶を置いて消えると、調べ事の進み具合を、麻之助へ細かく伝えてくる。

まだ同心が板についていない三郎四郎は、その分、威張る事は無かったし、素直に言われたことをこなしているように思えた。

(これなら確かにその内、定廻り同心の勤めにも慣れて、上手くやっていけるだろう)

新たな八丁堀同心を選んだ者達の目は、確かなものだと、麻之助は思うのだ。

(だけどねえ、今日はまだ駄目みたいだ)

三郎四郎が八丁堀に慣れるまで、周りはこの若い同心に、振り回されるかも知れない。

(三郎四郎様、考える力も、動き回る気力もありそうなのに。妙に役に立たないのは、何でなのかしらん)

疑問だが、とにかく三郎四郎の話を聞いてみる事になった。三郎四郎は、笹間屋の手代達が、高価な品をどこで受け取り、いつ無くなっている事に気がついたか、細かく語りだす。

「笹間屋の手代達は、まずは上方から江戸湊へ来た船へ向かったんだ。船着き場で船荷を受け取った時、中身を確かめている」

真珠の付いた簪など、品物はちゃんと桐箱に入っていた。

「手代二人は次に、日本橋から神田へ回り、職人達から注文の品を集めていったとか」

このとき、受け取った品を包むため、風呂敷を広げたので、船荷の桐箱があったことは確かめていると、三郎四郎は口にした。

「手代達は、桐箱の中を見ていないが、箱を手に持った。箱は空ではなかったと言っている」

三郎四郎は、手代達が笹間屋へ帰る刻限まで、きちんと調べ上げていた。

「笹間屋へ帰った手代達は、番頭に品物を確かめて貰おうと、風呂敷を帳場に置いた。だが客が来ていた為、番頭は暫く、帳場へ行けなかったらしい」

手が空いて、風呂敷の中身を確かめた時、桐箱は空になっていたのだ。麻之助は経緯を聞き、大いに頷いた。

「三郎四郎様、ご立派ではありませんか。そこまで分かったなら、後一押しですよ」

手代は二人で品を預かっており、店の表では、不審な事など起きていない。後は笹間屋の内を、調べてみればいいのだ。

「頑張って下さい」

途端、当の同心が口をへの字にする。

「それが、その。既に店は調べた。だが盗品は、見つからなかったのだ」

三郎四郎は主に断り、店の二階にある、行李《こうり》を改めたらしい。奉公人の誰かが、高直な品を見て悪心を起こし、盗んだ。そして一旦己の荷の中へ隠したと、そう考えたからだ。

「だが残念ながら、無くなった荷は出てこなかった」

「そうでしたか」

溜息をぐっと押さえつつ頷いた。

麻之助が盗人の奉公人だったら、盗んだ品物を、行李の中へ隠したりはしない。奉公人が自分の荷を入れておく行李は、失せ物があったら、真っ先に調べられる場所であった。

「何も見つからなんだのは、残念でした。それでその後、どうされたんですか？」

盗品があって、奉公人が怪しいとなったら、同心はどこを探すべきか。その勘働きこそ調べる側の、力の見せ所であった。

ところが、三郎四郎は話を止めてしまい、助けを求めるように麻之助を見てきた。行李を調べた所で止まり、先へ進めなくなったと分かって、麻之助は正直に告げた。

「三郎四郎様、私は一介の町役人なんです。店の内は調べられません」

笹間屋の中に、どういう場所があるのかも分からない。

「この小料理屋で、失せ物がどこに隠されたか聞かれても、答えられませんよ」

もし麻之助一人が、町名主として調べている時なら、口実を作り、思い切って笹間屋の内へ入り込んだかも知れない。だが、お役についたばかりの同心を巻き込み、その立場を危うくする訳にはいかなかった。

しかし三郎四郎は、一気に不機嫌になると、口調を変えてくる。

「おや、吉五郎殿の友だと言うから頼ったが、麻之助殿は存外、役立たずなのだな」

無駄な事をした、さっぱり助けにならないと、三郎四郎はわざわざ言ってきたのだ。確かにその通りですねと返事をして、麻之助は眉間に皺を刻む。

「ならば、役に立たない町役人は、この辺で帰らせて頂きます」

麻之助は早く、お琴に話を聞きたいのだ。だが三郎四郎は一層機嫌を悪くし、嫌味な言葉を付け加えてくる。この後の調べが不安故の事と思ったが、それでも聞いて、嬉しい言葉ではなかった。

「岡っ引きの手下として、使っても良いと思ったのに。それすら、やらないのか」

さすがに町名主の跡取りを、手下呼ばわりはまずいと思ったのか、久助親分が慌てて、三郎四郎を止めている。気がつくと井桁の着物の娘が、二杯目の茶を手に、驚いた顔で部屋内を見ていた。茶を載せた盆を置くと、娘は急ぎ階段下へ降りていく。

一方三郎四郎は、娘の驚いた顔にも気がつかない様子で、苛《いら》ついた言葉を重ねた。

「次に笹間屋のどこを調べるべきか、それ位は答えてくれるかと思ったのだが」

（だから笹間屋の一件は、三郎四郎様が片付けるべき、お調べなんですってば！）

麻之助は溜息と、飛び出そうになった文句の言葉を押しとどめた。

「お店での盗みです。奉公人達から、よく話を聞いて下さい」

だが三郎四郎は、その返答が気に入らなかったようで、阿呆、帰れという、子供のような一言が返ってくる。それを振り切り、小料理屋から出ると、麻之助は道で大きく息を吸い、気を落ち着けた。

「吉五郎には悪いけど、同心の旦那から放り出されて助かった。これで、太助さんの件にかかれる。お琴さんを探しに行けるもの」

正直に言えば、この後、あの三郎四郎と関わっていく者は、大変だと思う。

そして麻之助は、自分の力足らずが、本気で情けなくもあった。やはり、ただの町名主の息子では、強引に相手を調べる権柄《けんぺい》が無いのが苦しい。それに。

「無茶をして、己が罰を食らうのは構わないけどさ。町名主高橋家へ迷惑が掛かるのは、まずいしねえ」

麻之助にはもう、妻がいる。己の行いの加減も分からず、突っ走る事が許される立場では、段々無くなってきていた。

「あぁ、何かつまんない。もっと馬鹿をして、太助が妙な事を言い出した訳も、笹間屋の盗まれた品物の行方も、さらりと掴みたいんだけどなぁ」

小料理屋近くの道ばたで、思わず愚痴がこぼれ出た。

すると、その時だ。麻之助の袖が、ついと引かれたのだ。目を見開いた麻之助へ、何やら剣呑《けんのん》な言葉が、小料理屋脇の小道から向けられてくる。

「あら、町名主さんは、馬鹿、お好きですか？　ならあたし達と一緒に、馬鹿、やってみませんか？」

「へっ？　馬鹿への誘いだって？」

声を掛けてきた者が分かると、更に魂消る事になった。小道には、これから探しに出るつもりであったお琴が、先程、小料理屋で茶を運んできた、井桁の着物のおなごと一緒に、立っていたのだ。

四

お琴は手招きして、麻之助を、近くの長屋にある井戸端へ誘った。そしてそこで、思わぬ話を持ちかけてきたのだ。

「町名主さん、さっき小料理屋の二階で、笹間屋さんで失せ物があったって、話してたんですってね？　は？　まだ町名主じゃなくて、跡取り息子なんですか？　ええ、そう呼ぶのは良いですけど」

とにかくお琴と、傍らにいる娘は、麻之助へ取引を持ちかけてきたのだ。

「ここにいる、お玉《たま》ちゃんとあたしの幼なじみに、お登世《とよ》ちゃんという娘がいるの。でね、亭主の元吉《もときち》さんと、離縁したいと思ってるのよ」

ところがだ。まだ夫婦になって間も無く、子も居ないのに、元吉はお登世と、別れると言ってくれない。幼なじみのお玉を始め、今、お登世の友達は、どうやったら元吉から三行半《みくだりはん》を取れるか、頭を悩ませているという。

お登世の住む町の町名主は、もう歳で、とんと当てに出来ないのだ、だから。

「あたしらと困りごとを交換して、互いの事を片付けませんか？　麻之助さんは、元吉さんから三行半を手に入れる。あたしらは、笹間屋で失せた高直な品を、誰が盗って、どこに隠しているか突き止める。これでどう？」

ただ笹間屋で盗まれた品を、実際取り戻す事は、麻之助がやって欲しいと言ってくる。縁の無いおなごが笹間屋の店内で、品物を探すわけにはいかないからだ。

麻之助は一つ首を傾げると、お登世がどうして、夫婦になって間がないのに、亭主と別れたいのか問うてみた。すると、お琴は口を尖らせてから言ったのだ。

「お登世ちゃん、お針が本当に得意なの。仕立物で、もう随分稼げるようになってるわ」

だからお登世は、所帯を持っても針仕事は続けていきたいと、ずっと言っていたのだ。

「そしてね、お登世ちゃんの亭主になった元吉さんは、一緒になる前、勿論、縫い物仕事を続けてもいいって言ってたのよ」

子供が生まれて、手が離れるようになったら、お登世は今、自分が習っている師匠のように、娘達へ教えることもやりたいと話した。広い部屋を用意出来れば、お登世は師匠としても稼げるに違いない。

「夢のある話だわ。おなごだと、稼げる仕事は限られてるし、茶屋娘みたいに、若い内だけって職も多いの。けど、お登世ちゃんは、ずっと稼ぐ事が出来るのよ」

羨《うらや》ましいが、それはお登世がお針に励んで、摑んだ力だ。同じお針の師匠に通うお琴達は、お登世が稼いでくれたら、自分達にも、明るい明日が見えてくるような気がしている。

「皆、お登世ちゃんを応援してるの」

ところがだ。

「元吉さんたら、お登世ちゃんと所帯を持ったら、言う事が変わっちまったのよ」

お琴の顔つきが、厳しくなった。

「元吉さんは、お登世ちゃんに、お針を止めろって言ったの。代わりに、お母さんの手伝いをするように言ったんですって」

元吉は青物の振り売りで、はっきり言えば、お登世よりも稼ぎが少ない。だが、金が減っても構わないから、針仕事を止めろという。

ここで隣に居たお玉が、元吉は、母の面倒を見て貰いたいというより、お登世が稼ぐことが、気にくわないのだろうと言う。

「でもそれじゃ、お登世ちゃんを欺《だま》したようなもんだわ。お針を止めなきゃならないなら、お登世ちゃんは元吉さんと、一緒にならなかったと思う」

だからお玉はつい、元吉が、自分の母の面倒を見て、お登世が働くのはどうかと言ってしまったのだ。女髪結いの亭主とか、女に働かせる男とて、居ないわけではなかった。

ところが、だ。お玉が目に涙を浮かべ、足下へ顔を向ける。

「あたしの一言のせいで、お登世ちゃん、元吉さんから、酷《ひど》く殴られたの」

おなごのお玉では、止めきれなかった。殴られたのは、腕や肩など、着物に隠れた所だけではない。顔も腫れ、後で痣《あざ》になったから、魂消たお針仲間はお登世を急ぎ、師匠の住まいに匿《かくま》って貰った。親の家に居ては、いつ元吉が現れるか、分からないからだ。お琴は、歯を食いしばった。

「何とか、三行半を貰わなきゃと思った。三行半がないと、お登世ちゃん、もう一度別の人と、やり直す事が出来ないわ」

三行半というのは、離縁する旨と、再婚を許すと書かれた書面なのだ。だからお琴は怖かったが、元吉と会い、お登世が離縁したがっていると伝えた。

しかし、元吉は三行半を書かない。嫁に去られたと噂されるのが嫌なのか、三行半を書かない男は多いと、お琴は言い出した。

「欲しければ、お登世ちゃんが長屋へ、取りに来いって言うの。でも行ったら殴られて、連れ戻されるだけだわ」

お琴は離縁が、亭主次第だという事が怖くなった。

「だからあたし、縁談相手に、縁づく前に三行半を貰えるなら一緒になるって、言ってみたことがあるんだ。けど、相手に引かれちゃったわ」

「おや、お琴さんの縁は、三行半次第なのか」

「でも、無い話じゃないのよ。本当に三行半を、婚礼前に貰っているお人がいるの。その三行半、見た人を知ってるんだ」

麻之助は頷いた。実際三行半は大切な代物だ。今、お登世は離縁状を貰えず困っているし、若くない町名主は、拳固を振るう男を押さえられず、手に入れられないでいる。

「嫌だねえ。お登世さんのご亭主は、おなごに手を上げる男なのか」

麻之助は町名主の跡取りだから、元吉のような男と、会ったことがある。確かに、そういう亭主の相手は、おなごには向かない。

「よっしゃ、三行半を手に入れる役目は、私が引き受けよう。安請け合いして、いいのかって聞くのかい？　大丈夫、大丈夫。これでも毎日、町名主の屋敷で、揉め事の裁定をしてるんだ。任せなさいって」

つい先刻、三郎四郎から役立たずと言われた事は、おくびにも出さず、麻之助はへらへらと笑った。

「だけどお琴さん達こそ、笹間屋さんの盗みの件、引き受けていいのかい？　後始末はこっちがするけど、盗みは店内で起きてるんだ。事情、分かりにくいと思うよ」

するとと娘二人は、大丈夫だと言い、あっさり頷いた。

「麻之助さん、大きな店にはね、奉公人がいるのよ」

そして店内での事なら、奉公人が承知している事は、本当に色々ある。証がない事は、主人や同心の旦那へは話さないだけだと言ったのだ。

「笹間屋さんのご一家は、店の奥で暮らしているのよね？　なら、おなごの奉公人も、奥で働いてるわ」

この辺りでは、お登世達が通うお針の師匠が、一番名が通っているらしい。店内に、若いおなごが何人かいれば、誰かが同じ師匠に繋がっているものだという。その縁をたどり、笹間屋勤めの誰かから話を聞くというのだ。

「女は大概《たいがい》、あたし達を殴ったあげく、二行半を渡さない男が嫌いよ。事情を話せば、笹間屋さんで働くおなご達だって、店内の噂を教えてくれると思うわ」

「なるほど、そうやるんだね」

麻之助には真似出来ないやり方で、そこは残念だったが、確かな方法だと思う。麻之助とお琴達は、互いに早く事を成そうと約束し、早々に井戸端から離れた。何かの時、話を伝える先は、両国にある、お針の師匠の家と決まった。

麻之助は元吉と、どう話を付けようかと思いつつ、神田へは帰らず、両国の盛り場へと足を向けた。会いたい友の顔が、思い浮かんできたからだ。

だが麻之助はじき、賑やかさが増してきた道で、一寸足を止める。

「あれ？　私ったら、せっかくお琴さんに会ったのに。太助さんの事を聞くの、忘れてたよ。阿呆をしたな」

なかなか、自分の調べ事を片付ける事にならないと溜息をつき、お琴とはまた会うだろうと言って苦笑を浮かべる。そして、自分は他にも馬鹿をやらかしているなと、己の事を笑った。勝手に人を使おうとしたあげく、役立たずと言ってきた三郎四郎のため、更に動く事になったのだから。

「ま、いっか」

三郎四郎は同心に成りたてだし、初めて巡ってきた盗みの調べに、関わっているのだ。

「きっと三郎四郎様は、先刻は、気が立ってたのさ。うん、そう思う事にしよう」

だからお琴達が事を調べ出すより先に、三郎四郎が、盗品の隠し場所を突き止め、手柄を立てていればよいなと、麻之助は願うのだ。

「でも……お琴さん達の方が、調べ事の腕、確かかもしれないね」

麻之助はぺろりと舌を出すと、雑踏に足を踏み出した。

五

両国の盛り場を仕切る大親分、大貞《おおさだ》の跡目である貞《さだ》は、やたらと顔の良い子分を、多く抱える事で知られていた。

貞や、以前からの子分達は、盛り場に立っているだけでおなごから貢がれ、山ともらい物をする程、良い男揃いなのだ。よって悪事を働く必要がないと、岡っ引きからも苦笑されていた。

そういう面々だから、貞も手下達も、おなごには優しい。だから、貞の屋敷に現れた麻之助から、痣が残るほど若妻を殴る亭主の話を聞くと、皆、怖い顔になった。

「お針子より稼げねえ、青物売りの棒手振《ぼてふ》りが、かみさんを殴るのか。おまけにかみさんへ仕事を辞めろとか、何様のつもりなのかね」

「親分、貧乏が、好きな奴かも知れませんねえ。けど、そんな物騒な甲斐性無《かいしょうな》しからは、さっさと離れた方が、かみさんも幸せってもんですぜ」

貞の手下達は、あっさり亭主の方を見限ると、そのおかみに、長屋や仕事の世話がいるなら、声を掛けてくれと言ってくる。

麻之助は、出された茶を頂きながら、おかみのお登世の問題は、三行半であることを告げた。

「元吉って名の亭主は、お登世さんを殴ることにはまめなのに、たった三行半の書き付けを、書きゃしないんだ」

途端、貞は口元を歪めた。

「元吉ってぇ男、近くの大川へ、簀《す》巻《ま》きにして放り込みたいような奴だねえ」

「まだ三行半を書いてないんだ。簀巻きにしちゃ駄目だよ」

「麻之助さん、仏になってくれりゃ、三行半、要らなくなりますよ」

「そうかぁ、とは言えないよ」

麻之助は苦笑を浮かべると、お登世の離縁を成すため、元吉の事を調べに来たと切り出した。三行半を書きたくないという元吉を、〝説得〟する為の話が転がっていないか、両国へ探しに来たのだ。

「元吉さんのような男は、博打《ばくち》にでも嵌《は》まっていそうな気がしてね」

もし博打打ちと分かったら、久助親分にでも、そいつは悪事だと、説教してもらう事が出来る。そうすれば元吉は、町役人麻之助から取りなして貰うため、三行半の書き方を、思い出すかも知れなかった。

「はは、そういう風に、事を収めようってぇのかい」

貞は笑うと、賭場で元吉を見かけないか、手下達に聞きに行かせた。五、六人が、屋敷から盛り場へと消えたが、今は貞の手下も増え、人が減ったという気がしない。

「大貞さんの跡目に決まったからかね。貞さんの住まいは、ぐっと広くなったなぁ」

見目が並な手下も増えている。今の貞は、手下を多く食わしていけるほど、稼ぎを増やしているのだろう。

「貞さん、貫禄が付いてきたねえ」

貞が笑って、茶饅頭も出せるぞと言ってくれた。土間の上がり端《はな》に腰掛け、ありがたく食べていると、思ったよりも早く、二人の手下達が戻ってきた。

「麻之助さん、どんぴしゃりだ。元吉って野郎、博打をやってましたぜ」

ただ棒手振りでは、のめり込める程、金が手元に無かったらしい。返す当てが無いような男に、胴元は金を貸してくれない。それで元吉は却《かえ》って、馬鹿な借金を増やす事にはなっていなかった。ただ貞の手下達は、賭場の近くで思わぬ事を目にした。賭場で金をすってしまった元吉が、路地の奥へ人を引きずり込み、殴っていたのだ。

「あの野郎、金をすった日なんか、酷く暴れてたんです」

「おや、誰を殴ったんだい？　何と元吉さんときたら、たまたま出会った人へ、拳固を振るってたのかい」

「貞兄ぃの縄張りで、人を殴る奴が湧いて出た事は、あっし達も承知してました。で、先《せん》からその暴れ者を探してたんですよ」

「でも弱そうで、大人しげな相手を選んで殴ってたんで、殴られた方が逃げちまって」

それで今まで、拳固を振るった者が、分かっていなかったのだ。だが手下達は今日、元吉が言い訳できない場を、押さえる事が出来た。

「賭け事に来た客の邪魔をしたと、賭場の若いのが腹を立てた。今、元吉を袋叩きにしてますよ。

困り事が減りました。麻之助さん、感謝です」

　顔の良い手下から言われ、麻之助は饅頭の皿の傍らから、ぴょんと立ち上がった。そして、元吉には三行半を書いて貰わなくてはならないから、手加減してくれと、大急ぎで言ったのだ。

「離縁したいって、お登世さんが待ってるんだよ。面倒だからやっぱり、元吉を、仏にする方を選ぼうって？　止めとくれ。何で元吉さんを助けなかったんだって、私がおとっつぁんに、山と叱られちまうよ」

　そこまで言葉を重ねて、やっと貞の手下達は麻之助を、元吉の所へ連れて行ってくれた。ありがたい事に、両国の東岸、かなり奥まった辺りにある賭場で、元吉はまだ川に流されず、ちゃんと生きていた。

　そして、殴られ腫らした顔で、麻之助を見てくる。

「あん？　あんた、誰だったかな？」

「通りすがりの、町名主の息子だよ。離縁をしたいかみさんに三行半を届けるのが、今の仕事だ」

　そしてお登世の知り合いだとも、言葉を続ける。途端、元吉はそっぽを向いた。

「そんな仕事、聞いたこともねえや」

　もっとも、元吉が三行半を書く気になるまで、麻之助は賭場の外で待つと言うと、元吉は急に三行半を、書きたいと言い出した。麻之助が賭場から消え、また手下達と残されるのが、多分、とんでもなく怖かったのだ。

　麻之助は程なく、お琴達に約束した三行半を手に入れると、ふらふらしている元吉を、長屋まで送る事になった。

そういえば貞が、誰かを簀巻きにして大川へ放り込んだ話など、まだ聞いたことはない。麻之助は笑って、元吉を急《せ》かした。

お琴達が通うお針の師匠の家は、笹間屋や、元吉の長屋からは少し離れた、両国の西岸にあった。

町人地と武家地の境辺りだったから、師匠は武家地に建つ小さな小屋を借り、お針を教えているらしい。

麻之助はそこで、お登世とは初めて会えたものの、お琴達は、まだ笹間屋から帰っていないと師匠に言われた。

「笹間屋さんで、盗みがあったんですよね。誰が店の品を盗ったのか、どこに隠しているのか、店の奉公人に聞くんだと、お琴ちゃんは言ってました」

笹間屋の奉公人に、師匠にお針を習った者の、姉がいたのだ。だから話は直ぐに聞ける。自分達が、店で探し物をする事はないから大丈夫と言い、お琴はお玉と出かけたという。

「なのに、なかなか戻りません。何かあったのかしら。さっきから、気を揉んでいる所なんです」

すると隣でお登世も、酷く心配そうに頷く。化粧の気はなく、顔に痣をこしらえている姿は、痛々しかった。

「お登世さん、これ、お琴さん達から頼まれてたものです」

　麻之助は元吉に書かせた三行半を、お登世へ渡す。師匠が驚いて、笹間屋で起きた、盗みの話と引き換えではと言ったので、麻之助は、早く渡した方がいいからと笑った。そして、お登世の痣が消えない内に、三行半を持って、支配町の町名主と話してきたらと告げたのだ。

「殴られたのは気の毒だったけど、お登世さんの痣を見せれば、どうして離縁する事になったのか、周りが納得します。元吉さんと、すんなり別れられますよ」

　三行半を手に入れる時、麻之助は元吉に、お登世の住まいには近づくなと念を押しておいた。だから、大丈夫だと付け足す。

「私の事じゃなく、両国の鯔背《いなせ》な兄さん達を、大いに怖がってたから。元吉さん、馬鹿はしないと思う」

　お琴達が心配だから、この後、自分が笹間屋へ行ってみると言い、お登世と師匠は、年配の町名主の元へ送り出す。麻之助は二人の背を見送り、ほっと息をついた。

「やっと一つ事が終わった。太助さんに、無茶の事情を聞く為に出たんだから、用件は一つきりだったんだけど。何でお登世さんや、笹間屋の件まで増えて、三つに化けたのかしらん」

　とにかくまだ、二つ用が残っている。笹間屋の調べ事には、おなご達と、盗人が関わっているから気がかりだ。

「考えの外《ほか》の事が、起きてなきゃいいが」

　麻之助は両国の道を急いだ。

六

人に場所を聞いて、笹間屋の前へ行き着いた時、麻之助は顔色を変えた。

高直な小間物を売る店は、両国の、そこそこ賑わいのある通りに面している。だが驚いた事に、昼間から大戸を下ろし、店を閉めていたのだ。

「ありゃ、笹間屋さんで、何かあったみたいだ。まずいなぁ。帰ってきてないから、お琴さん達、店の内にいるかも知れない」

麻之助は、己も笹間屋へ顔を出そうと決めた。だが大戸を下ろしている店へ、なんと言ったら入れるのか、とんと分からない。

（さて、どうする？）

一つ息を吸ってから、麻之助は腹に力を込めた。

（私は久助親分や、三郎四郎様から、笹間屋の盗みについて相談を受けたじゃないか。店を調べに来たと言って、強引に入り込んでしまおう）

同心三郎四郎には呆れられ、既に縁も切れている。だが他の者はそれを知らぬだろうし、何とかなる気もした。

「迷う間は、無いときた」

麻之助は脇道から店奥へと向かうと、台所脇の潜《くぐ》り戸を叩いてみた。誰かと問いが聞こえたので、まずは名乗ってみる。

驚いた事に、直ぐに戸が開いた。

「おや。久助親分がいるじゃないか」

「麻之助さん、来てくれたんですか。やはり笹間屋の件、気に掛けて下さってたんですね」

「親分、大戸を下ろすとは、笹間屋で何が起きたんだい？」

問いながら、潜り戸の中へと入ると、そこは笹間屋の奥で、台所の土間の脇に、板間がある一角だった。そしてその土間に、店の奉公人や、笹間屋とおぼしき商人の姿まで、揃っていたのだ。

「親分、今入って来た方は、どなたかな？　ああ、町役人の麻之助さんですか」

親分が、失せた荷を探す手伝いを、頼んでいる人だと言うと、主《あるじ》は頭を下げてくる。だが奉公人らは、胡散臭《うさんくさ》いものでも見る目で、板間の端に腰かけた麻之助を見てきた。

（おや奉公人達が、気を立てているよ）

首を傾げた時、お琴とお玉が土間の奥で、奉公人らしきおなごと、立っているのが見えた。急ぎ寄ると、お琴達は麻之助へ、ほっとしたような顔を見せてくる。

「お琴さん、どうしたんだい？　笹間屋の中へ入るとは思わなかったよ」

声を掛けた途端、奉公人と覚《おぼ》しき娘が、泣きそうな顔で話し出した。

「あたし、お富《とみ》と言います。妹が、お玉ちゃんと同じ師匠に、お針を習ってるの」

お富はお琴達から、笹間屋の盗みの件を聞かれた。事情が分かったら、無くなった櫛や簪を、取り戻せるかもとも言われたらしい。

「笹間屋で起きた盗みが、もう余所《よそ》に伝わってる。あたし、怖くなりました」

早く、事が片づいて欲しいとも思った。

「だからあたし、話してもいいだろうって思ったの」

お富は、小間物を包む為、帳場によく置いてある、風呂敷の事が気になっていたのだ。

「はて、風呂敷がどうかしたの？」

「麻之助さん、お店から無くなったのは、とても高い、簪とか櫛だったんです」

桐箱入りの品は、帳場に置かれ、誰も持ち出してはいない。桐箱の中身が無くなった日、奉公人が帳場から持って出たのは、三つの風呂敷のみであった。

「あたしあの日は、店の横手の井戸端で、お客用の椀や膳を、洗ったり拭いたりしてました。帳場から誰かが立つと、姿が見える場所なんです。洗い物の数が多かったから、ずっと井戸端に居ました」

だから帳場から出た風呂敷包みが、三つきりなのは間違いない。だが、包みを持って出た奉公人は、また直ぐに店表へ帰ってきていたらしい。

「だから、店の土間へ顔を見せたお玉ちゃん達へ、風呂敷の話はしたけど、盗人は見かけなかったとも伝えたの。そしたら近くで手代さんが、その話を聞いてて。それで」

何故だか大騒ぎになったのだ。番頭から事情を聞かれている内に、店の大戸が下ろされ、お琴達は帰るに帰れなくなった。お富は、不安の声を上げた。

「何で皆、騒ぐの？　風呂敷くらい、店じゃ沢山使っているのに」

本気で分からないと言われて、久助親分や笹間屋が、顔を見合わせている。ここで麻之助が、お富へゆっくりと言った。

「お富さん、店で無くなった簪や櫛は、一つなら、袖にでも隠せる。でもさ」

無くなったのは上方からの船荷と、職人達が納めてきた品、両方だ。簪は、平べったい物ばかりではない。尖った部分もあって、幾つも袖に落とし込んだら、多分目立つ。

「一旦店へ納められたものを持ち出すとしたら、私なら、地味な風呂敷にでも包む。そして店の品として、人目から隠さず移すかな。その方が、却って目に留まらないだろう」

その察しが付いたから、三つの風呂敷の事は騒ぎになったのだ。麻之助がそう語ると、店内が、気味が悪いほど静かになった。

すると笹間屋が麻之助へ、そっと寄ってくる。そして、小声で話しかけてきた。

「この話の流れだと、帳場から風呂敷包みを持ち出した奉公人が、盗人呼ばわりされかねません」

そして、失せた品の値は高く、盗めば首が飛ぶと言われている十両は、軽く越えてしまいそうだという。

「手前は、首を晒《さら》されるかも知れませんのに、店の奉公人を、お上へ突き出したくはございません。人一人、死なせてしまうのは、余りにも気が重うございます。けれど」

失せた額が大きいので、品物が返って来ないままでは、笹間屋が余りにも困る。だから。

「町役人と言われますと……ああ、町名主の高橋家の方なんですね。ならば、その」

盗みをした奉公人へは、笹間屋がちゃんと罰を与える。だが、罰は主が決めたい。櫛、簪が返ってきて、盗みを大ごとにせずに済むやり方はなかろうか。麻之助はそう、主から問われたのだ。

小声でも話は聞こえるのか、奉公人達は静まりかえって、主の決断を聞いていた。

(きっとご主人はこの話、奉公人達へ聞かせる気だったな。盗みは、表沙汰にはならない。店の皆は、そう心得たわけだ)

櫛、簪が盗まれた当初、笹間屋は同心三郎四郎に、店へ来てもらっている。なのに、大戸を閉めた今日、店には久助親分しかいなかった。

(三郎四郎様は、まだお役に慣れなくて、穏便《おんびん》に済ませられる事でも、捕り物に突っ走ってしまいそうだ。だから用心したんだろう)

麻之助も小声で笹間屋へ、大丈夫だと言うと、主は、ほっとした顔になる。

後は麻之助が、この場を上手く収められるかに掛かっている。お琴達が、風呂敷が帳場から三回持ち出されたと、突き止めてくれたのだ。後は櫛や簪を、さっさと取り戻さねばならなかった。

麻之助は、笹間屋と久助親分へ目を向けてから、にこりと笑った。

「実はですね、江戸ではこれまでにも、多くの店で物が失せ、主方が悩んで来られました」

笹間屋と同じだ。大枚が失せたなら、主は何としても取り戻さねばならない。だが。

「奉公人は、十くらいで店へ来ます。長年暮らしを共にした、身内同然の者達だ。主は奉公人を、刑場へやりたくないんです」

それで高額な盗みが見つかった時、奉行所へ話を持って行けず、町名主へ泣きついた店主が結構いた。だから。

「町名主には、店で盗みが起きた時、品物を持ち出した方法とか、隠し場所とか、多くの話が伝わっているんですよ」

盗み方は、不思議なほど似かよっていると、麻之助は語った。店で寝起きをしている者が行ける場所や、やれることは、限られてしまうからだろう。

「ええ、この麻之助も、以前起こった話を、色々聞いてます。だから今回の事も、見当が付くと思います」

まず笹間屋の櫛、簪を持ち出したのは、帳場から風呂敷包みを持って出た三人の内の、誰かだろうと話した。

「そして、帳場から風呂敷が持ち出されても、店の誰もそれを、不思議と思ってません」

つまり高直な櫛、簪などを扱う笹間屋では、日頃から高い品物を、よく動かしているのだ。金銀、真珠や珊瑚など、錺《かざり》職の職人が自前で揃えられないものを、店が用意し、届けているのだろう。

その品は、どのように盗まれ、今、どこにあるのか。麻之助は答えを告げた。

「以前失せた品は、早々に店から持ち出されました。今回も同じだと思います」

途端、笹間屋が戸惑った。

「あの、帳場から風呂敷を持ち出した三人なら、手前には誰だか分かります。品が失せた日も、その後も、三人は外出などしておりませんが」

皆で店内を探し回っていた日だから、よく覚えており、間違いはない。笹間屋はそう言ったが、麻之助は首を横に振った。

「盗った当人が、品物を笹間屋から持ち出す必要は、無かったんです」

先程話したように、笹間屋では職人達へ、店から金銀や玉などを預けている。盗人は手に入れた櫛や簪を、これから修理する他の品と一緒に、店の奉公人の手で、職人の所へ送ってしまえば良かったのだ。

「高い品を作る錺職の方は、信頼できる方々です。日頃、金銀玉を預かって、ちゃんと店へ返している人だ」

そういう御仁《ごじん》は、間違って届いた品を見ても、笹間屋へ返さねばと思うだけで、己の物にはしない。

そしてその間に、笹間屋の内を探しても、無くなった品が見つかることはない。盗人の奉公人は、その内、表へ出られたら、職人から盗品を返してもらい、売り払うわけだ。

「以前奉公先から、似たような盗みをした男は、手に入れた金を書物の権利に換えました。おかげで直ぐには露見しませんでした」

「そんな方法があったんですか」

笹間屋達が、目を見開いている。それでも、妙に金を貯め込んでいる事が知れて、男の盗みは、分かってしまったのだ。

麻之助が、奉公人達へ目を向けた。

「無理と無茶の果てに、美味しい話はころがっていません。笹間屋さんは自分の奉公人を、同心の旦那へ引き渡したくないと言ってます。早く謝った方が良いですよ」

今なら謝る相手に、奉行所の面々は含まれない。しかも既に盗人は、三人の内の一人にまで、絞り込まれているのだ。

「錺職の所を確かめている内に、逃げられると思うのは間違いです。盗んだ人、今、謝って下さい」

ここでお富が何故だか、部屋の板間へ目を向ける。すると小僧や若い者も何人か、ちらちらと同じ方を見始めた。

主人や、同心の旦那へは話せなくとも、奉公人が承知している事は色々ある。お琴達は以前、そう言っていた。

（確かに、その通りみたいだ。奉公人仲間は、盗まれた品を探しながら、盗んだ奴は誰なのか、噂してたんだろう）

店内の皆の目が、段々と集まってゆく。その内、板間の奥にいた、手代らしき者の膝が折れ、音を立てて座り込んだ。

そして、頭を抱えてしまった。

七

手代は梅助《うめすけ》と言い、盗んだ品を送った先、錺職の名を白状した。

笹間屋は麻之助へ言っていた通り、梅助を同心の旦那へは渡さなかったが、やはり暇を出しはした。他の奉公人達が、梅助の盗みを知っている。主としてこのまま、何も無しには出来なかったのだ。

ただ、住む所も仕事も無くしたら、梅助は悪い道へ走りかねない。麻之助は笹間屋と話し、両国の顔役貞へ頭を下げることにした。盛り場のどこかで使って貰えたら、梅助はもう一度、やり直すことが出来る。

「ただね、梅助さん。盛り場じゃ、馬鹿は出来ないからね。今度やったら簀巻きにされ、川に流されますよ」

するとその話が聞こえた時、何故だか梅助ではなく、奉公人達が、ほっとしたような顔になった。

(しくじった奉公人が、奉公先や町から放り出されるのが、怖かったのかな。己の明日を、見ているような気がしたのか)

笹間屋の件も片付き、麻之助はほっと息を吐く。すると久助親分が唸った。

「驚いた。笹間屋さんの困り事を、始末しましたね。麻之助さんて、ただの役立たずじゃなかったんですねえ」

麻之助は拳固を振るう振りをして、生意気な若い親分を黙らせる。盗まれた品は、間違って別の場所へ送られたとして、三郎四郎に納得してもらう事になった。

お登世へ三行半を渡した事を告げ、表の道へお琴達と踏み出せば、空が青い。

「ああ、二つ目の事が終わった、ほっとしたよ」

一日に、三つもやることがあってはいけない気がすると、麻之助が言った所、お琴とお玉が笑っている。

「もう一つ、お仕事が残っているんですか。大変ですね」

そう言われたので、麻之助はようよう、お琴と話す時が来たと分かった。

「実は、お琴さんと話さないと、終わりそうもないことなんだ」

「あらあたし、何を話せばいいんでしょ?」

「聞きたいのは、太助さんの事でね」

やっと話せるからと、麻之助は遠慮など止《や》めた。それで、太助が高橋家の屋敷を訪れ、麻之助の妻、お和歌と一緒になる筈だったと言ったことを、口にしたのだ。

「でもさ、太助さんが好いているのは、お琴さんだよね? あの御人《おひと》、何でお和歌へ、馬鹿なことを言ってきたのかしらん」

おまけにだ。屋敷から帰るよう言うと、麻之助は、捨て台詞まで吐かれてしまったのだ。

「おめえが悪りぃんだ、おめえのせいだって。太助さんから言われたんだよ」

太助は、初めて会った麻之助に、他の誰よりも食ってかかったのだ。

「さっぱり訳が分からないんだ。お和歌は太助さんと、関係はないと言ってた。けど義父の西森名主は、事情を知りたがってる」

何より麻之助が、太助の無謀の訳を知りたいのだ。

「お琴さん、何か事情を思いつくかい？」

するとと何故だか、お琴の隣にいた、お玉が笑い出した。

「あたしは詳しい事、分からないけど。お琴ちゃんと太助さんの揉め事っていうと、三行半だと思うな」

「三行半？　お琴さんと太助さんは、まだ一緒になってないだろ？　何で三行半が、話に出てくるんだい？」

「それがね」

お玉によると、お琴は縁組みの前に、三行半を貰った娘の話を聞いて、それはそれは、羨ましがっているのだそうだ。

「気持ちは、あたしも分かるわ。だって、お登世ちゃんが、亭主に殴られたのを見たのよ。三行半、縁組みの前にもらってれば、さっさと縁を切れたのにって思うもの」

だがお玉には、太助が、麻之助へ怒りを向けた訳は分からない。するとお琴が、ある三行半の話を語り出した。

「お針の師匠で繋がってる、お安《やす》というお人に、三行半の話を聞いたの。知り合いが、婿になるお人から、縁組み前に貰ったんですって」

友もいない、離れた所から嫁いでくる嫁御を、婿殿は心配したらしい。それで。

「三行半を、先に渡してくれたんだそうです。いつでも帰れると思ったら、嫁御は、気が楽になるだろうって」

もちろん嫁御は、その気持ちを喜んだようで、嫁入り先で知り合ったお安に、三行半を見せた。お安は羨ましがって、何と、自分も三行半を、亭主にねだったと言うのだ。

「ご亭主は離縁になるかと、ものすごく慌てたんですって。三行半を書いた阿呆、覚えてろって言って、おかみさんを泣かせて、更に謝る事になったとか」

「う、うわぁっ、お安さんが、三行半の為に泣いたのか。知らなかった……」

これは今度、清十郎《せいじゅうろう》に一杯おごらねばならないなと、麻之助がつぶやいたので、娘二人が首を傾げる。麻之助は両国の道で、明るく笑って言った。

「お二人にも、お礼をしなきゃな。やっと太助さんが馬鹿をした、事情が分かった」

「お玉ちゃんの話で、太助さんの馬鹿の訳が、知れたの？」

麻之助は、続きを話すから、団子か饅頭でも食べてくれと言い、二人を道ばたの茶屋へ誘った。そして床几《しょうぎ》に座ると、お安へ三行半を見せた嫁は、麻之助の妻お和歌だろうと言ったのだ。

「えっ？　つまり麻之助さんが、お和歌さんへ三行半をあげた人なの？」

「へーっ、そんな、気骨があるようなお人には、とんと見えないけど」

お琴とお玉から、遠慮のない言葉を聞き、麻之助は苦笑する。お琴は、お安と一緒で自分も、三行半を欲しいと思った事を告げた。

「だから太助さんが、嫁に来いって言ってきた時、先に三行半をちょうだいって言ったの。でも、駄目だって言われちゃった」

ならば嫁には行かないと、お琴は返事をした覚えがある。つまり、縁談はまとまらなかった訳だ。お琴とお玉が顔を見合わせた。

「つまり太助さんたら、三行半の話に腹を立てて、馬鹿をしたのかしら」

嫌がらせをした相手は、麻之助なのだ。三行半を書いた男を、太助は突き止めたのだろう。

「ははあ、だから最後にお和歌ではなく、私が悪いと悪態をついたんだね。お安さんに三行半を見せたお和歌も、巻き込んだんだ」

麻之助が三行半を書かなければ。いやお和歌がそれを、お安に見せなければ。お安が三行半の事を、語らなければ、お琴は太助との縁組みを、承知したかも知れない。そんな思いが、太助に馬鹿をやらせたのだ。お玉が顔を顰めている。

「まあっ。すんなり三行半を書いて、お琴ちゃんへあげれば良いだけの話なのに。太助さんたら、何やってるんだか」

ここでお琴が、頭を下げてきた。

「麻之助さん、おかみさん共々、ご迷惑をおかけしました。情けの無い太助さんへ、説教しときますわ」

何で太助は、みっともない事ばかりに力を入れたのか。本当に訳が分からないと、娘二人は話している。

「お登世ちゃんの事もあるし。亭主は選ばなきゃ駄目ってことよね」

「これで舅の金吾さんへ、事情を話せます。お二人さん、助かりました」

娘達が道ばたの茶屋で、嬉しげに頷く。麻之助が二人に、土産の団子を包んで貰うと、娘達は喜んでくれた。

「三行半を寄越さない阿呆の太助さんは、団子やお饅頭一つ、おなごへ勧められない人なのよ。そうよね、お玉ちゃん」

「優しいお人には、多分もう、おかみさんがいるんでしょうね」

麻之助は笑うと、自分はよく間抜けをして、家の者から叱られていると言った。娘二人は、声を立てて笑った。

(太助さんへ、さっさと三行半、書くよう勧めてみようか)

そうは思ったが、お琴には話さなかった。お登世と同じく、もう一緒に居られないと思ったら、三行半が無くとも、嫁御寮《よめごりょう》は亭主から去って行く。例えばお寿《す》ずのように、体を壊し、あの世へ連れ去られてしまう事もある。

(つまり三行半なんて、必死に気にする物じゃ、ないと思うんだけど)

しかし、お和歌に馬鹿を言った男へ、ただ優しくする気にもなれない。太助を助ける前に、まず清十郎へ謝らねばならなかった。

(ああ、まだまだ忙しいね)

太助が、お琴と添う事になるかどうか、見てみたい気もする。麻之助は床几の団子を食べつつ、賑やかな道で娘二人へ目を向けた。

麻之助走る

一

江戸は神田の古町名主《ふるまちなぬし》、高橋《たかはし》家の跡取り息子麻之助《あさのすけ》が、町を走り回っていた。

高橋家の支配町は、今、十二もあるから、行く先には困らない。それで麻之助は町から町へ、よく飽きないなと呆れられる程、毎日、駆け続けているのだ。

「ありゃ、まあ。麻之助さんときたら、また、妙な事をやり出して」

ご立派とは言いがたい町名主の跡取りを、自分達は支えねばならないと、支配町の面々は、よく麻之助の話をしている。それ故か、走っている麻之助を見かけると、大福や一杯の水など渡し、途中で行き倒れにならないよう、気を遣ってもいるのだ。

「麻之助さん、そこそこで止めておくんだよ」

親のような心持ちで、そう言い聞かせる者も、各町内に結構いた。

髪結床《かみゆいどこ》などで待っている客には、麻之助の妙な走りを見かけ、首を傾げる者もいた。すると、高橋家の支配町に住む客が深く頷《うなず》き、町名主の家の事を、己の親戚のように語った。

「麻之助さんときたら、そろそろ落ち着く歳なのに、相変わらずだよねえ。けどさ、まあ、今回は仕方がないんだよ」

「今回は、かい？」

「麻之助さんのおかみさん、お和歌《わか》さんに、子が出来たんだとさ」

髪結に来ていた客達は、一斉にその話に聞き耳を立てた。

「麻之助さんの子は、今年中には生まれると聞いたよ」

麻之助の両親も、それは喜んでいるという。支配町の皆は、次の次の町名主が生まれれば、自分達の暮らしも安泰だと、跡取りの誕生を願っている。よって次の神田祭に出す山車《だし》は、気合いを入れて作ることにしたらしい。

ただ。

「麻之助さん、前のおかみさんを、出産の後、亡くしてるから」

子も生まれた時亡くなってしまい、あの時は、町の皆も麻之助へ、どう声を掛けたらいいのか、分からない程であった。

「お産で亡くなる人は、存外多いからね。麻之助さん、あの事を覚えてる分、今度のお産が心配なんだろう」

だが屋敷内で、不安を妻へ言ってしまっては、却《かえ》って良くない。麻之助はこみ上げてくる言葉を言わずに済むよう、走ることで、己の心配を散らしているのだ。

髪結床の客達は頷いたものの、一人が首を傾げた。

「でも、赤ん坊が生まれるまで、大分日があるんじゃないかい？　それまで麻之助さんは、毎日走ってるのかね」

「まあ、いい加減なお人だから。飽きたらその内、歩くようになるさ」

「はは、そいつはいいや。びしっとしたお人柄じゃないみたいだけど……町名主さんは、あたしらが直《じか》に関わるお人だから。ま、気楽な方がいいかな」

町の皆から、大いに寛容な目で見られつつ、麻之助は毎日、支配町を走り続けていた。

するとじき、息子の事を心得ている宗右衛門《そうえもん》が、走るついでに、使いに行けと言うようになった。

「麻之助、どうせ走るなら、町年寄の樽屋《たるや》さんに寄って、届け物をしておくれ。なんだい、使いに行った先で暫《しばら》く立ち止まっても、死にゃしないよ」

他にも、妻お和歌の父、西森《にしもり》名主の所へ文を渡してこいとか、同業の友、八木《やぎ》家の清十郎《せいじゅうろう》が会いたがっていたとか、麻之助は色々、ついでの用を頼まれた。

「まあ、走るなと言われてる訳じゃなし、いいけどさ」

屋敷から駆け出すと、麻之助は今日も、ほっとする事が出来た。走り回っている内は、ぶつかったりして、周りに迷惑を掛けないよう気を配るので、心配事を考えないでいられるからだ。

江戸の町は活気があり、道端に居る物売り達の様子も賑やかだ。両の手を広げた程も大きさのある、唐辛子の入れ物を抱えた振り売りとか、がまの油売りの口上とか、目にするのも楽しい。ただ。無心になれるゆえ走っているのに、まず西森家へ文を渡した後麻之助は道々、少しばかり首を傾げるようになっていた。何だか気に掛かる事を、見た気がするのだ。だがそれが何なのか、自分でもはっきりしない。

「うん？　道に何か、変な事があったっけ？　いや、何も無かったと思うんだけど」

余り行かない場所へ行っているせいで、何か勘違いをしたのだろうか。だが喧嘩一つ、起きていなかったと思う。堀川の船着き場近くで足を止め、辺りへ目を配ってみたが、やはり妙な事などない。

また走り出すと、途中、今度は鮮やかな色合いが目に残った。一寸、祭りの支度でも始まったのかと思ったが、考えてみると山王祭が終わったばかりで、次の支度には早すぎる。

首を傾げていると、今度は真っ赤な傘が目に入った。しかしその華やかさも、追い越すと、幻のように消えてゆく。

「ううむ、今日は物が、妙に気になるな」

二、三回首を傾げたが、訳が分からず、仕方なく走る先を変え、奉行所へ駆けて行った。

悪友吉五郎《きちごろう》は与力見習いになったから、以前のようには会えなくなっている。それで今は、何か町で起きている事があると、簡単に文に綴り、麻之助は奉行所近くの茶屋へ、その文を頼むようになっていた。

「吉五郎か、相馬《そうま》家の小者《こもの》、正平《しょうへい》さんを見たら、渡して欲しい」

すると、両の肩から重さが取れたように思えて、ぐっとほっとする。

「うん、吉五郎に相談できたと思うだけで、安心できるよ。あいつは凄い男だな」

心配から抜け出て、また江戸の町を駆け出す。するとその後も、何か、華やかなものを見たように思えて、麻之助は走りつつ苦笑を浮かべた。

「どこかの家の、祝い事でも目に入ったかな。子供の事を考えてたから、気になったのかね」

するとこの先、自分の子供と過ごす、祝い事の賑やかさが思い浮かんで、麻之助は眉間の皺を取った。

「子が生まれたら、一緒に、祭りを見に行きたいね。お和歌やおとっつぁん、おっかさんも連れだって」

帰りには料理屋花梅屋《はなうめや》へ寄って、毎年、美味しい料理を食べると決めるのもいい。そうやって祭りのたびに、一家で楽しむのだ。花梅屋の大おかみ、お浜《はま》が、子供が大層大きくなったと、毎回言ってくれるに違いない。

「今度こそちゃんと、生まれてくる子の、おとっつぁんになるんだ。大丈夫、私は頑張るんだから」

麻之助は何度も頷きつつ、江戸の町を駆け抜けていった。

そして樽屋へ行き着くと、届け物を渡すのと引き換えに、手代の俊之助《しゅんのすけ》から小さな果物を貰った。

「おかみさんに子が出来たんだって？　旦那様が、渡してあげなさいと言ったんだよ」

これならつわりがあっても、美味しく食べられるだろうと、樽屋は到来物の金柑《きんかん》をくれたのだ。

「これは、ありがとうございます。お和歌も喜びます」

甘くて、ちょいと酸っぱそうな実は小さく、これから母となるおなごが、好みそうであった。

麻之助が大げさなほど喜んだ後、大事そうに実を袖に入れるのを見て、俊之助は優しげに言った。

「麻之助さん、大丈夫だよ。大勢のおなごが、ちゃんと母親になってる。思いもかけない事は、何度もあったりしないから」

心配して走り回るより、子の名前でも考えたらと言われたので、麻之助は既に名を、男女二十ずつ書き出してあると口にした。

「義父の西森名主に、一人に二十も、名は付けられないって言われたんですけどね。西森名主だって、十くらいは名を考えてたって、お和歌が言ってました」

高橋家でも父、宗右衛門や、母のおさんまで、あれこれ考えている。生まれてくる子の名を、一つに絞るのに苦労しそうだと、麻之助が眉尻を下げ、手代が明るく笑った。

「旦那様も私も忙しいが、また屋敷へ寄っとくれ。到来物は多いから、お和歌さんへ何か渡せるだろう」

深く頭を下げ、町年寄の屋敷を辞した後、今度は友の町名主屋敷へ駆けていった。八木家へ顔を出したところ、悪友の清十郎は、縁側で団子を出してくれた後、夫婦で考えたという、重大な用件を告げてくる。

「麻之助、お安《やす》とも話したんだが……もし、お前さんの所に女の子が生まれたら、うちの源之助《げんのすけ》の嫁に貰いたいんだ」

良き組み合わせだと、まだ幼い子の父親が、大真面目に話している。麻之助は、目をぱちくりとした後、団子片手に、大いなる問題を口にした。

「清十郎、男の子かもしれないぞ。どうするよ」

「その時は、あたしとお前さんのように、幼なじみから、一生の友になるだけさ。ああ、いいねぇ。おとっつぁんがあたし達に言ったみたいに、ちっとはしっかりしなと、息子達に言ってみたい」

「うん、それ、私も言いたいっ」

まだ生まれておらず、男女も分からない子の先々について、男二人が、あれこれ言っているものだから、清十郎の妻お安が苦笑を浮かべている。お安は、茶を入れ替えてくれた後、お和歌への伝言を頼んで来た。

「お姑《しゅうとめ》さんの、おさんさんが側におられるんで、心配はないでしょうけど。何か話したいことがあったら、遠慮無く来て下さいって、お伝え下さい」

幼子のいるお安は、これから母同士として、お和歌が気安く話せる相手であった。

「ああ、それは助かります。お安さん、よろしくお願いします」

麻之助が頭を下げると、お安は頷いた後、部屋から出て行く。麻之助は団子を美味しそうに食べた後、一息ついてから友の顔を見た。

「それで清十郎、わざわざうちの親へ、用ありだと伝えたんだ。話したいことが、他にもあるだろ？」

しかし、お安がいるとき、清十郎は口を開かなかった。

「お安さんの前では言いにくいことなのかな？」

「いや、そうでもないんだ。ただ、伝え辛い事なんだよ」

清十郎は頭を掻《か》くと、大きな揉め事が起きている訳ではないと、始めに断ってきた。

「多分、今はまだ何も起きてないが……明日は分からない。そういう感じがしてるんだ」

麻之助は一つ頷き、友を見た。

二

清十郎は、自分も団子を手にすると、ふと笑った。そして、行儀が悪いと、団子一本の食べ方を咎《とが》め立てない友がいるのも、気が楽だと言ってから語る。

「はっきりしてない事ってぇのは、妙に話し辛いもんだね」

つまり……このところ、八木家の玄関に持ち込まれる揉め事の相談が、奇妙に減っていると、清十郎は口にした。

「うん、そうだ。困り事が増えてるんじゃない。減っている事が気になってるんだ」

皆が平穏なのは、悪い事ではない。町名主が悩む事ではないから、なかなか他で話せなかったと、清十郎は苦笑を浮かべている。

「それでも、やっぱり気になってな。お安の里へ行った時、舅《しゅうと》の甲村《こうむら》名主に、我慢出来ず聞いてみたんだ」

すると甲村名主も、何だか揉め事が減った気がすると言い、首を傾げていたのだ。

不思議に感じていたことが、己の支配町以外でも起きていた。清十郎は悪友麻之助と、話し合う気になったという。

「それで麻之助、お前さんのとこは、どうなんだい？」

麻之助は、両の腕を組む事になった。

「うーん、うちの支配町には、ここんところ、来客が増えているんだ」

ただし。

「ろくに揉め事もないのに、玄関へ喋りに来る人が、増えてる」

だから、問題を抱えてくる人の数は分かりにくいのだ。清十郎が、片眉を上げた。

「おや、そんな人が多いのか。宗右衛門さんは、そいつを許してるのかい？」

「まあ、暇で町名主屋敷へ来た御仁《ごじん》には、役に立ってもらってるから」

町名主は忙しい。だから悩んでいる人と、直《す》ぐに語れないときもあるのだ。

すると高橋家ではまず、玄関に来ている御仁に、話の聞き手になってもらっていた。そして、存分に語る事が出来れば、すっきりするお人もいる。

「おとっつぁんが玄関へ行った時には、帰っちまってる人もいるんだ」

「へえ」

そんなやり方をしてるから、聞き手も育ってきていた。聞き上手になり、町名主屋敷の力となっている隠居までいる。しかも、ただで話を聞いてくれた。

「はは、支配町の皆を、そんな風に使ってるのか。参ったね」

「清十郎、ご隠居の中には、頼りにならない町名主の跡取りより、自分の方が良い相談相手だと思ってる人が、一杯いるよ」

「わはははは」

清十郎から思い切り笑われても、麻之助は平気な顔だった。だが、ここでふと首を傾げると、清十郎を見る。

「ただ、さ。そういえば私にも、ちょいと引っかかった事があったな」

麻之助はこの所、ずっと走っているが、その時途中で何か、おやと思った事があった。いや、そういう気がしたのだ。

「何が気になったんだ？」

「あの……済まない、そいつがはっきりしないんだよ。それで今日、吉五郎へ一筆書いて、奉行所で何か聞いてないか問うた所だ」

支配町の内を、駆け回っている時の話なのだ。目の前を飛び去っていく光景の中に、いつもと違う何かがあったとしても、どうも思い出せなかった。

「ここのところ赤子の名前ばかり、考えてるしなぁ」

友は笑って、麻之助を小突いた。

「名はもう、山のように考えただろ。それより何か思い出せ！」

清十郎が、麻之助は肝心な所で役に立たないと、口を尖らせる。

「あんまりぼんやりしてると、お和歌さんに説教してもらうぞ」

「清十郎、そいつは冗談にならないよ。止めとくれ」

しかし麻之助は、これという事を思い出せなかった。ただ、それでも一つだけ、分かった事はあった。

「町名主が三人、支配町の様子が、いつもと違うと言っている」

麻之助は、ならば調べてみないとまずかろうと思うのだ。そして麻之助が間抜けにも、何も思い出せなくとも、次の一手は打てる。麻之助がそう言うと、清十郎も頷いた。

「他の町名主にも、相談事が減っていないか、問うんだな。うーん、人数が多いから、知らせを入れるだけでも大変そうだが」

町名主は江戸に、二百五十人程いるのだ。

「確かに、文を届けるだけでも大変だな。しかも調べて、本当に相談が減っていても、それで何がいけないんだと言われそうだ」

麻之助達へ文句を言ってくる町名主も、いるだろうと思われた。腕を組むと、袖内の金柑が肘に当たって、貰った事を思い出す。それで麻之助は町年寄の手代、俊之助から町名主達へ、問うて貰おうかと言ってみた。

「町年寄ならば、町名主達へ声を掛ける事に慣れてるし、文句も言われないよ。町年寄本人じゃなくて、手代の俊之助さんからということにすれば、事を大げさにせずに済むし」

途端、久方ぶりに清十郎から、ぽかりと拳固《げんこ》を食らった。見れば、友の目が笑っていない。

「俊之助さんが関われれば、確かにあたし達の手間は、大いに省けるよ。でもそいつは、上の立場の町年寄を、我らが使うことだ」

たとえ手代であっても、俊之助は樽屋の名代《みょうだい》なのだ。町年寄の立場の一端を担っていた。

「そのお人に甘えるのは、良い手じゃない」

お和歌の懐妊が分かってから、麻之助は不安に駆られ、走り回っている。今は多分、多くが優しいだろう。だが、しかし。

「その優しさに己から甘えちゃ、町名主をやっていけないぞ。こら、町名主の跡取り息子、しっかりしねえか」

麻之助は、いつの間にか貫禄を見せてきた友を、呆然と見た。いつか息子へ向けたいような言葉を、先に己が喰《く》らって、泣き笑いの顔しか浮かんでこない。

だが、直ぐに仕切り直すことにし、きちんと座り直した。悪友に頭を下げ、器量で友に水をあけられるのは、情けないことこの上ないと、知る事になった。

「やれ、済まない。うん、樽屋さんに頼ったりしないよ」

ならば、この後どうやって調べを進めていくか、考え直しだ。悪友二人は矢立《やたて》を取り出し、案をひねり出すと、縁側で書き付けていった。

三

清十郎が、己の屋敷で働いている間に、麻之助は高橋家で、江戸の地図を写していた。

三日前、悪友二人はまず、近くの町名主の屋敷を回った。玄関に持ち込まれる揉め事の相談が、奇妙に減っていないか、他でも聞いたのだ。

文使いをやるより、近場は己で聞いて回った方が、早いと思われた。すると数件回ったその日の内に、麻之助と清十郎は、顔を見合わせる事になったのだ。

「驚いたというか、やはりというか。玄関に持ち込まれる揉め事が、奇妙に減っている町名主は、やはり他にもいたな」

二人で五軒回った内、二つの町名主が、そうであったのだ。清十郎が顔を顰《しか》めた横で、麻之助も悩む事になった。

「しかし分からない事もある。いつもと全く変わらないと、きっぱり言った町名主もいたんだよなぁ。何で分かれたんだろ」

顔を顰めた後、麻之助はふと、どの辺りの町名主が、いつもと違っているのか、地図に示してみようと考えついた。

「屋敷にある地図を、簡単に写してみるよ。写した地図なら書き込めるから、分かった事を記していこう」

場所によって悩み事が変わる事も、珍しくはないのだ。調べ事は、進み出していた。ただ清十郎は町名主だから、麻之助より忙しい。友が働いている間に、麻之助は高橋家の仕事を怠《なま》け、せっせと地図を作る事になった。

「お城の位置と、川と堀川、それに大きな町の場所が間違ってなきゃ、使えるだろう」

相談事が減った町の場所には朱の丸を、変わりが無いところには、黒い丸を書き込んでゆく。するとと麻之助は、首を傾げる事になった。

「何だか、地図にしてもよく分からないなぁ。ただ、町名主は一人で多くの支配町を持ってる。書き記した場所が、間違ってるかも」

思わずぼやいていると、部屋へ馴染みの声が聞こえてきた。麻之助は直ぐに、玄関の方へ声を向ける。

「その声は、丸三《まるさん》さんですよね？　奥に居ますから、庭から回ってきて下さいな」

借金をすると、借りた金が、丸っと三倍に膨《ふく》れ上がると言われる高利貸しは、麻之助、清十郎、吉五郎の友であった。直ぐに足音が近寄ってきて、丸三が大きな笊《ざる》と一緒に姿を見せた。

「最近うちへ新しく、借金をしにくる人が多くてね。この私が客に、説教をする事も増えたんですよ」

いきなり高利貸しに、金を借りに来るものではないというのが、丸三の考えなのだ。

「まずは家にある品を持ち込んで、質屋で金を借りるもんです。そうすれば金を返せず質草を失っても、借金は残りませんからね」

ちなみに丸三は、質屋の店も持っている。だから質草と引き換えに、新しい客に金を貸したのも、丸三なのだそうだ。

「すると、随分安く金を借りられたってんで、魚屋が礼に、干物を持ってきてくれたんです。いや、こういう事をする生真面目な人が、高利貸しへ来ちゃいけませんね」

当の高利貸しがそう言うのだから、笑うしかない。お和歌を呼び、美味しそうな鰊《にしん》の塩引きと、鯵《あじ》の開きを渡すと、妻は、昼を食べていってくれと丸三へ笑いかけた。

丸三が、子供のような笑みを作る。

「これは嬉しい。ええ、友の家でご馳走になるなんて、凄く嬉しいです」

だがお和歌が台所へ消えると、丸三は、麻之助の作っていた地図を覗き込んでいる。

「おんや、気になりますか」

麻之助が、随分年上の友を見ると、丸三はまず、拗《す》ねるように言ってきた。

「麻之助さん、清十郎さんも、あたしの友ですよね？」

「ええ、もちろん」

今更の事を言うので、麻之助が目を見張る。すると丸三は、唇を尖らせた。

「今朝方、吉五郎さんの所へも干物を持って行ったんです。そうしたら礼と共に、文を頼まれました」

後で、麻之助達の屋敷へも干物を持って行くなら、伝言の返事を届けて欲しいと言われたのだ。友、三人の間だけで文が回っていると知り、一人輪から外された丸三は今、機嫌が悪いらしい。

「それでもちゃんと、干物は持ってきましたし、こうして返事も渡します。けど、あたしだけ外すことは、ないじゃありませんか」

　麻之助は思わず、笑ってしまった。

「丸三さん、美味《うま》そうな干物、ありがとうございます。そしてね、私達は丸三さんを、外した訳じゃないいんですよ」

　今、町名主の屋敷に来る相談事が減っているのだ。だが、訳はさっぱり分かっていない。よって麻之助は吉五郎に、何か町で起きている事があるかを問うたのだと、麻之助は告げた。

「丸三さんへ話そうにも、町で何か起きてるかどうかすら、まだ分かってないんですよ」

「おやま」

　早々に高利貸しが落ち着いたので、麻之助は作っていた地図を見せる。

「相談事が減った支配町に、印を付けてるんですけどねえ。支配町は、一っ所にある訳じゃないし、私も町名主さん達が、どこの町を支配してるか、全部は分かってなくて」

　どうにも地図に場所を示しづらいと、麻之助は頭を掻いた。

するると。地図に、朱や黒の書き込みがあるのを見て、丸三は己も加わりたくなったらしい。麻
　麻之助へ、書き込んでも良いかと問うてきたので、何を入れるのか聞いたら、借金を申し込んできた者の、家の位置だという。

「あたしのも、何で新たに増えたのか、不思議なんですよ」

「どうぞ。書いて下さい」

丸三が地図へ嬉しげに、×印を加えていく。そして……じき、二人は顔を見合わせた。

「おんや？　うちへ、借金を申し込んだお人の家だけど。地図の印と重なってますね」

麻之助は、丸三の言葉に頷いた後、少し首を捻《ひね》った。

「丸三さん、確かに朱の丸の所に、借金を申し込んできた人はいる」

だが、それ以外の町からも、借金の申し込みは来ていた。しかし丸三は、逆さまだと言った。

「麻之助さん、ほら、黒丸の地には、新しく借金を申し込んできた人はいませんよ」

「本当だ。相談事が減ってない町の人は、借金の申し込みをしてない」

二人が、もう一度地図を見つめる。丸三が、目をきらきらとさせた。

「麻之助さん、これは、たまたまの事でしょうか。それとも、もしや町名主への相談事と、うちへの借金が繋がっているんでしょうか」

麻之助が唸《うな》った。

「正直、さっぱり分からないなぁ。ううむ、吉五郎辺りに聞いてみたい所だ」

ここで麻之助が、先程丸三から貰った吉五郎からの文を、急ぎ開いてみる。

だが、都合の良い事が書かれている訳も無く、町奉行所の吟味方与力《ぎんみかたよりき》見習いとなった悪友は、今、定廻り《じょうまわ》同心達が心配している事はないとだけ、知らせて来ていた。

ただ。

「父上が麻之助の文に、大層興味を持ったご様子なのだ。何故、相談事が減った町名主がいるのか、麻之助は何が気になったのか、両方きっちり調べ上げ、八丁堀の屋敷へ知らせに来るようにとの言《こと》づてだ」

「おや、麻之助さん。小十郎《こじゅうろう》様は、何かあるとお考えなんでしょうかね」

切れ者で、見目の良い吟味方与力が興味を示すと、減った町名主への相談ごとが、厄介事に化けるかもしれない。空恐ろしい気がすると、丸三は楽しげに言った。

一方、麻之助は口を尖らせる。

「相馬家を訪ねるのに、余り間を置いてはまずいだろうな。何をのんびりしていたのかと、小十郎様に叱られる」

下手をすれば、あの切れ者の与力に、投げ飛ばされる。避けたい事であった。丸三は頷いたが、八丁堀へ行くなら、中途半端に調べただけでは駄目だと、言葉を続ける。

「そんな事をすると、やっぱり小十郎様から、怒られそうですよ」

丸三に借金を申し込んだ者が、どの町にいるのか。そこの町での相談事は、減っているのかいないのか。一部ではなく、多くを調べておくべきなのだ。

麻之助は、友に泣きついた。

「丸三さん、手を貸してくれますよね?」

麻之助一人では、調べきれる気がしない。高橋家の仕事を放り出している息子へ、父の宗右衛門が、怒りを向けてきそうなのだ。

すると丸三は頷いたが、両の眉尻を下げ、済まなそうな声で、こうも言ってきた。

「あのぉ、あたしはもちろん友ですから、調べを手伝わせて頂きます。ええ、ええ、きっと役に立ちますよ」

丸三は海千山千、数々の事を乗り越えてきた、高名な高利貸しなのだ。話に言い負けたりはせず、知りたいことがあれば、しっかりと摑《つか》む。

「ただ、ですね」

丸三はここで、地図へ目をやった。

「うちへ借金をしに来られた新規の方は、今、地図に書いた五人だけじゃないんですよ。店に帰れば詳しい事が分かるけど、数はぐっと多いと思います」

「ありゃ」

麻之助が天井を見てから、畳へ目を落とす。丸三共々、疲れたような顔になったが、ここで逃げだす訳にもいかないことは分かっていた。

四

麻之助は丸三の店へ共にゆき、借金をした者の名を摑んでから、高橋家へ戻った。

その後、せっせと各町の町名主を訪ね、相談事の件を調べていったのだ。だが、町名主は多いから、一息には終わらない。

おまけに近い町から調べていくと、段々、訪ねる屋敷が遠くなっていく。その上やはり、宗右衛門の機嫌が悪くなったので、麻之助は高橋家の仕事も怠けられなくなった。

よって早々に余力が無くなり、麻之助は走るのを諦めた。支配町の皆は、お気楽者が早くもくじけたのかと、首を横に振っているという。

（ううむ、草臥《くたび》れたよぉ）

夕刻、その日調べた事について、屋敷で書き綴っていくと、文机《ふづくえ》の前で寝てしまいそうになる。高橋家の支配町からして、本当に困って屋敷へ来る町人達が減っているかどうか摑めていない。町名主の跡取りとして、玄関の仕切り方が適当だったと、大いに反省する事になった。

（やれ、これから赤子が生まれようって時に、仕事が増えるのは勘弁なんだけど。でも、そんなだから私は、見た筈の不可解なものから、目を逸《そ》らしちまったのかしら）

我ながら、見事に情けなかった。

すると、ここでお和歌が、茶を手に部屋へ来ると、ある帳面を差し出してきた。

「お前さん、うちの玄関で受けた相談事の数、調べてらしたでしょう？」

麻之助が頷き、まだ数を摑めていないと、正直に妻へ告げる。するとお和歌は、先程の帳面を開き、書いてある来客の名を示した。

「玄関で、本当に困って相談をした人の数ですけど。はっきりしてる町があるみたいです」

「えっ？　各支配町で、違いがあったっけ？」

「新しく支配町に入った四町の人達は、帳面に、相談したいことを書いてあるんです」

高橋家は少し前に、支配町を四町、増やしているのだ。そして、以前からの支配町の面々とは違い、四つの町の者達は、まだ宗右衛門や麻之助と、馴染みが薄い。無駄話をして、時を潰す習慣はないようだった。

「なるほど、四町の皆さん、ちゃんと困り事を抱えて、来てたんだな。新しい町からの相談は……おや減ってる。うん、間違い無いみたいだ」

麻之助は、高橋家でも相談事に差が出ていたのかと目を丸くする。そして直ぐ、お和歌に感謝を告げた。

「ありがとうね。私ときたら、四町の事に気がつかなかったなんて、情けない話だ」

ただ、元からの支配町は、相談事を減らしてはいないと思う。そう言うとお和歌は、楽しそうに笑った。

「麻之助さんて、大本の所を、きっちりするお人なんですね。弟とは随分違います」

西森家の跡取り息子は、見目の良いおのこだが、妙に緩い所があるという。

「西森の父は、それじゃ周りが大変だと、今、弟を鍛えてます」

「はは、うちのおとっつぁんも、私には良く怒ってるよ。親って、そんなもんかねえ」

麻之助が言うと、お和歌が頷いている。一緒になって日々を重ねてから、少しずつ互いの事が見えてきていた。麻之助はお気楽者と言われているし、親となってからも、間抜けをやらかすことがあるだろう。だが。

「一緒に、いろんな事を乗り越えていこうね。頼りにしてる」

おや、頼られるべきは男の方かと、首を捻ったところ、お和歌が笑い出してしまった。そして、本当にゆったり過ごせているから、走り回らなくとも大丈夫だと、亭主へ言ってきたのだ。

丸三から借金の話を教えてもらったおかげで、町名主への相談事の件が、地図の上で形を見せてきた。

清十郎に知らせを入れると、悪友は急ぎ、高橋家の屋敷へ顔を出してくる。

「清十郎、調べた限りじゃ、相談事が減っていない町からは、丸三で借金をする者が出ていないみたいだ」

そこははっきりしていたので、麻之助の部屋で、麻之助と清十郎は考え込む。

「何だか、妙な事になってきたな。どうして町名主に泣きつかなくなると、借金をする事になるのかしらん」

「みにゅう」

清十郎は、猫のふにを撫でてから、もしかしたら、逆さまかもしれないと口にする。

「丸三さんから借金をした人は、町名主の玄関に、来にくくなるのかも知れない。そういう考えは、どうだ？」

「うーん、確かに丸三さんは、高利貸しとして高名というか、悪名高きお人だ。だから、あのお人から借金をしたら、町名主の所へ来にくい……のかしらん」

だが、しかし。もしそうだとしても、大きな疑問が残る。

「丸三さんは、急に新しく借金を始めた人が、増えたって言ってた。質屋へ行くべきか高利貸しへ行くか、判断も付かない、金を借りたことがない人が客になってるんだ。これまで生真面目に、生きてきた人達だな」

ならばだ。

「そういうお人が、丸三さんから借りた金を、何に使うんだろ？」

ふにがみゃんと鳴き、清十郎がぽんと手を打った。

「そうか、そこだ。そいつが分かってないから、起きている事が奇妙に思えてるんだ」

麻之助が立ち上がり、部屋の中を、ぐるぐると歩き回り始めた。

「多くの人達が同じ時に、借金をしてまでやりたいことって、何だ？」

そしてそれは、金を使い始めた御仁達が町名主へ、言い辛い事なのだ。

「二つくらいの町で起きた事だったら、町同士の喧嘩かなと思うんだけど」

麻之助が言い出した。相手の町の物を壊してしまい、こっそり弁済する為、金を借りたなら分かる。しかし。

「そういう事なら、清十郎、支配町の人は、町名主に相談するよね」

「うん、あたしだって、ちゃんと力になると思う」

一度に多くの町の者を、借金に向かわせ、町名主から遠ざける事とは何か。麻之助は立ち止まって座り込んだが、答えが出てくれない。じき、文机に突っ伏してしまうと、ふにが堂々とその頭へ登ってくる。

「みゃんうぅ」

「ふに、重いよ」

猫を下ろそうとすると、ふにが髪に爪を立て、髷《まげ》が崩れる。

「わあっ」

おまけに、引き剝《は》がしたふにが飛び乗ったので、大事な手書きの地図に穴が空き、紙に皺が寄ってしまった。

「ありゃ、まずい。地図を直して、髪結床へ行かなきゃ」

清十郎が慌てて地図を救い、紙を伸ばしている。すると地図に記した印が、麻之助の目の前で揺れた。麻之助はその印を見続け、何か分かりそうに思い、眉間に皺を寄せる。

その時だ。地図から引き離されたふにが、不機嫌になり、がぶりと麻之助の手を嚙んだ。途端、痛みが頭の奥ではじけ、何かが思い浮かんでくる。

「あ……そうか」

丸三から借りた金を、皆は何に使っているのか。それを知るため、この後どこへ行くべきなのか、麻之助はようよう思い付いた。

五

麻之助は翌日、己の支配町へ向かった。

「四町の人も、町名主への相談事を減らしてる。きっと他と同じように、金を借りてる人がいそうだ」

ならば正面から、その事情を聞いてみればよい。高橋家は四町の、新しい町名主なのだ。

ただ四町の者達が、あっさり事情を告げてくれるかは分からない。四町は、高橋家の支配町に入る時も、なかなかの手強さを見せた町々なのだ。相談する困り事など無いと言われれば、それまでであった。

「けど、このまま、部屋で考えてるだけよりいいと思う。うん、町へ行ってみるよ」

ただ。ここで麻之助は、同道してきた悪友、清十郎へ目を向ける。

「清十郎、お前さんも四町へ付いてきて、良かったのかい？　町名主の仕事、溜まってないかい？」

すると悪友は、屋敷にはお安がいるから、大丈夫だと口にする。麻之助は、幼子がいるお安の顔を、思い浮かべて困った。

「確かにお安さんは、頼りになるおかみさんだけど。清十郎、お安さんには源之助《げんのすけ》坊がいるし……」

「麻之助、お安を頼ってるのは、あたしじゃない。町の皆だ」

友は苦笑しており、初めて聞く八木家の話に、麻之助は思わず目を丸くする。

「おいおい、それじゃ私と、似たり寄ったりの言われようだよ」

「遠くへ行くんじゃないし、大丈夫だよ。それにそろそろ、八丁堀の小十郎様に知らせを入れないと、まずいと思うぞ」

怖い与力に投げ飛ばされる時は、きっと一蓮托生なのだ。麻之助が頷くと、友はここで支配町を比べてくる。

「四町は町名主への相談事を減らして、古い八町は前のまま。違いはどこから来るんだろうね」

麻之助は、首を横に振るしかなかった。

「新しく引き受けた町も、高橋家は他と同じように扱ってるよ。高橋家の主《あるじ》は、あの堅いおとっつぁんなんだし」

なのに四町の皆は、町名主に隠れて、何かを始めたらしい。その事を悟られたくないのか、町名主に背を向けている様子だ。

危うい事に、高利貸しの丸三から、金を借りようとした者すら、いるかもしれない。しかし麻之助達の友は高利貸しであり、甘い気持ちで対してはいけない者なのだ。

「自分達の町名主に、こそこそしてるなんて。こっちは、不安になっちまうよな」

清十郎が、眉間に皺を寄せる。

「支配町の皆が、やってはいけないことに関わってるんじゃないかって、怖くなってるんだ。おい、心配してるんだぞって、町の皆に、大きな声を向けたくなる」

麻之助は歩みながら、いつもと変わらずに見える江戸の町を見回した。心やすく思える、小さい頃から見慣れた町並みだ。急に、金をばら撒《ま》きたい場所に化けたかというと、とてもそうは思えない。

「うーむ、分からん」

こうしていると、自分がおかしかったようにも思えると、清十郎は言い出した。

「どの町でも、まだ何も起きちゃいないしな。知る限り、誰も困ってない。金を高利貸しから借りようが、何か、何時《いつ》もと違うことをしようが、罪になることじゃないかも知れん。町名主が出張ることは、起きてないんだ」

心配ではあっても、放っておいた方が良いのかと、友が溜息を吐く。麻之助は、とにかく四町へ行って話をしてから、これからの事を決めようと言ってみた。

「調べに調べて、それでもはっきりと分からなかったら、尻尾を巻いて、今回の件から逃げりゃいいさ」

その時は、小十郎へ正直にそれを言って、情けないと叱られても、諦めがつく。麻之助はそう言うと、天に顔を向けた。

「どうしちまったんだろう。妻に助けられているのに、それでも事を片付けられない」

今回の己は、いつにも増して、ぱっとしないように思えるのだ。

「一体何に、振り回されてるんだろうか」

外堀から隅田川へ抜ける、堀近くをせっせと歩み続けると、舟の行き来が、人波の向こうに見えてくる。江戸城の堀と繋がっている堀川は、神田の真ん中を横切り、角を作って折れ曲がると、隅田川へと抜けているのだ。

「清十郎、そこの堀川の西側が、うちの支配町になったところだ」

四町は、麻之助の支配町の中では、城により近い場所にあった。日本橋から北へ抜ける、大きな通りからは外れているが、旗本の屋敷町が近い為か武家の姿も多く、通りは賑やかだ。

真っ直ぐな道が、縦と横で交わる町並みの角を、麻之助が指さす。

「あの四町はさ、まだ町名主との繋がりより、町の者同士の信頼の方が強い気がしてる」

繋がりを作っていくのは大変だと、麻之助は笑った。

すると四町へと入った辺りで、麻之助達は一寸《ちょっと》、足を止めた。道の傍らに、見たことのある顔が、まるで二人を待ち構えていたかのように、立っていたからだ。

「あれ？　あそこにいるお人、会った事があるね」

清十郎が、片眉を上げる。

「前に、町年寄様に呼ばれた時、会ってる。新しい町名主を決める、話し合いの席だ。同じ部屋にいた人じゃなかったっけ」

四町を代表する形で、来ていた店主の一人だ。

「ああ、そうだね。油屋、三本木屋《さんぼんぎや》のご主人、七輔《しちすけ》さんだったと思う」

町年寄との話し合いに呼ばれたのだから、三本木屋は、町を代表する商人に違いなかった。麻之助達が目を向けたのが、分かったのだろう。三本木屋が道の向こうから頭を下げ、近寄ってくる。

麻之助達は油屋に挨拶をしてから、戸惑いの言葉を向けた。

「あの、道の真ん中でお会いした事に、驚いてます。どなたかを、待っておいでだったんですか？」

するとと三本木屋が、種明かしをしてくる。

「うちの馴染みの船頭さんは、町名主である麻之助さんと清十郎さんの顔を、承知してたんです。お二人が並んでこちらへ来ているのを、堀川から見たんですよ」

船着き場へ着いた後、船頭はそれを、近場にいた三本木屋の者へ教えてくれたのだ。

「町名主さんが二人も、おいでになるとは。何かあったのかと気になって、こうして道でお待ちしていたわけで」

「おやおや」

麻之助達は愛想良く頷いたが、しかし、大商人が道で待つには、奇妙な言い訳のようにも思えた。

だが。

すると三本木屋は、せっかく会ったのだから、近くにある料理屋で、一杯やろうと誘ってくる。誠にありがたい話だし、大商人だから、払いはして貰えるだろう。

(ああ、また奇妙な事に出くわした)

麻之助は不意に、強く思ってしまった。

(我らに四町をうろつかれたら、困るのかなぁって思っちまいそうだ)

四町は支配町になって、まだ間が無い。先々を考えれば、こちらも愛想良く振る舞うのが、上策だということは分かっている。

しかしだ。

(酒を飲んじまったら、今日、四町での調べは出来なくなるよな。明日、また来れば良いけどさ。

そうそう毎日この町へ、調べに来られないよねえ)

では、どうするか。

(三本木屋の誘いを受けるか、それとも断るか。妙に思われても構わず、清十郎と町の人達に、問いを向けて回るわけだ)

だが、それで清十郎と二人、何かを見つけられるかは分からなかった。

(さあ、どの道を選ぶ? 麻之助、お前はどうしたいんだ?)

清十郎と三本木屋が、己を見てきているのが分かった。

六

無茶と無謀は麻之助の、長年の連れだ。よって今回も麻之助は、その相棒を見捨てないことに決め、三本木屋を見た。

「昼間っから飲んじゃ、おとっつぁんに叱られますよ。飲み食い代を、支配町のお人に払わせる事も、止めるように言われてます」

物堅い事を言って、麻之助はその場を離れようとしたのだ。

「それよりちょいと、聞いてみたい事があって。町で何か変わった噂など、聞きませんか?」

以前町で、気になる物を見た気がしていると、三本木屋へ言ってみた。

「ええと、急にそんな事を言われましても。あのぉ、町名主さんが気になる事とは、どんな事でしょうか」

「おや、気になりますか」

三本木屋に、もっと問いたかったが。この時麻之助は、言葉を切って振り返った。

「あれ、何だ？」

賑わう大通りの脇道の先から、大きな声が響いてきたのだ。麻之助達三人の顔が、そちらへ向けられる。

「男とおなごの声だね」

麻之助は、迷わずその脇道へ足を向ける。

「今の声、ぎりぎり、高橋家の支配町の内から聞こえたのかも知れないなぁ。喧嘩かも。なら、見過ごすのもまずいですね」

そう言い訳をしつつ、麻之助は身軽にひょいひょいと声の方へと行く。町が四角い区切りで分けられている中、一本奥の通りへ出ると、小さな稲荷神社の側に、五人の男女が顔を合わせていた。

よい歳をした男を挟み、二人の若者と綺麗な若いおなご達が、声を上げている。

「あの、いやあれは、その」

三本木屋が、何故だか困った顔つきになっている間に、おなごが話し出した。

「ですから次の出し物では、金棒引きはおなごがすると、決まったんですよ」

なのに、後から文句を言わないで欲しい。面の似た二人の内、年上に見える娘が言う。金棒とは、鬼が持つ金物の棒だから、剣呑《けんのん》な響きがある。だが、芝居や賑やかな出し物にも出るから、お楽しみの物でもあった。

するると、若者の片割れが口を尖らせる。

「あのさ、前回も金棒引きは、おなごだったじゃないか。またおなごがやりたいというのは、違うんじゃないかと言ってるんだ」

「うちの町、行列に出るお人は、毎回おのこ方の方が、ぐっと多いですよね。倍はいると思います」

（行列？　何だろう）

麻之助が首を傾げた時、今度は若い娘が言葉を返した。

「おなごが行列の頭にいると、二回続けただけで、文句を言われるのね。男の人が先頭を行くのは、珍しくもないのに」

言い合ってはいても、どうやら喧嘩ではないと見て、麻之助はほっとした。だが昼の日中から、道端で揉めているのは確かなので、事情を聞いておこうかと寄っていく。

途端、五人が揃って黙り、声を掛けた麻之助達を見た。

「知らない顔だが、誰かな。兄さん、何か用かい？」

「あはは、知らない顔とは恐れ入った」

清十郎が笑いを向けると、横から三本木屋が急ぎ口を出し、麻之助はこの町の、町名主だと告げる。

「先にこの辺の四町は、高橋家の支配町になったんだよ。皆、聞いてるだろ？」

「あのぉ、私はまだ、町名主にはなってません。高橋家の跡取り息子でして」

途端、揉めていた面々の顔が、一斉に強《こわ》ばった。若者達は、今の今まで言い合っていたおなご達へ、親しげな様子で語り出す。

「あの、この二人とは幼なじみでね。なに、ちょいと大きな声を出したけど、大した事じゃないんですよ」

すると、姉妹だというおなご達も、首を縦に振る。

「もちろん、そうなんです。あたし達、本気で文句なんか言ってませんよ。ねえ」

麻之助が眉を引き上げ、一人いい歳をした男を見る。男は己を髪結いだと言った。

「金棒引きの髪型の事で、話があると言うから来たんですがね。話が逸れちまって」

髪を結う話にはならないので、帰らせて貰うと言うと、髪結いは止める間も無く、麻之助達の前から逃げ出した。

「ちょいと、お待ちよ。聞きたいことがあるんだけど」

慌てて清十郎が髪結いに声を掛けると、目が逸れた間に、二人の男とおなごも、別の横道へ行ってしまう。

「こっちも、まだ話が途中だよ」

三本木屋までが、若者達を追う形で離れてゆくので、麻之助は慌てて跡を追った。だが、幾らも行かない内に足を止め、追っていた皆の背を見失ってしまう。

「麻之助、どうした？」

友の声がしたが、麻之助はただ、近くにあった小さな神社を見つめていた。

「なあ、神社の奥に、綺麗な布が掛かってる」

側へ来た清十郎へ、その布を指しつつ、どこかで見たことがあるとつぶやく。麻之助は寸《すん》の間《ま》、首を傾げた後、やがて大きく頷いた。

「そうだよ、私は神社で、綺麗な布を見たんだ。走ってる時だ」

普段着る着物には使わないような、それは鮮やかな色だったから、目に入ったのだと思う。だが走り続け、町の様子と一緒に、布の鮮やかさは頭から消えてしまったのだ。

後には、いつも見ないものがあったという、思いだけが残った気がする。清十郎が、小さな神社の布へ目を向け、一つ首を傾げた。

「あんなに鮮やかな布、何に使うんだろう」

清十郎が、思い付かないと首を傾げる。麻之助はしばし考えた後、ふっと笑い出した。

「やだね、せっかく四町へ来たんじゃないか。目の前に分からない物があるなら、聞いてみりゃいいのさ」

さっさと神社へ入っていくと、小さな社《やしろ》の奥から、神主が現れてくる。麻之助は立場を名乗った後、鮮やかな布を指した。

「あれは、何に使うのですか。華やか過ぎて、半襟《はんえり》のような小さなものにも、向かない気がするんですが」

すると神主が、笑い声を立てた。

「ああいう布は、普段の着物用ではないんですよ。祭りの時などに使います」

「お祭り、ですか」

「行列など遠目で見る着物ですと、ああいう華やかさが、丁度良く目に映るようで」

「ああ、そうか。確かに」

例えば舞台の衣装にすれば、映えそうな気がする。神主が、結構高い布なので、大事に使わねばと言っている。

「おや高いんですか。そうですね、縫い取りが鮮やかだし。金糸まで入ってるみたいだ」

ここでふと、逃げてしまった若者達が、金棒引きをおなごがやるとか言っていた事を思い出した。

（そう、さっき行列という言葉も、聞こえたよね。行列って、誰の列だ？　その列で、誰が着るんだ？）

先程見た、若い者達が目に浮かんでくる。ああいう若者が、この綺麗な布で作った衣装を着たら、役者のように、映えて見えるに違いなかった。

（金棒を持って、どこかを歩むんだろうか）

男と女、どちらが金棒引きをやるのか、揉めているかのように思えた。

「麻之助、黙ってしまって、どうしたんだ？」

清十郎の声が、遠くから聞こえてくるように思えた。

（ああ、浮かんできたよ。綺麗な飾りの山車を引いて、華やかな衣装の人達がゆくよ。立派で、素晴らしい行列だ）

麻之助も周りの皆も、そんな列を見て、楽しんだ日があった。錦の着物を着ている者が居ても、不思議でない出し物だ。

「こんな立派な布を見たのに、何故、今まで気がつかなかったんだろう」

「麻之助？」

常識に、しがみつき過ぎていたのだろうか。だがやっと、霧が晴れるかのように、不可思議が消えてゆく。

麻之助はこの時、次に何をするべきか、ようよう得心した。そして、目を見張っている友の顔を、ゆっくりと見る事になった。

七

三日後、麻之助と清十郎は、町年寄樽屋の屋敷へ顔を出した。

四町からの帰り道、早めに樽屋へ行くと言ったら、清十郎から、うんざりした顔を向けられた。

「樽屋さんには、関わらないんじゃなかったっけ？」

「そうだよねえ。どう考えても行ったたって、歓迎されそうもないし。話をしても、喜ばれないだろうし」

「麻之助、なら、どうして町年寄のお屋敷へ、行こうと思うんだ？」

事情を告げ、一人でも行くと言ったら、清十郎が何故だか付いてくると言った。だが麻之助が、
吉五郎と小十郎まで樽屋へ呼ぶと言うと、友は本気で逃げだしたいと言った。

「うん、今回は、私も樽屋さんへ行きたくはないなぁ。小十郎様達を呼ぶんだもの。尚更だ」

「麻之助、ならどうして呼ぶんだ？」

「だってさ、小十郎様にはいつか、今回の事を説明しなきゃならないんだもの」

そして。

「樽屋さんに何も話さないと、今は楽だけど。後で色々な問題が起きたとき、私達は樽屋さんから、やっぱり叱られると思うんだよ」

しかも、何故早く動かなかったのかと、今より何倍も、理不尽に責められると思うのだ。

「だから私達は、町年寄様のお屋敷へ行く訳だ」

友は深く息を吐いた後、口を尖らせた。

「ああ、うんざりだ。どうしてこんな事に、なったんだろうな」

「それはね、清十郎。お前さんが、私に言ったからだな」

八木家の玄関に持ち込まれる、揉め事の相談が、奇妙に減っている。それが気になってると、
友は麻之助に告げたのだ。

「だから我らは、訳を探り始めたんだよぉ」

「……そうだね。こんな話になるとは、思ってもいなかったけど」

清十郎は観念して、三日後麻之助と共に樽屋へ向かった。

樽屋が奥の間へ通し、わざわざ麻之助達と会ったのは、与力の小十郎や、吉五郎も来たからだ。とっとと来訪の訳と、言うべき事を話せと言われたので、麻之助は頷いた。そして不可思議に相談事が減った支配町の皆の事と、自分が走っている間に目にした〝何か〟を、追った事を告げた。

「そんな妙な事を、何故調べたのかと、おっしゃるかとも思います。ですが調べると、丸三さんが早々に絡んできました。この頃高利貸しへ、新しく借金をしにくる人が多くいると、話してきたんです」

そして、借金を申し込んできた者は、町名主への相談を減らしていた町の者だったのだ。

「ほお、高利貸しの丸三から、借金か」

小十郎が口元を歪めたので、麻之助は急ぎ、借金は丸三が説教をして止めたと告げた。

「ただ皆、金は借りたみたいです。でも質草を持ち込ませ、質屋で借りて貰ったと、丸三さんが言ってました」

「おや、高利では貸さなかったのか。丸三も丸くなったものだ」

「高利貸しから借金をしようとする者が、町で増えているのか？」

樽屋の声が低くなり、正面から話を聞いてくれる様子を見せてきた。麻之助は頷くと、持ってきた印付きの地図を開き、地図の印を説明していく。

「朱の丸を書き込んである町は、町名主への相談事が減っています。黒い丸の町は、変わりが無いところです」

相談事が減っていない町からは、丸三で借金をする者が出ていない。そして。

「相談事が減っている町では、借金をしているのに、それを町名主へ、話しに来てないんです」

しかし、やりたいことがあるから、金を借りるのだろう。町の皆には、自分達の町名主に、借金のことを隠しつつ、夢中になっている事が出来たのだ。

「私と清十郎は心配になって、相談事が減った町に行ってみました。そうした所」

麻之助はようよう、走っている間に目にして、気になっていたものが何だか了解した。それは鮮やかな布であった。

「布？」

「芝居に使うような、華やかなものです。いつもの暮らしで着たら、皆、驚いちまうような、派手なやつですね」

麻之助は借金をした者の中に、豪華な布を買った者がいると考え、町名主の所へ来なくなった者の多い町を、地図で確かめていった。

「朱の印のある町は、松田町、白壁町、神田塗師町《ぬしちょう》……」

清十郎の支配町や、高橋家の四町と甲村家の支配町も繋げると、町々は朱の線となってゆく。それを目で追っていた樽屋と俊之助、小十郎が、やがて口の端を引き上げる事になった。

口を開いたのは、元定廻り同心見習いで、江戸の町のことをよく承知している吉五郎だ。

「なるほど、麻之助達が気にしていたのは、天下祭の、氏子町《うじこ》だったのか」

主に城の北東辺りに、町は集まっていた。ただ祭りの折には、神輿《みこし》はもっと南、京橋の辺りまで巡行する。大伝馬町《おおでんまちょう》だけが離れ、城の東側にあった。

「神田祭の氏子町の者達が、立派な布を買っていたのか。それで麻之助、清十郎、それの何が不思議なんだ？」

吉五郎から問われたので、麻之助はきちんと答えた。

「立派な布を買ったのは、神田祭の氏子町の人でしょう。ええ、ですからもちろん、祭りの準備をしていたのだと思います」

麻之助が見た華やかな布など、行列の衣装や、山車に使っても、一見、何の不思議もなかった。だが。

「やっぱり私は、首を傾げちまいました」

一つには、山王祭が終わって間も無いという、時期の問題だ。

「祭りの支度は、まず、使う金を集める事から始めますんで」

町名主も町役人で、祭りには関わるから、今、布の用意が出来ているのは、妙だと分かるのだ。

「祭りの為の金は、まずは地主さん達に細かく、出す金を割り振る事から始めます。大店《おおだな》などには大枚の寄進を頼み込んで、何とか金を作ってゆくんです」

こんなに早い時期に、いきなり錦の布に金をつぎ込むなど、あり得なかった。ここで清十郎が、諦めた顔で先を続ける。

「つまり、並なら出せない金だから、丸三さんから借金をした人がいたんでしょう。そういう金を使い、町に華やかな物が並びだした」

神田祭の氏子町の中に、例年になく無茶な買い物をする所が現れていた。町名主に知られたら、魂消《たまげ》て止められる話だと承知していたので、玄関に現れなくなった町人がいたのだ。

「これが、何か変だと感じた事を、調べた結果です」

そして麻之助はここで、すぱりと話を切った。すると吉五郎が、直ぐに目を向けてくる。

「それで？　麻之助、ここまで分かった話、どう始末を付けたんだ？」

問われたので、正直に言った。

「話した所から先、何もしてません。無茶な金遣いを止めてはいないし、支配町の皆を呼び出し、無謀を止めろとも言ってません」

麻之助の言葉に、小十郎が眉を引き上げ、吉五郎が魂消る。

「何故だ？　放っておく気なのか？　神田祭は、公方《くぼう》様が御上覧になる祭りなんだぞ」

しかも、祭礼の町内以外も、御雇祭《おやといまつり》と言って、祭りに参加する町があった。そしてその、氏子町以外の町は、大奥の意向で祭りの内容を決めるのだ。

「つまり、御公儀が関わっておる祭りということだ。よってこのまま、町の者達をつっ走らせては、大いに不安ではないか」

天下祭の話は、町人だけのことでは済まないのだ。吉五郎の目が、清十郎を向く。

「何とかしようとは、思わなんだのか？」

「いま、我らがそれをすべきではなかろうと、麻之助に言われたんだ。あたしもそう思った」

何故なら。

「樽屋さんは、事が起きた事情を、ご存じではないか。我らはそう思ったんだよ」

次回の神田祭の支度が、余りに早く始まっている。しかも一つや二つの町だけでなく、幾つもの所で早々に金を借り、次の支度を始めていた。おかしな事であった。

「突然始まった話とも思えないんですよ。前の祭りのおり、何か今に繋がる話が、あったのではないかと思います」

多くの町にまたがる話に思えた。ならば麻之助達町名主より、その上の立場である町年寄、樽屋の方がよく承知している筈なのだ。麻之助と清十郎の顔が、真っ直ぐに樽屋を見る。

「若い娘さん達が、金棒引きにこだわるのは、どうしてなんですか？」

祭りを行う氏子町から、借金をしてまで派手に振る舞いたい者が出るのは、何故なのだろう。

「このままだと、次の神田祭は、何時にないほど華やかで、金を掛けられたものになります。何でですかね」

町の者が贅沢に走ると、常にお上は贅沢を咎め、禁止する事を増やしてきた。結果として、前より祭りが窮屈になりかねないのだ。しかし氏子達は、それを考えられないでいる。

「樽屋さん、何で、町の皆は止まらないんでしょう」

麻之助の問いを受け、清十郎、吉五郎、小十郎や俊之助の目が、屋敷の主へ集まる。すると樽屋は、不機嫌な顔で腕を組んだ。そして答えるでもなく、麻之助の問いをはね付けるでもなく、しばし考え込んでしまう。

（はて、こういう態度を示されるとは、考えてなかった）

いきなり叱られるか、はぐらかされるか、運が良ければ真っ当に答えて貰えるか。その返答しか思い浮かべていなかったので、麻之助の方が狼狽《うろた》えてしまう。

「あの、何か話して頂けないと……」

麻之助が言いかけた、その時だ。

「申し訳ない。調子が悪くなった。今日の話は、ここまでとします」

そう言うと、いきなり樽屋が立ち上がった。そして、それ以上口を開かないまま、町年寄は早々に屋敷の奥へと、消えてしまったのだ。

そして驚いた事に、小十郎はそれを咎めなかった。よって麻之助の問いは、誰にも答えてもらえなかった。

八

麻之助は高橋家へ帰ってから、今度は親の宗右衛門に、精一杯生真面目な顔で、謝る事になった。今まで支配町の仕事を怠けていたので、叱られるより先に、己から頭を下げる事にしたわけだ。

すると宗右衛門は、膝の猫を頼りに謝る息子の詫びより、町年寄の屋敷へ行った息子に、樽屋での問答を問うてきた。

「麻之助、大いに失礼な事を、町年寄様へ言わなかっただろうね？　樽屋さんは、町名主の一人じゃない。この江戸に三人しか居ない、町年寄なんだよ」

そう言ってくる顔つきが、本当に真剣だ。だが親へは、こう返すしかなかった。

「あの、済みません。樽屋さん、私と話して、苦虫を嚙みつぶしたような顔になりました」

おまけに、余程聞かれたくない問いを、向けられたと思ったのだろう。最後は麻之助へ返事をしないまま、屋敷の奥へ消えてしまったのだ。その話を聞いた宗右衛門は、総身を強ばらせた。

「麻之助っ、何を言ったんだい。どうして、せめて馬鹿をしないよう、振る舞えなかったんだ？」

「だって、ですね」

麻之助はここで宗右衛門に向き合うと、ここ暫く、清十郎と何を調べていたのか、親へ告げた。そして目を見開いた宗右衛門へ、樽屋が言わなかった、話の続きを問うたのだ。

「あの、前の神田祭で、何があったんでしょう。樽屋さんへ聞いたのに、話して頂けなかったんですよ。おとっつぁん、知ってる事があるなら、聞かせて貰えませんか」

「うっ、前々回の事が、また蒸し返されたのかい」

「前々回？　おとっつぁん、何か知ってるんですね」

驚いた事に、ここで宗右衛門も寸の間黙った。つまり以前の神田祭の件は、町年寄だけでなく、他にも承知している者がいたのだ。そして、麻之助が噂を聞いていないということは、口止めをした者もいたようだ。

「おとっつぁん、黙ってちゃ、さっぱり分からないですよぅ。このまんまだと、もう一回樽屋のお屋敷へ行って、事情を問うしかなくなると思うんですが」

「みゃあうー」

ふにが強く鳴いて、宗右衛門が折れた。そして麻之助へ、余所《よそ》へ話すなと釘を刺してから、過ぎた祭りの事を語り出した。


「前々回の神田祭で、困り事が起きたんだ。ただその時も、支度はいつものように始まったんだよ」

二年に一度回ってくる祭りなので、どの氏子町も慣れている。ただ祭りには、御雇祭と言って、氏子町でない町が、祭礼に加わる事もあった。金が余分に掛かり、地主などが顔を顰める事も多いが、それも見慣れた光景であった。

「前々回は、氏子町以外の町が行う御雇祭の枠で、ある町……そうだね、〝いろは町〟が加わる事になった」

そういう時には幕府から金が出るが、正直に言えば全く足りない。

「御雇祭の枠だと、大奥が出し物の内容を決める事になってるんだ。幕府から金を頂くから、却って節約をしにくくなる」

江戸城に入り、各町の出し物を御上覧頂くゆえ、名誉には違いないが、とにかく金がかかるわけだ。〝いろは町〟では何とか、他の町から大きく見劣りしないように、支度を進めていたという。

だが山車を作り衣装をあつらえ、祭りの準備をしていると、〝いろは町〟は随分、出費を減ら

していると いう噂が立った。支度の様子は嫌でも、町の者達の目に入る。要するに〝いろは町〟の出し物は、前評判がよろしくなかったのだ。

　ところが。

「いざ祭りになると、〝いろは町〟の出し物は、大いに褒めちぎられた。他の町で噂となる程、素晴らしいものだったんだ」

〝いろは町〟で、新たな金集めが行われた話は、聞こえていなかった。だが、大いにきらびやかだった行列を見るに、誰かが金を出した事は間違い無い。そしてだ。

「その時〝いろは町〟は、〝雀売〟の出し物をしたんだ。そしてその先頭に立つ金棒引きを、ある娘達にやらせていた。十五と十六の、金貸しの娘だ」

　その衣装は華やかで、大いに目立っていた。おまけに裕福な家の娘達は、長年踊りなど習っており、舞いでも皆から褒められた。

「娘達を立派な先に武家奉公させるため、目立つ役を貰えるよう、親が金を出したと噂になったよ」

　麻之助が頷く。

「まあ、ありそうな話ですね」

「そして、その話は、そこで終わらなかった。祭りで目立った事が、娘の運を変えたんだ」

　御上覧のおり、ある大身《たいしん》旗本が、娘の踊りを気に入った。姉は武家に奉公するどころか、その武家の側室になったのだ。

「その後、町に噂が流れた。何しろ直《じき》に、その御側室にお子が出来て、何と長年望まれていた、ご長男が生まれたからだ」

「おおっ、金貸し殿はいつしか、御大身旗本の祖父になったんですね」

金貸しが浮かれ、家で派手に祝った為、やっかみ半分の噂が、更にあちこちで語られた。金で身分を買った。他のおなごが出ることになっていたのに、その運を奪った。証《あかし》もない噂が重なって、町年寄は頭を抱えたのだ。

理由は、麻之助でも分かった。

「天下祭と大身旗本が、関わっている事ですからねえ」

寄進は、金貸し以外も行っている。祭りはいつも通り行われ、大身旗本は無法などせず、側室を一人迎えただけであった。

「そこに、文句が集まるのはまずいですよ」

「前回の神田祭で勝手な噂がまた出た時、町年寄がお三方集まって、手を打ったって聞いたよ。相手が噂だから、始末は、それはそれは大変だったようだ」

そして山王祭が終わり、また神田祭が思い出される頃になった。麻之助が頷く。

「うーん、かつての幸運を、良く覚えている者達がいたんですね。次の祭りで、何としても目立つつもりになったわけだ」

金で買ったと言われようが、一世一代、天下に己を売り込む、好機だと思ったのだ。若者だけでなくその親達にも、腹をくくった者が多くいたのだろうと、宗右衛門が言う。

「中には不相応な金を、掛けたいと思った御仁もいたんだろう。だから大枚を借りようと思い立って、いきなり丸三さんの所へ行っちまったんだね」

高利貸しなら質草などなくとも、金をごっそり出してくれると、勝手に思ったのだ。

「丸三さんが、質屋の方で金を貸してくれて、本当に良かった」

麻之助も清十郎も、前々回の神田祭の時、〝いろは町〟の噂は、拾っていなかった。町年寄達は、要らぬ噂をきちんと封じたのだ。高橋家の支配町の内、四町の者達だけが事情を承知していたのは、前の町名主が、〝いろは町〟と縁があったのかもしれない。

しかし、一度駄目だと町役人から言われているのに、今回また、動き出す者が現れた。大勢が、〝いろは町〟の真似を始めたと知って、宗右衛門は渋い顔になっている。

「今頃、樽屋さんは、他の二人の町年寄さんと会ってるだろう。その為に、小十郎様がおいでなのに、話を切り上げたんだね。神田祭をどう導くか、町年寄方が決めると思うよ」

江戸城の中へ入り、上覧頂く祭りなのだ。前々回、たまたま慣れていない町が華やかであっても、目こぼしに与《あずか》れたかもしれない。

だが、多くの町や出し物が幸運を求め、競うように派手になったら、もういけない。

「無理をすれば、運を摑むどころじゃなくなります。きっと分《ぶ》を守るように、お上から言われるでしょうね」

麻之助が、溜息を漏らした。

そういう話であれば、小十郎は途中で、事に気がついたに違いない。それであっさり、町年寄屋敷から帰る事にしたのだ。

噂に疎《うと》い吉五郎へは、小十郎が事情を伝えるだろう。麻之助と清十郎だけが、あの時話を知らなかったが、厄介ごとを運んで来た二人に、樽屋は屋敷で時を割かなかった。

「あぁ、話が繋がりました。これで、悩みは無くなりました」

お安へ、町年寄屋敷でのことをぼやいたら、清十郎へは、義父の甲村名主から説明があるやもしれない。かなり草臥れたので、悪友とその内、一杯飲みに行くと麻之助は言った。

「でもまあ、この件で、一つ区切りが付きました。私は毎日、走り回らなくなったし」

「ああ、そういえばそうだね」

高橋家はこの後、子供が生まれるのを、楽しみに待つだけだ。麻之助がそう言うと、宗右衛門がやっと、優しい顔になって頷く。そしてようよう息子へ、ねぎらいの言葉を向けてくれた。

「麻之助達が無茶を止めてくれて、良かったよ。借金をして派手に突き進んでも、また出世をする人は、出なかったに違いないからね」

そう言うと、親はご苦労賃だと言って、麻之助に団子代をくれた。友と飲む分には、かなり足りなかったので、今日は団子を買って、お和歌と楽しむことにする。

一緒に食べようとふにに言ったら、「みゃん」と、何時になく可愛い返事を貰った。宗右衛門と共に、麻之助はつい、笑ってしまった。

終わったこと

一

　江戸古町名主《ふるまちなぬし》、高橋《たかはし》家の跡取り麻之助《あさのすけ》は、ここのところ、瓦鉢《かわらばち》に入った桜草など、小ぶりな草木を買うようになった。

「お和歌《わか》が、花、好きだからねえ。鉢植えなら気軽に置けるし、綺麗でいいや」

　よって今日も、屋敷に近い堀川端で、行き会った担ぎ売りの植木屋に、鉢を見せて貰っていた。もうすぐ誕生する子に、生まれた年に買った植木だと言い、見せてやりたい。木ならば庭に植え替えれば、この先長く楽しめるかなと、麻之助は思ったのだ。

「梅にしようかな。梅が庭にあるのはいいよね」

　すると、そのつぶやきを聞いた植木屋が、さっそく一番大きな鉢を勧めてきた。

「兄さんの家には、庭があるのかい？　なら、この梅を買っておくれな。これなら、後で庭に植えれば大きく育つよ。実もなるから」

綺麗な白梅が咲く木だという。

「実は、美味《うま》い梅干しに出来るそうだ」

「梅干しか。そいつはいいね」

部屋内に置くには、ちょいと大きい鉢だと思ったが、食い気に引っぱられた麻之助が、近くで見ようと手を伸ばす。

だが麻之助は梅の鉢を、手にする事はなかった。細い脇道の向こうから、大きな声が聞こえてきたからだ。騒ぎでもあったのかと、麻之助は手を引っこめ、様子を見に行こうと堀沿いを歩き出す。

その時だ。側の細い横道から、男が駆け出てきた。着流し姿で笠を被っており、後ろばかり見つつ走ってくる。

植木屋の大声が、辺りに響いた。

「笠の兄さん、前、見とくれっ」

しかし、時、既に遅し。男は、売り物が並んだ振り売りの台と麻之助に、正面から突っ込んだ。鉢が、傍らの堀へ向けて転がる。植木屋が悲鳴を上げ、麻之助と笠の男は、共に堀端へ這いつくばった。

麻之助が首を振りつつ、何とか起き上がると、側で植木屋が、何てことをしてくれたんだと、泣き言を言いつつ鉢を集めている。横で笠の男も、半身を起こした。

ところがその時、思わぬ事になった。脇道の奥から声がしたと思ったら、笠の男が、麻之助を突き飛ばして起き上がり、また駆け出したのだ。麻之助はよろけた拍子に、何と鉢を踏んづけ、後ろへ大きくひっくり返る。

「ひえっ」

頭を打ちはしなかったが、代わりに、踏んだ鉢と共に、堀川へと転げ落ちていく。振り売りが慌てて手を伸べてきたが、何故だか酷《ひど》く遠かった。駆け去ってゆく笠の男の顔を、一寸《いっすん》、見た気がした。

（あ、藍の着物を着てる。絣《かすり》模様だ……）

麻之助は、己と一緒に堀川へ落ちて行くのが、梅の鉢だと知った。

二

堀川で溺れることはなかったが、麻之助は風邪を引き、何日か寝込んでしまった。白梅の鉢は助けられず、しかも笠を被った男は、逃げてしまった。

（あの後、堀川近くで何かあったとは、聞こえてこないけど。町家じゃなくて、近くの武家地で、騒ぎがあったのかしらん）

町名主に伝わらない話とは何なのか、寝床で首を傾げる事になった。

すると、神田にある高橋家の屋敷へ、奉行所勤めの吉五郎《きちごろう》が顔を出してきた。卵と酒を持ち、見舞いに来てくれたのだ。

父の宗右衛門《そうえもん》は喜んだが、麻之助はちょいと不思議に思い、一寸首を傾げる。

(悪友が来てくれたのは嬉しいけど、今日の見舞いは、何か怖くもあるね。この後出てくるのは、卵酒だけじゃないかも)

吉五郎は高橋家へ来るのに、麻之助の知らないおなごと一葉《いちは》、二人を連れてきていたのだ。

(この部屋内へ伴ったってことは、娘さんは、一葉さんのお供じゃないな。それに、着ているものも、同じくらい良い。さて石頭の悪友殿は、そろそろ床上げする私に、誰を引き合わせる気なんだろう)

寝床にいては、逃げだす事も出来ない。見舞いを受けた後、病はそろそろ大丈夫だと言って、友の顔を見てみる。吉五郎はゆっくり頷《うなず》くと、ならばと思わぬ話を語ってきた。

「気になってるようだから、麻之助へ紹介しておこう。今日伴ったのは一葉さんと、八丁堀与力川野《かわの》家のご息女、美衣《みい》殿だ」

美衣は八丁堀内与力《うちよりき》、鳥井《とりい》虎五朗《とらごろう》の、許嫁《いいなずけ》であった娘御だという。

「……だった、ということは、今は違うのかな」

「お二人は縁組みを決めていたが、川野家の御嫡男《ごちゃくなん》が重い病になったことで、破談となった。ご兄妹は二人のみなのでな」

その時は、病故《ゆえ》なら仕方がないと周りも納得し、両家の縁は終わったのだ。

「いや、関わりは、終わった筈であった」

「ん？　はず、とは？」

吉五郎はここで、懐から書き付けを取り出し、口で言うより分かりやすいからと、麻之助へ見せてくる。短い文が並び、川野家と鳥井家の間に何があったか、直《す》ぐに飲み込めるように書き並べてあった。

八丁堀で起きた件。
一、八丁堀内与力、鳥井家の虎五朗と、与力、川野主水《もんど》の娘美衣、婚姻決まる。
時期は一年ほど前。
二、川野家長子にて、美衣の兄俊太郎《しゅんたろう》、程なく病床に伏す。俊太郎の病状、悪し。
三、俊太郎の病、長引く。川野家の子は俊太郎、美衣のみ。婿養子を取る事も考えられたので、鳥井家と美衣の縁、破談。
四、一年後、俊太郎快癒《かいゆ》。
五、鳥井家より、再び美衣を嫁にとの話があったが、まとまらず。美衣、承知せずとの噂。
六、素性の知れぬ笠の男、美衣へ、つきまとっているとの噂出る。八丁堀に住む何人もが、笠の男を目撃。
七、笠の男、虎五朗なりとの噂、巡る。
八、川野家当主が、八丁堀長老格の隠居に、相談にゆく。長老、鳥井家へ話しに向かう。
麻之助は美衣を見て、眉尻を下げた。

「おや、八丁堀に住む二人の間に、つきまといがあったと、噂が出たのですか」

つきまといは、高橋家の支配町でもたまに起きる、男女間の騒ぎであった。ただ、与力の娘につきまとったとされるのが、内与力だということが変わっている。

そして与力見習いの吉五郎が、この件に関わった与力の娘を、町名主の屋敷へ連れてきた事は、酷く妙であった。

一件には、元奉行所勤めの隠居が、既に間に入ったようなのだ。色々あったにせよ、事は終わった筈と思う。

ただ麻之助はここで、首を深く傾げた。

(終わったことなんだよね？　そのはずだよね？)

この時麻之助は、書き付けが二枚あると気がついた。そして次の紙、九と書かれた所には、何と、麻之助の名が記されていたのだ。

九、高橋家の麻之助に、力を借りるべきか。

「へっ？　私に、お武家の揉め事と、関われってことか？」

さっぱり事情が分からないので、吉五郎の方へ、身を乗り出した。

「なあ吉五郎、つきまといの事だが、いつ、どこで、誰が、何をやったのか、紙にはきちんと書いてある。事が起き、終わっているようにも思う」

なのにだ。

「吉五郎、この件にどうして私の名が出てくるのか、とんと思いつかないんだけど」

正直に伝えてみたところ、吉五郎は溜息を漏らし、美衣と一葉へ目を向ける。

「虎五朗殿だが。鳥井家を訪ねた長老に、きっぱり、関わりは無いと言ったのだ。よって、事はまだ何一つ、終わっておらぬ」

美衣がつきまとわれたと言った日、虎五朗は一日屋敷にいたらしい。よって鳥井家の隠居は、息子を信じているという。

「しかし身内が罪無しと言い張っても、八丁堀の者は、その言葉を証《あかし》とは受け取らぬ。それで困っておるのだ」

ただ美衣と川野家の親御は、鳥井家に不信を抱いている。

「書き付けを見ただろう。美衣殿と鳥井家の縁談だが、一旦破談となった後、鳥井家はもう一度申し込んでいる。俊太郎殿が、一年ほどで回復されたゆえ」

ところが。

「川野家は断った」

すると美衣が、麻之助に目を向け、いったん縁がまとまった後、破談に至った話を語り出した。

「兄がずっと寝付いていて、川野家の屋敷中が、浮き足立っていた頃の事です。あの頃は許嫁であった虎五朗様が私に、一度鳥井家へ来るよう文を寄越されまして」

何用かは書いておらず、先々のために、話がしたいとあるのみであった。

「ですが兄の具合は悪く、母までが心配の余り、体を壊しておりました。二人の看病で、他出の余裕はありませんでした」

美衣は無理だと、親へ訴えた。父親の主水も、虎五朗が見舞いに来ないばかりか、娘を呼び出した事に機嫌を悪くした。

その頃俊太郎の具合は、日に日に悪くなっていたのだ。まるで呼び出しの文が、その不運を運んできたかのようだと言い、川野家当主は虎五朗を、良く思わなくなった。

「父はじき、私の縁談を破談にしました。跡取りである兄の具合が良くない事は、八丁堀の皆が知ってました。ですから周りは父の決断を、不思議には思わなかったのです」

虎五朗は、それきり文を寄越さなかった。

「大した用件でもなかったのでしょう」

その後、俊太郎は本復《ほんぷく》したと、話が続いた。ほっとしたのだろう、川野家の母親も快癒したので、美衣はようよう、表を歩けるようになったのだ。

「すると、思わぬ事になりましたの。私、八丁堀の道で、時々つきまとわれるようになりまして」

屋敷から出た途端、跡を付けられた。相手は決まって笠をかぶっており、面が分からない。八丁堀に住んでいるのは、奉行所勤めの者と、与力同心達から、家を借りている面々が多い。そんな土地で、誰と分からない者がうろつくのは、珍しかった。

「破談の後でしたので、屋敷には、虎五朗様を疑う者がおりました」

母親は特に、心配していた。

「鳥井家へ来いと言われたのに、私が向かわなかったので、虎五朗様が腹を立てたのではないかと言い出して」

何度かつきまとわれると、美衣も怖くなり、外出が減った。それでも笠の男が現れたとの話が、時折聞こえてくる。

「八丁堀のご隠居様が、鳥井家へ行って下さったので、事は終わるかと期待しました。でも虎五朗様は、つきまといなどしていないと、ご隠居様へ言われたそうです」

やっていないことを、止めさせる事は出来ない。手詰まりとなり困っていたら、今回、相馬《そうま》家の吉五郎が関わってくれた。

「ですが今、町奉行所の皆様は、酷く忙しい。吉五郎様が、町名主の麻之助さんに頼むつもりだと言われたので、承知いたしました」

「へっ？　その、勝手に話を、まとめちまったんですか？」

つまり美衣は、内与力虎五朗が、己につきまとっているのではと疑っている。一方虎五朗は、それを否定している。正反対の考えを、二人は訴えているのだ。

今回の事には証がなく、真実は分からない。だが、それ故に八丁堀では、頭の痛い事が起きそうになっていると、吉五郎が言う。

「つきまといの件の噂が、広がっておってな。八丁堀はじき、鳥井家を信ずる者と、川野家の言い分が本当だという者に、分かれてしまいそうなのだ」

そうなるのはまずいと、吉五郎が珍しくも深い溜息をついた。八丁堀は今、いつになく忙しい。なのに与力、同心が、二手に分かれかねないからだ。

だから。

「麻之助、お前にこの一件を任せたい。つきまといの件に答えを出し、終わらせてくれ」

「はあ？　吉五郎、もう一回言うが、町名主がやる事じゃないよ。お武家様の件だもの」

いきなりの話に本気で驚き、友を見つめる。

すると驚いた事に、その返事は吉五郎ではなく、傍らに座っている一葉が語った。

「それが今は、無理なのです。今、美衣さんがおっしゃったように、八丁堀は、それはそれは忙しいので」

麻之助は、話の奥にある悩みを察した。

（つきまといの件を受け持ったら、町奉行の側近くで務める内与力、鳥井家の虎五朗様を、調べる事になる）

それは余所《よそ》の者が考えるより、ずっと大事《おおごと》なのに違いない。町奉行の片腕である内与力は町奉行自身の臣下で、証がないまま疑って良い相手ではないのだ。それで吉五郎は、奉行所勤め以外の者に、つきまといの件を託そうと思い立ったのだろう。

だが、しかし。

「任せる相手が、何で私なのかしらん。私は町人なんだよ」

「証を見つけてくれればいい。そこまでで良いから、頼めないだろうか」

納得出来ず、唇を引き結んだ。麻之助は、おののいてもいた。

酷く忙しい中、放っておくことも出来ない件を抱え、友は心底困っているのだ。よって無茶を承知で、長年の友に甘え、事を押っつける事にしたのかも知れない。

もし吉五郎に、正面からそう言われたら、頭を抱えるしかなかった。その時は友の為、何としても事を引き受けねばと、思ってしまいそうなのだ。

（まずいよう。どうしよう）

吉五郎が、ここで深く頭を下げた。麻之助は真剣に困ってしまった。

三

麻之助は翌々日には床上げをして、動き出した。のんびり寝ていると、難儀が増えそうな気がして、怖かったからだ。

吉五郎はおとついい、自分が背負えぬ用を、麻之助へ押っつけて済まないと、謝ってきた。よって麻之助は、己が、つきまといの件を何とかするしかないと、腹を決めたのだ。

（ううむ、やっぱり引き受けちまった）

幼なじみであるからして。

悪友にして、親友であるからして。

今、奉行所は真実、他の件を背負い込めない程忙しいと、友が言ったので。四の五の言わず、引き受ける時だと分かったのだ。

「ああ、私は馬鹿だな。でも正しいんだ」

よって今回は証を探して動くおり、自分に甘くすることにした。

（病み上がりだし、あちこちへ行くのに、舟を使おう）

吉五郎はその後、今回の件について、もう少し詳しい事情を書いた書き付けを届けてくれた。するると、それに軍資金だと言って、相馬小十郎《こじゅうろう》からの金子《きんす》が添えてあり、驚いた。

その上、出かけるとき、吉五郎からの頼みごとを引き受けたと言うと、珍しくも宗右衛門が、小遣いをはずんでくれた。

「今回のつきまといの件、調べるのはお武家様だ。無理をするんじゃないよ」

宗右衛門は、息子が間違いをしないよう、御仏《みほとけ》に祈っていると言ってきた。

「御仏が働いて、悩み事を何とかして下さったら、楽で良いですよねえ。痛っ、おとっつぁん、何で打《ぶ》つんですかっ」

働き者になった麻之助は、まず、美衣と一葉へ文を書き、翌日、八丁堀の堀川端で落ち合う事にした。当分、できうる限り己と同道して貰いたいと、二人に頼んだ。

「誰がつきまといをしているのか、調べていきます。私が何を見つけ、どう判断したか、お二人にも見定めて頂きたいのです」

二人が納得しなくては、いつまで経っても一件が終わらない。それでは、麻之助が困るのだ。

「一葉さんはご存じでしょうが、もうすぐ私の妻お和歌に、子が生まれます」

なるだけ早くに事を終わらせたいと言うと、美衣と一葉が頷いてくれた。

（おや、同道には、文句が出るかと思ったけど。当分は大丈夫そうか）

ならばと麻之助は、頼みごとを足してみる。

「調べて分かった事に、文句や疑問があった時は、是非、おかしいと思ったその場で言って頂きたい。そうすれば、直ぐに妙な点を正せます。私も、後で困らずに済むし」

これも、二人は承知した。

麻之助はその後、今日は深川へ向かうと告げ、船着き場へ向かう。頼んであった舟に乗り込み、川を東へと向かう途中、訳を語った。

「つきまといの件を、私が調べる事になったのには、事情がありまして」

吉五郎は、後で麻之助へ寄越した書き付けに、あれこれ書いていた。

「今度の件を終わらせる為、吉五郎は、まず己で動いてました。深川に住む町名主に、話を聞きに行ったらしいのです」

そして山本というその町名主が、何故だか麻之助の名を出し、助力を願ったらと助言したようなのだ。

「それ以上詳しいことは、山本名主と会った時、教えて頂こうと思ってます」

すると早々に、美衣が首を傾げる。

「あの、今、聞いて良いですか。麻之助さんは、疑問はその場で問うて欲しいと、おっしゃってましたので」

頷くと美衣は、吉五郎がどうして隅田川の東、深川にまで行ったのかと、首を傾げたのだ。事情は聞いていなかったが、返事は出来た。

「おそらく深川では、似たようなつきまといが多いからでしょう。深川の町名主に、事の片付け方を、聞きに行ったのだと思います」

「深川は、つきまといが多いのですか？」

美衣が、腑に落ちない顔をしたので、麻之助は一つ咳払いをする。

「美衣様、深川七場所と言いまして。深川には遊女達が集う岡場所が、七つも集まっているんです」

つまり男と女の揉め事が、起こりやすい場所であった。そして深川は吉原のように、幕府が認めた遊郭ではない。町を囲む塀や、ただ一つの出入り口、大門《おおもん》を、若い衆が守っていることはないのだ。

「そこが、八丁堀と似ている気がします」

「そういうお話だったんですか」

美衣の言葉が終わらない内に、舟が隅田川の大きな流れへ出て、かなり揺れ、小さな悲鳴が上がる。隅田川には大小の舟が行き交っており、小舟はその間をぬっていった。

じき対岸に深川が見え、舟は隅田川から離れると、真っ直ぐな堀川へと進んでゆく。隅田川の東の地は、堀川が東西、南北に掘られており、舟で動くのが楽な土地柄であった。

木場と言われるところゆえ、じき、材木が浮かぶ水路が、麻之助の目に入ってくる。普請《ふしん》中の建物が、そこかしこに見え、木の香が香ってくるように思えた。

舟から下りると、山本名主の屋敷は、堀川近くにあった。名主は麻之助から挨拶を受け、用件を聞くと、まずは皆を部屋へ上げ茶を勧めてくれる。

「山本名主、つきまといの件で、吉五郎様が深川へ来た筈ですが」

麻之助は、山本名主が妙な事を言ったおかげで、とんでもない用を言いつかったと、文句を言ったのだ。途端、明るい声で笑われた。

「おや、厄介事の解決を引き受けたんですか。そりゃ良かった」

「やらざるを得なかったんですよ。何で私の名を出したんですか？」

すると山本名主はまた笑い、つきまといについて語り出した。

「世に、困った男は多いからね。おなごだって、男につきまとう事があるけどさ。誰かが止めなきゃいけないんだよ」

そして、つきまとうような者達は、説教しても、引き下がらない事が多いと溜息を漏らした。深川の町名主達は、長年そういう者の問題に、頭を痛めてきたのだ。

「飲んべえと同じだな。止《や》めやしない」

ここで山本名主は、美衣へ目を向ける。まさか八丁堀の与力の娘とは、思っていない様子であった。

「そちらの娘さんが、お気の毒にも、つきまとわれたお人なのかな。そっちのお嬢さんは、お身内か」

「いやその、お二方は……」

だが山本名主は、麻之助の説明など待たず、吉五郎にも言ったのだがと、話の先を口にする。

「麻之助さん、つきまといへの対処で、誰にでも使える手は一つしかない。相手から離れることだ」

「離れる？　美衣様はもちろん、つきまといから、離れていたいでしょうが……」

山本名主は、眉尻を下げた。

「簡単には会うことも叶わないくらい、娘御が遠くへ消えるって事だよ。遠方へ嫁にやる。親戚にでも預ける。これだ」

深川に現れたつきまといの中には、何としても、己を押さえられないと言った輩《やから》も、いたという。しかしだ。

山本名主は、唇をゆがめた。

「どこに居るのか分からないおなごを追って、上方へ行ったつきまといは、深川では見なかったねぇ」

だから。

「私は吉五郎様に、うんと離れた所のお方に、つきまとわれた娘さんを、嫁がせたらいいと言ったんだ」

いずれ、子を産み育てる事を思ったら、今、すっぱりけりを付けた方がいい。山本名主は美衣を見ると、まだ江戸にいるという事は、家を離れるのは嫌だったのかと問うてくる。

「それとも、嫌がらせを受けた方が逃げるのは、納得出来なかったのかな」

だが逃げれば、ほっと出来るはずなのだ。

「私は吉五郎様へ、麻之助さんに相談したらいいとも伝えたよ。あのさ、出水《でみず》で他の町名主方と働いた時、聞いたんだ。麻之助さん、札差《ふださし》の旦那を知ってるんだって？」

札差は武家達の米を売り、金を貸すのが仕事だから、武家の知り合いが多い。縁組み先くらい、遠い場所に住む者でも、山と紹介出来る筈なのだ。

「えっ？　それで私の名を出したんですか？」

吉五郎は、その言葉を麻之助へ伝えていなかった。

「ううむ、何故黙ってたのか、分かっちまうぞ」

悪友は麻之助が困り果てることを、知っていたからだ。

大倉屋《おおくらや》は、己を利用しようとする者の、勝手を許さない。絶対にしない。江戸でも知られた大金持ちは、怖い男でもあった。

「無理ですよっ、それ」

美衣が、縁組みについて何かを言う前に、麻之助は、大声を上げてしまった。そして山本名主の思いつきを、すっぱり駄目にしたのだ。

四

「すみません、申し訳ないです。美衣様が、遠くへ嫁ぐ事を考える前に、私が勝手に返答をしてしまいました。情けないです」

山本名主の屋敷から出た後、連れの美衣や一葉に謝ると、麻之助は、近くで見かけた茶屋に二人を誘った。そして詫びのため、甘い物を御馳走すると言ったのだ。

二人は笑って床几《しょうぎ》に座り、更に美衣はその席で、思わぬ事を語った。山本名主に言われるまでもなく、遠方へ縁づく事を、親と話し合っていると口にした。

「えっ、本当ですか」

麻之助だけでなく一葉も、目を見張っている。すると美衣は、しかし縁談には困っていると、正直に話してきた。

「一葉さんはご存じでしょうが、八丁堀では、同業の内での婚礼が多いのです」

不浄役人と呼ばれている立場ゆえか、奉行所勤めの家は、多くが八丁堀の内で相手を見つけていた。つまり親戚も、近くにいる者が多いのだ。

「遠方に縁を見つける事が、川野家には難しいのです。それで私はまだ、八丁堀にいるんですわ」

「つまり美衣さんは……遠方へ嫁ぐ事も厭《いと》わないのですか」

一葉がつぶやいた時、店の者が、茶と団子を運んできたので、皆がほっと一息つく。腹を空かせた麻之助は、あっという間に食べ終わると、以前、美衣が疑問に思っていた事について話し出した。

「虎五朗様が以前、川野家へ出した文の事です。私は、頼み事が何か分かると思います」

美衣に一度、鳥井家へ来てくれるよう願った、あの文だ。あの時虎五朗は、何用があるのか、書いていなかった。

「ただこの事は、他言して欲しくないので、よろしくお願いします」

おなご達が頷く。

「実は先年、町名主の間に噂が回りました。お奉行様が、また出世なさるという話があったんです」

めでたい事ではあるが、本決まりではなく、気軽に語って良いものでもなかった。よって虎五朗も、文にはその事を書けなかったようだ。だが、虎五朗は一度許嫁の美衣と会い、その件を話しておきたかったのだろう。

「あの、私は、お奉行様の出世の件を、知っておくべきだったのですか?」

「美衣様、町奉行である主《あるじ》が出世をされ、次のお役に就かれたとします。つまりお奉行でなくなった場合、内与力の虎五朗様は、主と共に八丁堀を去る事になるんですよ」

「あ……」

一葉と美衣が、顔を見合わせる。それは相馬家など、ずっと八丁堀で暮らす与力と、町奉行の陪臣《ばいしん》である内与力の差であった。

「あの頃虎五朗様は、寝付いておられた兄御と母御の、見舞いも済ませておられませんでした。今思えば、主の先々の話で酷く忙しく、気が回らなかったのかもしれません」

今更だが、申し訳ないと見舞おうにも、既に二人の病人は本復している。

「ご本人は、己を情けなく思っておいでかも」

美衣はそれを聞き、湯飲みを置いてしまった。虎五朗は八丁堀を出て、どこへ行く筈だったのかと一葉が問うたが、麻之助は首を横に振る。おそらくまだ、決まっていないのだ。

「主が、どのお役に出世するかで、行き先が変わりますから。例えば、長崎奉行になった主の陪臣は、長崎まで行く事になりますね」

　虎五朗は、美衣へ早めに事情を話し、付いてきてくれるか問いたかったのだろう。

　一葉が目を見開く。

「まあ。文に書くことが出来なかった御用は、そういうお話だったんですね」

　既に縁談は破談となり、もう美衣の返事は必要ない。ただ美衣は、語られなかった事を承知して、少し恐れが解けたようにも見えた。

　麻之助は茶を置くと、この後、舟で八丁堀へ送ると二人へ告げた。ただ屋敷へ戻る途中で、美衣がつきまとわれた辺りを、見ておきたいと口にする。

「私は結構、八丁堀へは行ってますが、あの辺りには振り売りが、毎日来てますよね。昼間なら、つきまといを目にした人が、他にもいるかも知れません」

　そして、親御の川野与力が許してくれるなら、美衣が遠方へ輿入《こしい》れする事について、その内、話したいとも言った。札差には頼れないが、町には武家の縁談に強い、城勤めの坊主が住んでいる所もある。町名主には、町名主のつてがあるものなのだ。

「美衣様に良き縁を、見つけられるかも知れませんので」

　一葉は頷いたが、美衣はここで眉尻を下げた。

「私がつきまといの顔をはっきり見ていたら、事は長引かなかったのにと思います。でもあの男はいつも、笠を被っているんです」

　残念だが仕方がないと、麻之助はあっさり返した。

「先日お会いした時、私は男に突かれて堀川へ落ち、熱を出してたんです。その時、道で植木鉢を倒した男も、笠を被ってましたね」

おかげで男は捕まらず、植木鉢代を払わせる事が出来なかった。町名主である親から、役立たずと叱られたのだ。

「まあ、色々ありますよ。重く考えない事です」

「あら、先日屋敷へ行ったとき、寝付いていたのは、そのせいでしたか」

その男が捕らえられれば良いですねと、一葉が言ってくる。麻之助は団子の金を払いに立つと、一つ得心した。

（つきまといが虎五朗様だったら、顔は見えずとも、許嫁には何となく、分からないかな。分かるかもと、思うんだけど）

そして周りに問うても、虎五朗の嫌な噂は聞こえてこない。やけ食いをして腹を壊したとか、飲み過ぎ二日酔いになって、町奉行から叱られたという話を、耳にしただけだ。

（おそらく虎五朗様は、おなごにつきまといはしないわな。そういう嫌な、まめさはない気がする）

ただ、他へ示す証の無い話であった。だから麻之助はこれから、つきまといの件の、証を求めねばならないのだ。

「ほい、兄さん、つりだよ」

主から銭を貰った時、麻之助は客の座る床几へ目を向け、気がついた事があった。茶屋には結構客が来ていたのだが、多くが茶を出す娘達に、気前よく酒手《さかて》を払っていたのだ。

「おや、深川の皆さんは今、金回りが良さそうだね。私のうちは神田なんだけど、町の皆が羨《うらや》ましがりそうだ」

思わず明るい声で言うと、客達がちょいと自慢げに頷いた。聞けば深川は今、潤っているという。

「たいそうな金持ちでも、深川に越してきたのかね。町に金が流れてる」

巡り巡って木場の者の懐は、今、暖かいのだ。

「大きな声じゃ言えないが、賭場がね、賑わってるってよ」

「おや、今時金に余裕があるとは、いいねえ」

そして、変だとも思う。

深川の金回りが良かったり、八丁堀でつきまといがあったり、神田で町名主の跡取りが、堀川へ落ちたりしている。江戸では、いつにない事が、続いているようなのだ。

何か、訳がある気がする。しかしだ。

「事が起きたのは、ばらばらの町だしなぁ。起こってる事も別々だ」

それぞれの事が、関係しているのかどうか、今は分からないのだ。

「うーん、難しい。私は万事、さっぱりしてる方が、好きなんですが」

ところが多くの事は、からんでいる。男と女がそれに加わると、更にややこしくなる。麻之助達はあきらめ顔になって、堀川の船着き場から、舟で八丁堀へ戻る事にした。

五

その後も麻之助は、美衣や一葉を連れ、つきまといの事を聞いて回った。子が生まれるまでには、まだ少し間がある筈だし、妻は麻之助へ、焦らなくとも良いと言っている。しかしだ。

麻之助は、出産が心配であった。生まれてくる子のことを考えると、何と言ったら良いのか分からない程、不安に包まれてしまう。

（とにかく、早く事を片付けて、暫《しばら》く屋敷にこもろう。うん、だから私らしくないけど、今は頑張らなきゃ）

気は急《せ》いてくる。

するとある日、麻之助は一葉から、吉五郎が、八丁堀の揉め事に首を突っ込んだ他の事情を、聞く事になった。

相馬家で落ち合った時、美衣が一葉へ礼を言い、それで分かった。

「一葉さん、今回はありがとうございました。吉五郎様に、当家への助力をお願いして下さったので、助かりました。私はずっと、不安な毎日でしたので」

「美衣さんの為でしたら、相馬家の者はもちろん、動きますとも」

話の見えない麻之助が、傍らで首を傾げる。すると一葉が笑って、訳を告げてきた。

「相馬家は美衣さんには、今まで随分お世話になっているのです」

吟味方《ぎんみかた》など八丁堀の与力の家では、おなごが屋敷玄関で、大名家などから挨拶を受け、主へ用件を伝えるかどうかを判断する。

相馬家では一葉の役目だが、いきなりやれることではない。それで与力屋敷に使者が来ても、やりとりに困らないよう、八丁堀のおなご方が仕込んでくれたのだ。

「ああ、以前そのお話を、聞いたように思います」

「麻之助さん、奉行所の与力は、南北両町奉行所に、二十五騎ずつしかおられません」

だから、世話になれる相手も限られる。そして与力の家のおなご達は、自分自身も忙しかった。

「そんな中で美衣さんは、何度も教えて下さいました。本当にありがたかったです」

一葉は今も困った時、美衣に教えを受けているのだ。

「ああ、相馬家にとって美衣様は、恩あるお相手でしたか。それで今回、美衣様の事を心配されたんですね」

「ですので本当なら、父上や吉五郎さんが、つきまといの件を調べるべきなのです。でも今日も奉行所は、驚く程忙しいようです」

そのせいか小十郎は、麻之助に任せておけば大丈夫だと言ったらしい。一葉は、期待を込めた目で麻之助を見てきた。

「麻之助さん、そろそろ事を、終わらせる事が出来そうですか？　調べ始めて、何日か経ちました」

麻之助は天を仰《あお》ぐと、一葉に大急ぎで本当の事を言った。

「あの、ですね。つきまといの件ですが、事情は未だ、さっぱり分かっていません」

いつ事を終わりに出来るか、目処《めど》すら立たないと言った所、一葉が眉根を寄せる。

「あのぉ、つきまといの件に深く関わっているのは、美衣さんと虎五朗様、二人きりですよ」

そして一葉は、美衣を信頼している。ならば虎五朗が悪いに違いないと、既に思い定めているようだった。後は、その証を摑《つか》めば良いだけの話と、思っているのだ。

だが麻之助は、首を横に振った。

「一葉さん、つきまといの件ですが、鳥井家の虎五朗様がやった事とは、どうも思えないのですよ」

「何と言われました？　では美衣さんの言う事が、間違ってると言うのですか？」

一寸の内に一葉の目つきが怖くなり、美衣が慌てた顔で帯に手を掛け、一葉の怒りを宥《なだ》める。機嫌の悪い時の、小十郎の顔が思い浮かんで、麻之助は思わず相馬家の門前で、一葉から一歩引いてしまった。

「怒らないで下さい。美衣様がつきまとわれたという話を、疑ってなどおりません。一葉さん、八丁堀で、笠を被った見かけない男が、何度か目にされております」

美衣は確かに今、困っているのだ。

「でも麻之助さん、それじゃ、おっしゃっている事の、辻褄《つじつま》が合いません」

つきまといが始まる前、美衣は看病の為、ろくに屋敷から出ていなかった。与力宅へ来た客の応対も、身内に代わってもらっていたという。誰かと揉めた覚えどころか、医者以外、関わったのは、家の者だけという日が続いたのだ。

「そんな中で唯一揉めたのが、虎五朗様なんです。他にはおられません」

つきまとわれたと言った美衣か、そんなことはしていないという虎五朗か、どちらかの言葉が嘘でなければ妙なのだと、一葉が言い張る。まだ子供だと思っていた一葉が、いつの間にかきちんと言葉で、納得出来ない点を問いただしてきたのだ。

麻之助は、その疑問はもっともと言ってから、でもと返事をした。

「内与力の大事なお役目の一つに、お奉行様と、元から奉行所におられる与力、同心方との、つなぎ役があります。人づてに、そう聞きました」

ならばだ。

「つきまといをする為、内与力が姿を消したら、奉行所の内で、噂になったと思われるんですよ」

内与力は、町奉行が直ぐものを頼める場所にいなくては、用をこなせないからだ。しかし虎五朗には、仕事を怠《なま》けているという噂はない。

「では麻之助さんは、誰がつきまといをしたと、考えておいでなんですか?」

「えーっと、分からないです」

あっけらかんとした口調で、一葉へ言ってみた。

「ですから、それを調べてます。私じゃ、町奉行所の皆さんのようには出来ません。手間が掛かるのは勘弁して下さい」

町名主も、玄関に持ち込まれてきた件を、調べたりはするが、町奉行所の与力、同心のようにはいかない。手下《てか》もいないし、会った方が、恐れ入ったりもしない。もそもそと、地味に調べていくのみなのだ。

麻之助は美衣や一葉に、忙しい中、そんな男の調べに付き合って貰って申し訳ないと言い、頭を掻《か》いた。そしてふと、首を傾げる。

「そういえば、八丁堀の方々は、今、私以上に忙しそうですが、一体、何があったんですか」

返答は無いかもと思いつつも、とりあえず問うてみた。

すると。美衣と一葉は、一寸目を見交わした後、やがて、ゆっくり頷いたのだ。一葉は、舟に乗った後では、船頭に聞かれかねないから、今の内に話すと、道端で思わぬ事情を告げてきた。

「このところ大身《たいしん》旗本の御用人とか、大名家のお留守居役《るすいやく》が、良く屋敷へ来られるのです。相馬家以外のお屋敷にも、おいでです」

余程、切羽詰まった事情でもあるのか、多くが与力、同心と会いたいと強く伝えてきているという。そして皆、与力の屋敷の玄関では、用件をはっきり言わない。

おかげで八丁堀与力の妻や娘は、相手の用や意図を摑めず、屋敷の玄関で、随分困っているらしい。

「八丁堀へ持ち込まれる、お大名家の困りごとが、いつもと比べものにならないほど多いのは、間違いないと思います。何か、何時《いつ》にない事が起きたのではと、おなご達の間で噂になってます」

ただ詳しい話は、一葉も美衣も知らなかった。小十郎や吉五郎達は大名家の内々の話を、家人へ語るような事はしないからだ。更に今回は不思議な程、他家からも事情が伝わって来ないという。

「おんやぁ、何か大事が起きたんですね」

奉行所は、平素から多忙だ。よってそこに、一つでも大きな問題が加わると、一気に手が足りなくなることは察しがついた。

しかも今回はやってきた問題が、一つではないらしい。

（さて、あちこちの大名家が同じ時に困って、奉行所へ泣きつく事って、何なのかしらん）

与力の屋敷を訪れるとなると、挨拶の品が必要だ。困り事について頼み、引き受けて貰った場合、御礼も要る。つまり、大枚をかけてでも放っておけない困り事が、大名家で同時に起きた筈なのだ。

（何故なんだろ、今回は、そういう大きな話が不思議な程、町役人の端、町名主の耳に届いて来ないな）

いつもならもっと、何か聞こえて来る気がするのだ。麻之助は事情を知りたくなって、さて、どうしたら耳に出来るものかと、腕組みをする。高利貸しをしている友、丸三《まるさん》であれば、何か承知しているだろうか。

すると、一葉が傍らでにこりと笑い、言葉を向けてくる。

「麻之助さん、もし、何か八丁堀の噂を耳にされましたら、その話、私達にも教えて頂けますか？」

「えっ？　おや、私が何をする気か、お見通しなのかなぁ。ううむ、分かりました。代わりに一葉さんも美衣様も、何か知る事がありましたら、こちらへご一報願います」

三人は、隠し事を抱えた仲間の顔でうなずき合うと、船着き場から頼んでおいた舟に乗り込んだ。麻之助は娘達二人をまず、舟の内に座らせると、暑いのか笠を被った船頭が、棹《さお》の一突きで堀川へ漕ぎだす。

（美衣様がつきまとわれた時と、奉行所が忙しくなった時が、重なってるな。これには何か意味があるのかしらん？）

僅かな雲しか浮かんでいない空が、明るく、眩しい。一葉が、目を細め岸を見ている。

「舟に座っていると、道より低い所から、道を見上げる事になりますね」

その後麻之助は、二人の娘御に付き合ってもらい、八丁堀だけでなく、美衣が行った事のある寺社まで調べていった。

だがその先で、虎五朗の姿を見かけた者は、現れなかった。麻之助達はつきまといの件で、これという証を摑むことが出来ないでいるのだ。

じりじりと、焦りが溜まっていく日が、重なっていった。

六

つきまといの件で、虎五朗に向けられていた疑いは、いきなり消えた。ある日美衣がまた、笠で顔を隠した男に追われたが、その時虎五朗は、町奉行と一緒にいたのだ。

「虎五朗様は、やはり一件に関係がなかった。いや、分かってめでたいです」

麻之助が屋敷で言うと、父の宗右衛門は溜息を漏らした。麻之助は、虎五朗の無実の証を得られず、役に立たず終わったからだ。しかし調べを続けていた事が、何と美衣の命綱になった。

笠の男が美衣を追った時、麻之助は八丁堀の、川野家の近くに来ていた。よって悲鳴を聞くと、直ぐに声の方へ駆けつける事が出来たのだ。

ただ一寸間に合わず、美衣が堀川へ、落ちて行くのを見る事になった。麻之助は一瞬で腹を決めると、流れに飛び込む。

水へ沈む美衣の着物を掴み、二人はとにかく、水面へ顔を出す。麻之助は必死に叫んだ。

「助けてくれっ。落ちた。堀川だ。溺れるっ」

次に、岸の石垣に何とか掴まると、また大声を上げる。じき、人が集まってきたので、ほっとした。本当に有り難い事に、二人は早々に、道へ引っ張り上げて貰えたのだ。

ずぶ濡れの姿で、近くの辻番所へ転がり込むと、川野家から、兄御が駆けつけてきた。傍らで、麻之助が濡れた着物を絞っていたところ、程なく吉五郎も、辻番へ顔を出してくれる。

美衣が皆へ、事情を短く告げた。

「いきなり現れた男に、堀川へ落とされました。相手は、笠を被っておりました。いつものつきまといだと思いました」

堀川へ落ちてゆく時、上を見上げる格好になったので、美衣は笠の下の、男の顔を見たという。

「どこかで、見た事がある気もしたんです。でも、思い出せなくて」

しかしとにかく、はっきりしたことがあった。美衣はここで、情け無さそうに言った。

「私につきまとい、堀川へ突き落としてきたのは、虎五朗様ではありませんでした。疑って……本当に申し訳なくて」

早々に、親御と共に頭を下げに行くと言う美衣へ、吉五郎はやんわりと話しかける。

「今回美衣殿は、怖い思いをされたことでしょう。虎五朗様は誤解された件を、怒ったりされまいよ」

ただ、美衣に手を下した笠の男には、逃げられてしまっている。だが麻之助はここで、ほっと息を吐いた。

(ああ、虎五朗様が、つきまとったとされた件が終わった。やっと終わった。長かった)

この後、笠の男を捕らえる事は、町人の麻之助がすべき役目ではない。これで日々、八丁堀を巡ることも、父の宗右衛門から、早く町名主の仕事へ戻るよう、小言を言われることも、なくなるのだ。

(いつもの毎日に戻れるよぉ。これで、子供が生まれるのを待てる)

ただここで、吉五郎ときたら濡れ鼠の麻之助に、思わぬ言葉を向けてきた。

「笠の男を、逃したんだって？　何とか捕まえる事は、出来なかったのか」

「無理だよ。堀川へ飛び込んで、落ちた美衣さんの着物を摑むのが、先だったんだ」

おなごの着物や帯が川の水を吸ったら、恐ろしく重くなって、泳ぐ事も出来ない。いやそもそも江戸では、船頭でもなければ、泳げる者は少なかった。

麻之助とて溺れはしないが、泳ぎが達者とは言いがたいのだ。すると悪友は、済まぬと言って詫びてくる。

「俺は今回、謝る事が多いな」

美衣は今以上、話せる事がないからと、着替えのため川野家へ帰った。麻之助は吉五郎の着物を借りる事になり、八丁堀にある相馬家へ向かう。

道々、虎五朗の話が出たので、麻之助は、内与力への詫びを口にした。

「今日は虎五朗様が、つきまといの件に関わり無しと分かって、良かった。ただ、申し訳無くもあるんだ。もっと早く、虎五朗様が美衣様をつけたのではないと、言えた筈だと思う」

笠が違ったと、麻之助は吉五郎へ言い切った。

「笠？」

先程、美衣を堀川へ突き落とした男は、今日も笠で顔を隠していた。麻之助もその笠を見ており、一つ、得心したのだ。

「あれは、与力が被るような笠じゃなかった。虎五朗様なら塗りの、もっと立派な品を使っておられる筈だ。事の決着が付いてから、ようよう分かったよ」

江戸では髪型や着る物を見れば、相手の身分がかなり察せられる。笠一つにも、立場によって差があるのだ。

「おお、笠の違いか。それはこの吉五郎も、思い付かなんだ」

友の返事は飄々《ひょうひょう》としており、虎五朗のつきまといの件は、もう過ぎたことだと分かる。

だが、こうして屋敷まで同道していると、長年の付き合いで、吉五郎は他にも、麻之助に用があるのではと思われた。しかし、なかなかその用を言わない。

（道端を歩いている時は、存外、話を人に聞かれる事がないと、前に聞いたよね）

麻之助は思い付いた事を、言ってみた。

「なあ、吉五郎。今、奉行所は酷く忙しいと聞いてる。なのに今日お前さんは、昼間から辻番所に来てくれた。もしかして、多くの大名家が困っているという件で、私に話でもあったのか？」

吉五郎が、眉を引き上げる。

「それに吉五郎はさっき、笠の男を何故逃がしたのかと、私に言ったよね？」

町名主は町役人ではあるが、捕り方の者ではない。なのに吉五郎は麻之助に、笠の男を捕まえてもらいたがっていたのだ。

吉五郎達は多分……つきまといの件以外でも、あの笠の男に用があり、追っているのだろう。

麻之助は、そう考えた。

「つきまとっている男は、美衣様の親しい相手じゃない。でも男の方は、美衣様を知っているよな。堀川へ、突き落としてきたんだから」

笠の男は捕まったら、勿論、重い罪に問われる。それでも美衣を襲ったのだ。

「しかもだよ。美衣様を狙うのは、随分難しかった筈だ」

つきまといが始まると程なく、虎五朗の名が関わったからだ。おかげで八丁堀の皆が注目し、麻之助までが出張ってきて、美衣は一人で他出をすることが無くなった。

「付け狙ってる方としては、考えの外《ほか》だったろうね」

美衣はそのおかげで、今日まで無事でいられたのだろうと言うと、吉五郎が考え込んでいる。

麻之助は、あっけらかんと続けた。

「それで？　お大名や大身旗本の方々が困ってるのは、〝殺し〟かな？　それとも、賊による盗みなのかい？」

麻之助は、複数の大名家が関わる事となると、その二つがありそうな事だと言った。どちらなのかによって、次に打つ手が変わってくると続けたが、今日は返事が、なかなか返って来ない。だがやがて、溜息と共に応えがあった。

「大名家の名とか、詳しい事は話せぬ。ただ、そう……盗みだ」

中屋敷、下屋敷など、広さの割に人が少ない大名屋敷は、賊に狙われやすいという。武家が厭うから、表沙汰になっていないだけで、今回の盗みも、珍しいものではないらしい。ただ。

「金だけ狙っておれば良いものを。今回の賊は大名家が、何としても失ってはまずい拝領の品を、持ち去っておるのだ」

早く、取り戻さねばならないという。おまけに盗まれた拝領品は、幾つもあった。

「これまで、賊の顔を見た者はいない。遠目に、笠を被っていた姿が目にされている」

手ぬぐいで頰被《ほおかむ》りをしていた方が、まだ、顔の様子などが分かりやすいと、吉五郎がぼやいている。

「そんな時、美衣殿へのつきまといが起きた。そしてその相手が、笠を被った男だというので、ずっと気になっているのだ。大名家を狙う賊と、関わりがあるのではないか。奉行所内で、そう考える者も出ておる」

よって、その賊を捕まえ損ねた麻之助に、つい、文句が向けられたのだ。

「賊の件は、一から仕切り直しだ」

吉五郎が唸《うな》るように言う。

この時少し先に、相馬家の与力屋敷が見えてきたので、やっと着替えられると、麻之助はほっとした。それゆえ友へ、明るい言葉を向けた。

「あのさ、一からやり直す事は、ないんじゃないか。そんな事したら面倒だし」

手間が増えるのは嫌いだと、麻之助は本心から言う。すると悪友吉五郎が、不意に足を止め、顔を一寸先まで近づけてきた。

「何で止まるんだい？　あの、顔が怖いな」

二歩、下がってしまった麻之助へ、悪友の、怖い顔がまた追ってくる。

「麻之助なら賊の件、やり直さずに済むというのか。どう動く気なのだ？」

「あのさ吉五郎、目の前に、相馬家が見えてるよね」

続きは着替えてから話したいと、麻之助は真っ当な事を言った。しかし吉五郎は足を止めてしまい、今話せ、ここで話せと言ってくる。

麻之助は早々に降参して、さっさと語り終えることにした。

「もう一回、美衣様と話すのはどうかと思うんだ」

「美衣殿と話す？」

吉五郎が戸惑う。

「しかし美衣殿は、笠の男を知らぬ様子だったぞ。もう一度問うても、相手の名を思い出すようには、見えなんだが」

麻之助も頷いた。

「けど、だよ。無茶をしてもいいなら、美衣様の件から、進める方法もあると思うんだ」

ただ、そういう無茶は、やれば叱られそうな気がする。麻之助は怒られるのが、嫌いであった。

「幾つになっても、おとっつぁんから怒られると、堪《こた》えるんだよねえ」

くしゃみが出たので、やはりまず着替えたいと、麻之助は屋敷へ足を向ける。だが吉五郎が襟《えり》首《くび》を摑んで来て、前へ行かせてくれない。

「麻之助、何をやればいいいんだ？」

「私がやりたいのは、着替えだってば」

吉五郎が道で片眉を上げ、足を踏ん張る。相馬家の門の前で、睨み合った。

七

やっと着物を借り、高橋家へ帰り着くと、麻之助は早々に叱られた。

またもや堀川に落ち、ずぶ濡れになったというので、父親になる気構えが出来ていないと、宗右衛門から小言を言われたのだ。

次にその翌日、麻之助は相馬家へ呼び出され、更に叱られた。無茶と考え無しをくっつけたような案を、奉行所の与力見習い、吉五郎へ告げたからだと、小十郎が怒った。

そしてその二日後、驚いた事に、今度は町奉行所の中間達《ちゆうげん》から愚痴を言われた。麻之助を叱責《しつせき》したにもかかわらず、奉行所の面々は、麻之助が言ったのとそっくりな無茶をする事にし、捕り物に向かうと決めたからだ。

（そりゃ、あんな考えに乗ると聞いたら、中間達は不安にもなるわな）

大名家から、早く賊を捕まえてくれとでも、せっつかれているのだろう、奉行所の面々はきっと、余程困っているのだ。

もちろん、奉行所の一員ではない麻之助は、無謀な捕り物に加わりはしない。だが、己の案の行き着く先が、気にはなった。余りにも気になって、捕り方が動く日、麻之助は舟を頼むと、捕り物を見に向かったのだ。

そして、堀川に浮かんだ舟の内から道へ目を向け、不安な気持ちを募らせる。

「私が考えたやり方は、いささか無茶だけど、間違っちゃいないと思うんだ」

そして奉行所ならば、人数を揃えられる。もう時が無いなら、やれる手を打ってみるしか、ないではないか。

「つまり今日は、捕り物でちゃんと、賊を捕まえられる筈なんだが」

ただ万に一つ、事が上手く運ばなかった場合、麻之助はまた、叱責されるだろう。夕刻が近づいてきた空へ目を向け、自分が緊張している事に、麻之助は驚いていた。

八

堀川に落ちずぶ濡れになった日、吉五郎との話の途中で、麻之助がくしゃみをした。よって麻之助は話を終わらせるより先に、ようよう相馬家へ入れた。

すると一葉が現れ、先日寝込んだ者に、濡れたまま話をさせたのかと、吉五郎が叱られる。麻之助は着替え、ほっと息をつく事が出来たのだ。

その後、じりじりとしつつ、話の続きを待っていた友に、部屋で続きを語った。

「美衣様は、急に笠の男からつきまとわれるようになった。だが、虎五朗様は関係が無かったんだ。つまり笠の男は、賊だろうと思ってる」

つきまといと、大名家を狙った賊以外に、怪しげな笠の男の話は、耳に入っていないからだ。

「美衣様が笠の男と関わったのは、川野の兄御と母御が、寝込んでいた時期だと思う」

それまでは、つきまとわれた事などないからだ。

多分出会った時、賊は素性を隠していて、美衣は今も相手が、賊だとは気がついていないのだ。ただそれでも賊が、美衣を堀川へ突き落としたのには、訳がある筈であった。

「相手の顔だけでなく、見たら相手を疑うようなものを、美衣様は、目にしているのかもしれない」

「麻之助、どういうものの事を、言ってるんだ？」

吉五郎が、一葉が出してくれた茶を手に、眉を顰《ひそ》める。麻之助は、思いつきを口にしてみた。

「大名家は今、奉行所を巻き込んで、賊を探してるんだ。余程、大事な物を盗まれてるよな？」

例えば、無くしてはお家の一大事になる、拝領品かもしれない。しかも、賊がお気楽にも、身につけられる品ではないかと、麻之助は考えていた。盗まれた事を、人に知られてしまいそうな物だ。

「煙草入れとか、根付《ねつけ》とか、だね」

幾つも盗まれた中に、そういう品があれば、美衣が目にする事はあり得る。しかも、必ず拝領品だと分かるとは思えなかった。

「それは……そうだな」

思い当たる品があるようで、吉五郎が頷いている。

しかし顔と拝領品を見られた方は、美衣が八丁堀与力の娘だと知っていれば、怯《おび》えるだろう。江戸では十両盗めば、首が飛ぶと言われているのだ。大名家を荒らし回った賊として捕まれば、刑場に首を晒《さら》されるに違いない。

「そういう事なら、笠の男が美衣殿を付け狙ったのも、分かるな」

吉五郎が麻之助を見る。

「だが、美衣殿が見た賊が誰か、どうやって我らが突き止めるのだ？」

美衣は、特別な誰かと会ったり、何かを見たとは言っていない。すると麻之助が、にこりと笑った。

「川野家で、看病をしていた頃の美衣様が、誰と会ったかを考えてみた」

つきまといは、母と兄が良くなった後、直ぐに始まっている。つまり賊は、看病に明け暮れていた時期に、新しく出会った誰かに違いない。麻之助は腕を組みつつ語った。

「一に考えられるのは、新しい医者だ」

長患いになると、いつもの医者以外の者を頼る事は、珍しくなかった。薬屋以外で扱っている売薬を買ったり、薬草に詳しい素人にまで頼る事も、よくある話なのだ。

吉五郎達が納得している。

「二つ目、美衣様は長い間、一歩も他出をしなかった訳でもないよね。でも病人を抱えているし、用は早く済ませたい。その為何処へ行くにせよ、近くの船着き場から、舟に乗った事は考えられる」

つまり美衣は、見知らぬ船頭と、会ったかも知れない。

「そして三つ目、日々の物を、担いで売りに来る振り売りなら、初めての者でも、与力屋敷の門の内へ入れた筈だ。八百物に魚、本、着物、菓子などなど、出掛けられない中、買いたい物は多かっただろうから」

忙しい時、屋敷にまで来てくれる商売人は、大変ありがたい者達なのだ。武家の屋敷へ出入りする町人は、どこも多かった。

「ただ、私が考えられるのは、そこまでだ」

病人がいたから、家を直しに大工を入れたとか、客人を、屋敷で預かったりはしなかった筈だ。宴席も川野家では暫く、開かなかっただろう。

麻之助には、忙しい川野家に現れた余所の者は、医者、船頭、振り売りくらいしか思いつかなかった。そしてだ。

「吉五郎、川野家と関わったこの面々なら、どこの誰なのか、分かると思うんだよ」

医者ならば、川野家へ紹介してくれた、誰かがいるだろう。船頭は、八丁堀へ行った者を、船宿が承知している筈だ。振り売りについては、八丁堀へ通っている他の振り売り達が、何か承知していると思われた。商売仲間だからだ。

「おおっ、ならばこれから、その医者達を調べていけばいいのだな？」

吉五郎が意気込む。だが麻之助は、首を横に振った。

「私の考えが当たっているなら、賊は、美衣様が見た拝領品を、我が物として使ってる筈だ。町人では手の届かない立派な品を、一度持ってみたかったんだろうね」

ただ、拝領品を長く人目にさらしていると、美衣のように、目にする者が出てくる。

「だから遠からず手放すよ。のたのた調べている内に売り飛ばされたら、お大名家に癇癪《かんしゃく》を起こされるかもな」

一刻も早く取り戻した方が良い。そう言った所、吉五郎の機嫌が悪くなった。

「だが、麻之助の考えが当たっているとしても、医者、船頭、振り売りの内、賊が化けているのは誰なのか、分かっておらぬぞ。麻之助は、他にも何か証を摑んでおるのか？　もったい付けず、さっさと話せ」

言えと言われたので、思い切り馬鹿と言われかねない考えを、相馬家で示してみた。

「証、ないんだ。だから怪しいと思う相手から、さっさと捕縛《ほばく》しちまったらいいと、思ってるんだけど」

「は？」

「そう、まずは医者を捕まえたらどうかな。一番、怪しい気がするし」

「き、気がするって……」

万に一つ、川野家へ来た医者が、賊でなかった場合は、恩情を口にし放免する。そして直ぐ、二人目の相手を捕らえにかかるのだ。

麻之助の考えを聞いた吉五郎が、珍しくも目を、まん丸くした。

「そんなやり方をして、良いと思っているのか。無茶だ。誰も承知はせぬぞ」

「吉五郎、無茶だけどさ、馬鹿なやり方ではないんだよ」

医者、船頭、振り売りが賊かどうかは、捕らえれば早々に分かる。美衣につきまとった本物の賊なら、拝領品を持っているだろう。

大名家も奉行所も、拝領品を見つけていない。今ならまだ、売り払ってはいないと思われた。

「上方へでも逃れた時、そっちで売るつもりだろうな。江戸で売ったら、捕まりかねない」

江戸から逃げてしまったら、拝領品は取り戻せない。賊を捕らえるには、早さが大事なのだ。

「でもさ、吉五郎の悩みも分かるぞ。奉行所は、こんな無謀はしないもんな」

失敗したら、誰が責任を取るかという話になりそうな、危ういやり方であった。だから、賊を逃がすかもしれないが、きちんと調べを進めたいに違いない。

「私は、己の考えを言ったよ。けれど、奉行所がどう動くか決めるのは、奉行所だ。町人が責を負う事は、出来ないもん」

麻之助が言いたいことを言うと、吉五郎が、己の部屋の天井を眺めた。そして、疲れた顔で口を開く。

「義父上《ちちうえ》がこの話を聞いたら、何と言われるだろうか。今、屋敷においでだったら、急ぎ話を伝えたよ。麻之助の考えに、すっぱり否《いな》と言って頂けたら、後が楽になる」

「小十郎様は、吉五郎が判断しろと言うんじゃないかな。私はその後、まだ成否が分からない内から、思いきり文句を言われそうだけど」

友は返事をしてくれなかった。どうするか、吉五郎の答えが出ないまま、麻之助は一旦、相馬家から帰宅したのだ。

すると何故だかその翌日から、幾つも叱責を受ける事になった。その内の一人は何と、小十郎であった。

そして言い出した麻之助が驚いた事に、奉行所は、証の無い麻之助の考えを、やってみる事に決めたのだ。

（そりゃ、うちの支配町内で起きた件で、私が責任を取れるなら、やるけどさ。まさかお堅い奉

行所が、新参の医者を捕らえる腹を固めるとは、思ってなかったよ)

余りにも気になって、捕り方が医者を捕縛に向かうと知った日、麻之助は知り合いの船頭に舟を頼むと、美衣から聞き出した医者の家近くに向かった。そして、堀川に浮かびつつ道へ目を向け、あれこれ考えを巡らせる。

(お大名が賊に盗まれた品の内、美衣様が見たものって、本当は何だったのかな。奉行所の動きを見てると、事が露見したら、藩が一つこの世から消える程の、大事なのかと思っちまうよ)

ここでふと、賊が医者のふりをして暮らし、悪事を誤魔化《ごまか》していたのなら、どうして八丁堀の川野家へ入り込んだのかも、気になった。今回、美衣に関わってさえいなければ、賊は悠々と上方へ、逃げ延びられていたかも知れないのだ。

「さて、何故かしらん」

麻之助は用心の為、舟へ持ってきた心張り棒《しんばりぼう》を手に、考え込む。じき、舟の上で、ひゅんと一振り棒を振ってから、つぶやいた。

「新参の医者として、長患いの患者がいる屋敷へ呼ばれた。相手はたまたま、奉行所の与力だった」

その時なら怪しまれずに、与力の屋敷へ入り込めたわけだ。そんな機会は、二度と来ないと、賊は思ったのではなかろうか。

(自分達が、奉行所から怪しまれているかどうか、探ろうとしていたかな?)

麻之助は頷いた。

「うん、あり得る」

美衣をつけ回した理由が、その時、拝領品を見られたと思った故なのか、知りたいと思った。それが本当だと分かれば、麻之助が考えた他の話も、当たっていると思える。

また、ひゅっと棒を振り回すと、舟が揺れ、船頭が止めてくれと怒ってきた。しかし確かめたいと思っても、拝領品を持った賊が、都合良く麻之助の前に、現れてくれる筈もない。

「ああ、真実を知りたいよ」

麻之助はうめいた。そして知りたいなら、今日が勝負だと思う。

「船頭や振り売りよりも、医者が怪しい気がしてるんだ」

医者であれば身分高き家でも、かなり奥まで入り込める。船着き場までの船頭や、大名家の台所までの振り売りより、ぐっと盗みがやりやすいと思う。

(自分がいる方へ、賊が逃げてきてくれないかなぁ)

ぼやいていると、遠くから風に乗って、何やら騒ぎが聞こえてくる。麻之助はもう我慢が出来ず、声のする方へ舟をやってくれと、船頭へ頼んでしまった。

「いいんですか？　騒ぎへ勝手に近寄って」

「もう、先払いでたっぷり叱られてるからさ。今日は、ちょいと勝手をさせてもらう」

賊の件が終わったら、また小言を食らうだろうが、慣れていた。だから今は騒ぎと、その結末を見たいと思ったのだ。

舟を回し、小さな武家屋敷が続く道沿いの、堀川を進んだ。声へ近づいた時、麻之助は咄嗟《とっさ》に横を向いた。細い横道から、直ぐ近くの堀川端へ、飛び出してきた男がいたのだ。

「やっ、笠を被った男が現れたっ」

川から道を見上げている形になったので、男の顔が見えた。途端、目を見張る。

「ありゃ、見たことのある顔だよ」

梅の鉢が思い出され、ぽんと手を打つ。麻之助と鉢が堀川へ落ちた時、出会った男に違いなかった。

「間違い無い。絣の着物を着てるし」

その姿をよく見ようと、舟をぎりぎりまで岸へ寄せて貰うと、近くに、杭《くい》が並んでいるのが目に入る。咄嗟に、舟から勢いをつけ、端の杭へ飛び移った。大きな水音がして、背後の船頭から、舟、ひっくり返す気かと、悪態をつかれた。

以前落ちた堀川よりは、岸までの高さが低い。麻之助が土手の上へと這い上がっていくと、道に顔を出した時、家の陰に隠れている笠の男の、煙草入れが目に飛び込んでくる。

「えっ、嘘だろ」

魂消《たまげ》た事に、煙草入れには、恐ろしく良く知られた、大きな紋が付いていたのだ。遠目でも分かりやすい紋で、そんなものを堂々と人目にさらしている事が、信じられなかった。

「ありゃあ……あれ、拝領品だ。間違いないや。あんな紋付きの品、町じゃ売ってないよ」

大当たりであった。今日、奉行所から追われているということは、目当ての新参医者に違いない。三つの内、初回の捕り物で、賊に行き当たった事になる。

　だが、その賊の一人は、何故だか奉行所の囲いから逃れ、麻之助の目の前にいた。

「吉五郎の馬鹿。何で逃がしてるんだよ」

　しかし麻之助が、その逃げた賊を見つけてしまった。ここで取り逃がしたら、後で吉五郎や小十郎から、とんでもない小言を食らうと分かった。己はただの町名主の息子で、捕り方ではないにもかかわらず、きっと文句が降ってくる。

「こりゃ、小言を減らさなきゃ」

　心張り棒を手に、道へ飛び出る構えを取った時、横道から更に新手の男が出てきて、何と麻之助と、目が合ってしまう。

　慌てて土手から上がり、二対一で睨み合った。麻之助が心張り棒を持っているのを知ると、相手は長どすを抜いてきた。

「麻之助さんっ、無茶だっ、馬鹿しないでっ」

　後ろの堀川から、船頭の悲鳴が聞こえた。ただその時、横道の奥から、近づいてくる足音も聞こえ、笠の男達が身を強《こわ》ばらせる。

　こうなると、男二人は麻之助の方を倒し、逃げたくなるだろう。

「いや、そんな事をされちゃ困るんだよ」

　まず一人を、一撃で仕留めるつもりで、麻之助が心張り棒を構える。すると笠の男達が、左右に分かれた。どう考えても、なかなかの腕前と見受けられた。

「うへっ、こんなに強そうじゃなくても、いいのに」

足音が、一層近くに感じられてくる。あれが捕り方の足音であれば、目の前にいる賊二人を逃しはしないだろう。

奉行所の捕り物は、腕を競う、武道の勝負ではない。刀だけでなく、相手を押さえつける捕り物道具を数多《あまた》使い、賊を囲む梯子《はしご》まで用意して、確実に相手を捕縛する術であった。

それを承知しているのか、賊二人は、麻之助を倒す方に己の明日を賭け、勝負を挑んできているのだ。

(だが、賊が逃げるのは無理だね)

援軍の足音が寄ってきた。麻之助が少しの間、二人の足を止めていれば、捕えられるだろう。

(こんな立ち合い、さっさと終わらせて、お和歌へ梅の鉢を買いたいね)

一寸、麻之助と賊の一人の目が合った。八丁堀の堀川脇、幅の狭い道で、双方が、じりじりと間を詰めていった。

おやごころ

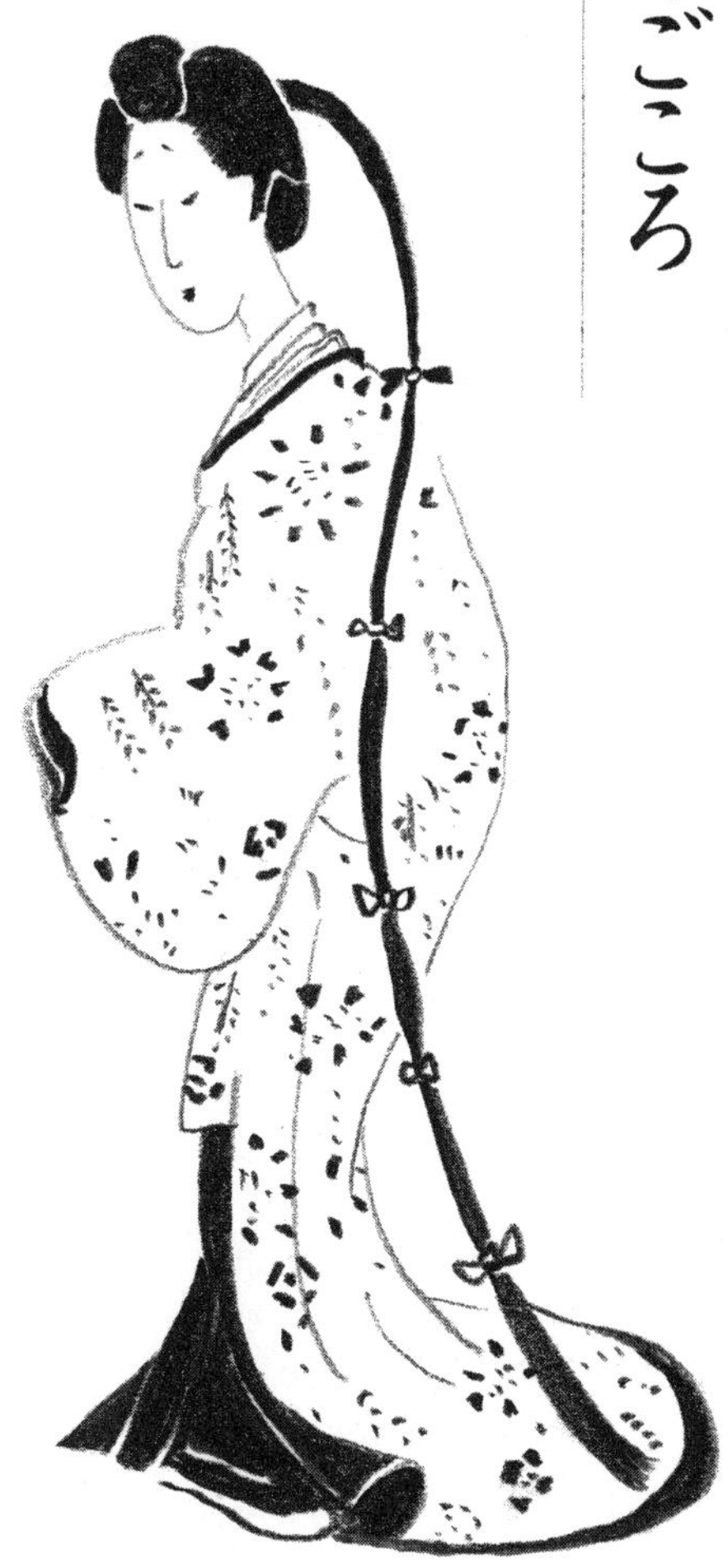

一

江戸の古町名主《ふるまちなぬし》、高橋《たかはし》家の主《あるじ》に、孫息子が生まれた。

やもめの跡取り息子麻之助《あさのすけ》に、お和歌《わか》という嫁がきて、支配町の皆はほっとしていた。これでお気楽者の麻之助も、少しはしゃきりとするだろうと、町の面々は、親のような事を言っていたのだ。

すると今度は、そのお和歌に男の子が生まれ、母子共に健やかだと噂が走ったのだ。

「こりゃめでたい。これで高橋家の支配町は、後々まで安泰だ」

高橋家支配下の町は、今、十二町もあるのだ。支配町の皆は、町名主の孫息子に、立派に育って欲しいと真っ当に願った。よってその誕生を祝うため、暮れた道に床几《しょうぎ》を並べて、一杯やることにしたのだ。

まだ日暮れにまで時がある内から、町の面々が、ご馳走を床几に並べ始める。するとそこへ、相伴《しょうばん》に与《あずか》る気、満々の者達が集ってきて、苦笑を浮かべたのだ。

「高橋家の支配町じゃ、麻之助さんに嫁御が来た時も、道端で飲み食いしてなかったっけ？」

あの時は支配町の通りに、色々な振り売りまで集まって、祭りみたいになっていたと、酒目当ての左官が言ってくる。

「町内で遊んでばかりいて、大丈夫なのかい？」

すると煮豆と、芋の煮転ばしを売りに来た振り売りが、心配ないと、横から口を出した。高橋家の支配町では、祝い事で一杯やる為、多くが日頃から、竹筒に酒代を貯めているのだ。

そしてそれには、訳があった。

「高橋家じゃ、先に四つ、支配町が増えただろ？　そうしたらさ、お和歌さんが嫁に来た時、その四町がまず、夕刻の道に床几を並べ、酒と肴《さかな》を揃えて祝ったんだと。祭りみたいだったのは、そこだ」

勿論、元からの支配町でも一杯やったが、よみうりが、賑やかで面白かったと書き立てたのは、新たに入った町のことだった。それで元からの支配町も、これは負けられないと、競うようになったらしい。

「だから高橋家支配町じゃ、今日も酒と食い物が床几に並ぶ。夕餉《ゆうげ》の支度も要らないし、皆でお喋りが出来るわけだ。野郎達だけでなく、子供やおかみさん達まで喜んでるよ」

担ぎ売りが、自分も一杯やる気なら、肴に煮染めくらい買って行けと、余所《よそ》の男どもへ荷を売りつけている。町での祝いは、商人達にとっても、勝負の時であった。

やがて暮れ六つが近づいてくると、町内の皆は早めに店を閉め、お楽しみの時を迎えた。高橋家出入りの酒屋が道ばたで、ぐい飲みを高々と掲げ、皆が知りたがっていた事を、大声で告げた。

「高橋家の孫息子は、宗吾《そうご》って名に決まった。町名主の宗右衛門《そうえもん》さんと、おかみさんのおとっつぁん、西森《にしもり》家の金吾《きんご》さんから、一字ずつ貰ったんだと」

「宗坊か。こりゃ、立派な子になりそうじゃないか」

「ううむ、飲み食いの口実を作ってくれるとは、麻之助さんも立派になったもんだ」

「なんじゃ、そりゃ」

かんぴょうや玉子の寿司に、まずは子供らの手が伸びる。支配町内の祝いは、笑い声と共に始まっていった。

二

一方高橋家では、孫息子が生まれてからも、いつものお小言が続いていた。

「麻之助、いい加減に仕事をなさいっ」

「おとっつぁん、でも宗吾は赤子なんです。親が世話してあげなきゃ」

しかし母になったお和歌は、産後の肥立ちを考え、暫《しばら》くゆっくりしているべきなのだ。だから麻之助が色々やらねばと、新米の父親は張り切っていた。

ただ、宗右衛門はうんと言ってくれない。

「だからってね、赤子一人に、沢山の手は要らないんだよ」

お和歌が休んでいても、宗吾には祖母のおさんや、高橋家の女中が付いている。おまけに祖父になった金吾も、妻と、まめに様子を見に来るし、もちろん宗右衛門も、孫をかわいがっている。

家中の皆が、赤子の宗吾を構いたくてしかたがないのだ。

「麻之助は高橋家支配町の為に、しっかり働きなさい。私はお客を待ってて、今日は玄関に行けないから」

「おとっつぁん、それはないですよ」

しかし当の宗吾はまだ、泣いて、乳を飲んで、寝るの繰り返しであったから、手は足りている。

麻之助は早々に、仕事が待つ玄関へ追いやられ、赤子と居られないことを、相談に来た支配町の者へ嘆いた。

「私は、赤子を湯に入れるのも、上手くなったんだけどな。お和歌に、町での噂話だって話したり出来るし」

けれどそれは、おさんや宗右衛門、家の皆でも、出来る事なのだ。

「いい歳をした跡取り息子は、働くことが先なんだって。でもそれじゃ、つまらないよぅ」

するとここで、悩みの相談に来ていた富由屋《ふゆや》が、大いに頷《うなず》いた。そして子供というのは、親の心を分かっていないと、奇妙にずれた言葉を返してきたのだ。

「ええ、ええ、親と子が嚙み合わないのは、うちも同じです」

そして自分達は子の悩みで、今日、町名主の玄関にまで来たのだと、言葉が続く。麻之助は、夢から覚めたかのように目を見開き、客達を見た。

町名主の玄関へ来たのは、麻之助もよく行く一膳飯屋の、富由屋夫婦であった。

（やれ、しまった。宗吾の事を考えてて、富由屋さんの相談事を、聞き漏らしてしまったみたいだ。お互いの話が繋がってないよ）

ただ、少々戸惑いもした。子の悩みがあるらしいが、確か富由屋の上の娘は、良き縁談を摑《つか》み、離れた町へ嫁に行っている。残りは総領息子と妹、二人の筈であった。

（はてはて。富由屋さんが、二人の子育てで困ってるなんて話、あったっけ？）

二人とも、そろそろ婚礼を考える歳で、今更親を困らせているとは思えない。富由屋は結構繁盛しており、一家でせっせと働いていた。町名主の玄関へ現れるとは、思った事もなかった相手なのだ。

（ううむ、困り事が見えないね。こういう事情の分からない相談事は、時々、厄介なものに化けるんだよねえ）

麻之助は頭を搔《か》いた後、とにかく話を、もう一度聞き直す事にした。

「ええと、富由屋さんには、お世話になってます。それで、悩み事は何でしたっけ？」

「いやですね、町名主さん。今、話したじゃないですか」

富由屋は苦笑を浮かべると、お気楽者の跡取り息子の為に、話を繰り返してくれた。

「うちには娘が二人と、跡取り息子がおります。姉のお三重《みえ》は、美人に生まれつきましてね。ええ、深川の船宿の跡取り息子に、是非にと望まれて縁づきました」

店の大きさが違いすぎたから、釣り合う支度は出来ず、それは相手方も承知だった。しかしそれでも嫁入りには金が必要で、富由屋はお三重の縁談の時、少ない蓄えを吐き出してしまったのだ。

「そして、です。うちは息子も、いい男でして。で、料理屋の娘さんに惚れられ、嫁に来て貰う事になりました」

料理屋も、富由屋とは釣り合わない、裕福な相手であった。だが嫁の里方が、姉娘の嫁ぎ先、船宿との縁を喜び、話はあっさりまとまったのだ。

立派な親戚が出来ると、富由屋にも夢が育ってゆく。いずれは一膳飯屋ではなく、ちゃんとした料理屋になりたいと、富由屋夫婦は願っているのだ。

「おお、頑張っておられるんですね」

麻之助は頷いたが、ここまで聞いても、何で困っているのか、さっぱり分からない。首を傾げていると、困り事の話はこれからですよと、主の吉兵衛《よしべえ》が言ってくる。

「とにかく婚礼ってもんは、金が、羽が生えたみたいに出て行っちまうんです。ええ、相手のある事ですからね。二度目ですから覚悟はしてましたが、本当に溜息が出てます」

富由屋は、店も土地も借り物だから、かたにする物がなく、大枚の借金は出来なかった。よって、店にあった物を売り払い、何とか婚礼の支度を調《ととの》えているという。

「ただね」

ここで富由屋が声の調子を変え、いよいよ深刻そうな顔つきとなる。

「一つ、問題が残りました。末娘の、お幸《ゆき》のことです」

姉、兄の婚礼費用が嵩《かさ》んだ為、下の娘の分がないと言われて、麻之助は深く頷いた。

「ああ、末娘、お幸さんの婚礼費用をどうしたらいいのか、悩んでおいでなんですね」

富由屋が玄関へ現れた事情を、麻之助はようよう納得した。これは親にとっても末娘にとっても、大問題に違いない。

そしてこういう話であれば、麻之助は以前にも、相談に乗った事があった。だから答えは心得ており、ほっとする。

「そいつは心配なことですね。お幸さんには今、縁談がきてるんですか？　ああ、十五になったばかりで、まだなんですか。なら、やれる事から始めましょう。毎日の売り上げから、少しずつ貯めて……」

麻之助が言いかけると、富由屋は手を横に振って、その言葉を途中で止めた。新たな縁談の費用で、悩んでいるのではないという。

「へっ？」

「上のお三重は、神田から離れた深川へ、嫁ぎました。船宿じゃ、おかみにも仕事があるとか。つまり先々、富由屋へ手伝いに来させる訳には、いかないみたいなんですよ」

そして息子浩助《こうすけ》の嫁御も、立派な料理屋の娘だ。

「ですからね、一膳飯屋の嫁として、苦労続きの毎日にはしないで欲しいと、あちらから念を押されてるんです」

料理屋になりたい富由屋としては、いずれ世話になるつもりの、嫁の里方と揉める訳にはいかない。だから。

「お幸は、嫁には出さず、うちに残す事にしました。あの子が必要なんですよ」

富由屋夫婦だとて、いつまでも若くはない。その内、世話してくれる誰かが必要になるだろうが、嫁御に下の世話は頼めないという。

「だから、お幸を富由屋に残せば安心です」

生まれてくる姪や甥の、世話も頼める。店を大きくした時の、人手にもなるが、身内ならば、給金も節約出来ると言う。それに。

「お幸を家に残すなら、嫁入りの支度金も要りません。皆が助かります」

「あの……は？」

麻之助は寸《すん》の間《ま》言葉を失い、玄関の柱の前から、富由屋夫婦を見た。

「あの……長女と長男には、無理してお金を出し、良縁を決めたんですよね？　金が無くなったんで、末娘には、亭主を持たせないことにしたと言うんですか？」

余程末娘と、上手くいっていないのか。それでも、自分の娘ではないか。他の兄弟と露骨に扱いを変えると、娘と周りが親をどう思うか、富由屋には分かっているのか。麻之助は思わず、真剣に問うた。

するど、富由屋が頷いてくる。

「そう、そこなんですよ。さすがは町名主さん……の跡取り息子だ。あたしら夫婦の悩みを、分かって下さったようで」

「あの、分かるとは？」

富由屋夫婦は先だって、家へ来た親戚に、お幸は、ずっと家に置いておくと話したらしい。するとだ。

「信じられません。叔父や叔母が、あたしら夫婦のことを、まるで人でなしのように言ったんですよ！」

富由屋は顔を、赤くしていた。

「親が、娘を手元に置いておくと、言っただけじゃないですか。なのに悪《あ》し様《ざま》に言うなんて、酷《ひど》い話です。そうですよね？」

麻之助はここで、口元を歪めた。

「お考えの通りにすると、お幸さんは亭主も、子も持てませんよね。自分も人並みの暮らしが欲しいと、お幸さんが言ったら、どうなさる気なんですか？」

すると富由屋は、にこりと笑って答える。

「そこは大丈夫です。お幸は、甥や姪を可愛がればいいんですよ。ええ、子供の世話は、十分出来ますとも」

きちんと返事は返ってくるのに、話すそばから、何かがずれてゆく。麻之助は総身から、力が抜けていく気がした。

「あのね、富由屋さん。そんな話、私からお幸さんへ告げるのは、ご免ですからね」

言いにくい事を、町名主の跡取りからお幸へ言わせる気で、玄関へ来たのかと、麻之助は考えたのだ。

すると富由屋は首を横に振り、そんな事を町名主の息子に頼みはしないと、愛想良く言った。しかし、更なる頭痛を引き起こすような話を、重ねてきたのだ。

「いえいえ、家に残るようお幸へ言うのは、親がしますよ。あの子は大した器量じゃないけど、素直で大人しい子ですからね。いつだって、親の言う事は聞いてきたし、今回も大丈夫です」

富由屋が心配しているのは、何と娘のことではなく、自分達を人でなしのように言った、親戚の事らしい。親戚達から、声高に人でなし呼ばわりを続けられたら、料理屋になるとき、評判に傷が付くと考えていたのだ。

「ですから麻之助さんに、お願いしたいんですよ。余分な事は言わないよう、うちの身内へ、がつんと言ってやってくれませんか」

麻之助はお気楽者ではあるが、喧嘩は出来るという評判だ。

「拳固《げんこ》を見せて、黙らせてやって下さいな」

「富由屋さん、あなたが心配してるのは、そこなんですか？」

一体町名主というか、麻之助の事を、何と心得ているのだろうか。いや富由屋は親戚のことも、娘お幸の事も、奇妙に都合良く扱おうとしていると、麻之助には思えてきた。

（これまで、こんなに妙な悩み事を持ち込まれた、町名主はいたんだろうか）

麻之助は寸の間、言葉を失ってしまった。

部屋が静かになると、屋敷の奥の方から、宗吾の泣き声が聞こえてきた。

三

麻之助は、富由屋から話を聞いた後、とにかく一旦、玄関から帰ってもらった。富由屋の為、動く気には、とてもなれなかったからだ。

その後、父の宗右衛門に富由屋の件を相談したが、溜息だけが返ってきた。

「驚く話だね。私も、お幸さんの不幸に、手を貸すのは嫌だよ」

だがこの後、お幸のことを考えようにも、宗右衛門と麻之助には、余裕がなくなっていく。宗右衛門の客が告げたのは、麻疹《はしか》が流行ってきているという知らせで、それはあっという間に、病人を増やしていったのだ。

〝命定め〟などという、物騒な二つ名で呼ばれる病は、死に至る事が多かった。滋養《じよう》が偏ると、病が重くなるという医者はいた。だが、どうしたら命を落とさずに済むのか、確かな事は分かっていなかった。

そして江戸の町名主達は、支配町の者達の為、走り回った。親を失った子や、老いて残された者らには、助けが必要だったのだ。

江戸の町役人達には、命が懸かっていない悩み事に関わる余裕など、無くなっていた。

そして。

棺桶《かんおけ》の行列が出来る程にはならず、流行病《はやりやまい》が静まっていくと、江戸の皆は心底ほっとして、一息ついた。高橋家でも、お和歌や宗吾に病がうつらず済み、麻之助は胸をなで下ろしたのだ。

同じ町名主で、舅《しゅうと》である金吾が、暫くぶりに高橋家へ顔を出すと、互いをねぎらって夕餉時に一杯出した。すると金吾は、家族が集まったその席で、思わぬ話を語ってきたのだ。

「麻之助さん、身勝手な相談を持ち込んできた相手に、勝手はいけないと、分からせたんだって？」

珍しくも、びしりとしたやり方をしたようだと、金吾は笑ったのだ。麻之助と宗右衛門は顔を見合わせ、何事かと問うと、舅はある噂を語った。

「一膳飯屋の主が、子供の内、末娘一人だけに辛く当たってたんだとか」

おまけに、その勝手の始末を、町名主にさせようとしたので、さすがのお気楽者が、怒ったというのだ。

「怒ったって、うちの人がですか？　麻疹が流行って、町名主が走り回ってる最中に？」

お和歌が、首を傾げている。

「うん、一膳飯屋の主が、そう言ってるって聞いたよ。麻之助さんは素早く動いたそうだ」

富由屋の親戚と組み、さっさと末娘の嫁ぎ先を探した。遠方に住む知り合いを亭主に決めると、婚礼の祝いとして、親戚一同から嫁入り道具を何とか集めた。そして親が渋るのも構わず、親戚と共に婚礼の日を決め、嫁がせたというのだ。

「天晴《あっぱ》れなやり方だと、町名主の間でも、噂になってるぞ」

麻之助夫婦の仲人で、町年寄の手代俊之助《しゅんのすけ》も、話を知っていたというから、樽屋《たるや》も承知だろうと、金吾は言ってくる。高橋家の皆が、魂消《たまげ》る事になった。

「あの、一膳飯屋富由屋さんから、相談を受けはしました。けど私はその話に、首を突っ込んじゃいないんです」

富由屋の意向を、承知出来なかった上、直《す》ぐに麻疹が流行った。それで高橋家では、手を打てなかったのだ。

「富由屋さんの末娘を救ったのは……おそらく、親戚の方々でしょう」

親戚達は末娘の不幸を知り、富由屋を怒っていた。

「身内である富由屋さんを、人でなしのように言ってたとか。親戚方は、お幸さんを放って置けなかったんですよ」

富由屋は先々の為、親戚一同から厭《いと》われることは、まずいと考えていた。よって都合の悪い事になったのは、麻之助が悪いのだと、頭の中で話をこしらえたのだろう。

「奇妙に、話がずれていくお人でしたから」

もうあの一膳飯屋へは行けないなと、麻之助が溜息を漏らす。金吾が笑い出した。

「ああ、そういう訳だったのか。麻之助さんは、知らない所で、凄い男になってたんだな」

「何にせよ、末娘のお幸さんが嫁げて、良かったです」

宗右衛門やお和歌も頷き、この時は麻之助も噂話を、大して気にしていなかった。

ところが。

後日お和歌が、八木清十郎《やぎせいじゅうろう》の妻お安《やす》から、思わぬ話を聞いた。驚いた麻之助が清十郎のところへ、急ぎ顔を出す事になったのだ。悪友は猫のみけを膝に載せ、笑って噂話を語った。

「麻之助がまた、親子の騒ぎを、何とかしたって聞いたよ」

以前耳にした富由屋の件同様、噂では麻之助が、子供の立場に立って、新たな悩みを片付けたことになっていた。清十郎は何と、麻之助のいささか強引なやり方に、感心していたというのだ。

「あのぉ、私は一体、誰に、何をした事になってるんだ？」

恐る恐る問うと、良き噂だから心配するなと、清十郎が苦笑を浮かべる。

「一人の子とだけ、親が揉めるってことは、まま、あるよな。甘やかす子と、あれこれ面倒を掛ける子を分けている親は、存外いるってことさ」

兄弟が何人かいると、親が、中の誰かと気の合わない事が、たまに起きる。そういう時、構って貰えなかった子は、困り事を起こし、親の目を引いたりするから、町名主にも事情が分かるのだ。だが大抵は上手くいかず、親子の間が余計こじれた。

町名主へ相談が持ち込まれたりするが、自分が割って入っても、双方不満を抱えたままのことも多いと、清十郎は正直に言った。

「そうなったら、親とそりが合わない子に、親戚や町名主達がしてやれることは限られる。あたしは早めに子を奉公へ出して、己で生きていけるようにしてるよ」

どのみち兄弟が多ければ、何かの仕事を覚える為、家から出る事になる。実の親と離れ、親方や店の主が、しばしの親代わりになれば、それで落ち着く子も多かった。

「娘と親が合わない場合は、早めに嫁入り先を探す話になる。富由屋さんの末娘が、そういう形だったな」

そして、今回麻之助が何とかしたと言われているのも、また親子の揉め事であった。

「今回揉めたのは兄弟だが、この話、富由屋さんの揉め事と似た所がある。だから噂が取り違えられて、麻之助が片付けたと、名前が出たのかも知れないな」

何があったかは、分かりやすかった。古着屋の親は、総領の兄を立て、頼った。だが、弟が他へ奉公に出たいと言っても、親達は、店から出さなかったのだ。古着屋の商売は、腕の良い弟が頼りであった。

「おまけに弟の力を認めると、兄が傷つくからと、親は弟へ、ろくに給金を払わなかったとか」

これではその内、弟が出奔《しゅっぽん》しかねないと、周りは案じた。そんな時、思わぬ形で事が動いたのだ。

「先日流行った、麻疹だよ。あの流行病で、兄があっさり亡くなっちまった」

不幸な話であったが、これで兄弟の揉め事は終わると、周りは考えた。今後親が頼れるのは、次男しか居ないからだ。ところが。

「野辺送りの時、親が、しょうもない事を言っちまった。何で弟の方が死ななかったのかと、口に出したんだ」

古着屋は以前から、次男相手だと、好き勝手を言うらしい。もちろん野辺送りの場は、大騒ぎになった。するとだ。

「噂では、ここで親子の間に割って入ったのが、麻之助なんだな」

「は？　私？」

この所、古着屋の野辺送りに出た事はないと言うと、みけが、みゃあと鳴いている。

「麻之助は、双方を諫《いさ》めるんじゃなくて、親に雷を落とした。はっきり、身勝手を言うなと言ったんだと」

「……誰が言ったんだろ」

麻之助が、薄気味悪いと言うと、悪友がまた笑う。

「そしてだ、麻之助だけでなく、親戚や知り合いからも古着屋へ苦言が続いたんだ」

古着屋が馬鹿を言うのを止めると、どこかの麻之助がその場で、今後は弟が古着屋を仕切り、金も預かると、話をまとめたらしい。この先も親子がしっくりいくのは難しかろうが、弟ならば、店を繁盛させていける。とにかく麻之助が、古着屋を救ったのだ。

「麻之助は父親になって、ぐっと頼れる男になったと、評判だぞ。親子の諍《いさか》いの裁定なら、麻之助に頼むのがいいという話まで出てる。この分だと余所の支配町からも、相談を受けかねないな」

清十郎がにやりと笑ったが、見目の良い男がそんな顔を作ると、誠に嫌味っぽい。

ちなみに、一膳飯屋や古着屋のような揉め事は、奉行所には持ち込めない、厄介な困りごとであった。親子の付き合い方を、法は定めていないからだが、大きく揉めると、町名主が頭を悩ませる事になる。

「勘弁して欲しいよぉ。そんな噂、誰が流したんだろう」

　こちらの話を何とかしたのは、野辺送りに出ていた内の、一人に違いない。棺桶を前に揉めだしたので、がつんと小言を言った叔父御《おじご》でもいたのだ。

　清十郎の言う通り、一膳飯屋の噂と、古着屋の似た話が混じって、変な話に化けたのだろうとは思う。だが。

「勝手に人を、働き者にしないで欲しいよ。おとっつぁんが、噂の〝麻之助〟みたいに働けと言い出したら、どうするんだい」

　清十郎が、明るい笑い声を上げると、みけまでがにゃあと言ってくる。

　するとその時、奥の襖《ふすま》が少し開いて、清十郎の息子、小さな源之助《げんのすけ》が顔を見せてきた。麻之助が笑って腕を広げると、幼子は嬉しげな顔になって、馴染みの男の膝に飛び込んできた。

四

　二件目の噂が出てから、少し経った頃のこと。仲人であり、町年寄樽屋の手代でもある俊之助から、麻之助は呼び出された。

　婚礼の後、俊之助とは大分、気安い間柄になっている。町年寄の屋敷には、季節の到来物などが多いから、分けて貰うだけの呼び出しも、時々あった。

　だから、今日は何用かと、ほてほてと樽屋へ向かってみて、麻之助は目を見開く事になった。

樽屋の奥の間へ通されると、そこに俊之助と舅の西森金吾、それに町年寄の樽屋自身が、顔を揃えていたのだ。

「あれま、皆さんおそろいで。何か、日《ひ》の本《もと》をひっくり返すような大事でも、起きたんですかね」

驚いたので、つい軽口を叩いてみる。すると一同が腕を組み、重々しく頷いたものだから、麻之助は思わず三人の前に、ぺたんと座り込んだ。とにかく笑えないような事が、起きたと分かったからだ。

「あの……一体、何があったんでしょう」

恐る恐る、奥の間の端から問うと、まずは舅の金吾が溜息を漏らした。

「麻之助さん、前に一膳飯屋の娘の件で、大層活躍したと、噂になってたよね？」

金吾が、以前の噂を蒸し返してきたので、麻之助は目を見開いた。

「あの……その話に私は関わってないと、お話ししましたよね？」

舅は頷き、俊之助を見た。すると仲人は次に、古着屋の話を持ち出してきたのだ。

「あの件でも麻之助さんは、大いに噂になってた。揉めた親子の縁をすぱりと裁いて、けりを付けてたからね」

「あの、そっちの話にも、私は口出ししてません。妙な噂は教えてもらいましたが、古着屋の野辺送りには、行ってないんです」

一体どうして、やってもいない活躍の噂を、今更蒸し返すのだろうか。麻之助が不安に包まれた所で、最後に町年寄が口を開いた。

そして日頃縁の無い話を、突然口にしてきたので、益々訳が分からなくなった。

「麻之助さん、町家の娘さんが、武家の奥向きに奉公する事もあるのは、承知しているよね？」

「あの、はい、勿論」

裕福な家の娘が嫁入りする時、武家奉公の経験があると、箔《はく》が付く。麻之助の支配町の商家からも、たまに武家奉公へ出る娘がいるのだ。

「ただね、その奉公先が、江戸城の大奥ともなると、誰でも行けるというものではない。雑用をするお端下《はした》ならばともかく、上の立場、御年寄《おとしより》などになるおなご方は、旗本など、身分のある家の出だと聞いている」

しかし、人の立場には抜け道がある。町人の家に生まれた娘が、旗本の養女となってから大奥へ奉公に行き、思わぬ出世をする事もあり得るのだ。

大奥には、政《まつりごと》に関わる力があった。側室になり子を得る以外にも、立身と収入を得る道があるのだ。大奥への奉公は、おなごに出世をもたらす、数少ない機会であった。

「噂だが、大奥で登り詰めれば、実入りは、三千石の大身《たいしん》旗本並だともいう」

「うわぁ……凄い話ですね」

入る金は殿様と同じでも、御殿女中に、金の掛かる家臣団はいない。遥かに裕福であろうと、樽屋が語った。

「大奥は一生奉公だとも言うが、お役目から退かれる事もあるらしい。そして出世を重ねた方々は、土地や屋敷などを持ち、地代などを得ておいでだ。隠居後、頂ける手当も多いとかで、暮ら

し は安泰だと聞いている」

そういうお女中は、身内から養子などを迎え、心安らかな日々を過ごしているという。

「そしてね、町年寄も知る商家から、旗本の養女になり、大奥へ奉公したお女中が、暫く前に隠居をした」

今は日本橋に近い屋敷で、暮らしているらしい。

「御殿勤めの頃の事は、良くは知らぬ。ただ、日本橋にいた幼い頃、お女中は、お美代《みよ》ちゃんと呼ばれていたとか。俊之助の兄と、同じ手習い所へ行っていた、顔見知りなのだ」

「お美代ちゃん！　おや、可愛い名ですね」

御殿女中が突然、話す事が出来る、一人のおなごになった気がした。町年寄との繋がりも分かったが、しかし。

（どうして私に、そんな話をするんだろう）

一層困っていると、樽屋はいよいよ、肝心な話をしてきた。

「そういう立場のお女中は、今も大奥の偉い方をご存じだ。頼み事をされると、町年寄も断る事が難しい」

樽屋も何かを、頼まれたという事だろうか。見当が付かず、麻之助が黙っていると、町年寄は恐ろしい話を語り出した。

「お美代殿は、町人の生まれだ。で、日本橋の縫箔屋《ぬいはく》羽奈屋《はなや》に親戚がいるんだよ」

縫箔屋は布に、様々な刺繍をする店だ。生糸《きいと》を色染めしたものや、糸に金銀の箔を巻き付けたもので、豪華な模様を刺してゆく。

着物は、並の染めや織りの品でも高いから、町の者は古着を買うことも多い。よって刺繡を施した着物は、高直《こうじき》な値を気にしない、裕福な者向けの品であった。

「今、その縫箔屋で揉め事が起きている」

町年寄の声が、一段低くなる。

「親と子の、揉め事が起きたんだ」

聞いた途端、麻之助の頭に、清十郎が語った不吉な言葉がよみがえってきた。

(噂のせいで、親子の諍いの裁定なら、麻之助に頼むのがいいと思われそうだ。清十郎ったら、そんなとんでもない事、言ってたよね)

麻之助が顔を強《こわ》ばらせている間に、町年寄が、恐ろしき騒ぎを話していった。

「羽奈屋には息子がいない。娘が二人いるので、遠縁の染物屋から姉娘に婿を迎えると、決まっていた」

しかし縫箔屋の夫婦は、妹娘、お春《はる》の方ばかり、かわいがっていた。お春は、雛人形のように、かわいかったのだ。

「このお春を、親は贔屓《ひいき》して叱らない。その為か、お春は姉に遠慮がなく、日頃から、やたらと姉のものを欲しがっているとか」

そして今回は何と、次の羽奈屋になると決まっている、姉お秋《あき》の許婚《いいなずけ》を、自分の婿にと言い出したのだ。麻之助が呆然とした。

「つまり店も婿も、姉から奪うと、妹が言ったんですか」

お秋の婚礼話は、もう世間も知っている。馬鹿は止せと、親戚達はお春を窘《たしな》めた。

「ところが、お春がそりゃ綺麗なんで、何と婿が、嫁の差し替えを承知しちまってね。すると妹に甘い親まで、仕方が無いと言い出したんだ」

ここまでくるとお秋に、婿と添いたい気持ちが、無くなったらしい。あっさり身を引き、何と縫箔屋は、妹が跡を取る事になった。

すると、若い娘二人が関わった話は、よみうりになって世間に広まり、親戚の、元御殿女中お美代にまで伝わった。

元御殿女中は静かに暮らしていたが、今回ばかりは、身内の、姉娘の扱いに腹を立てた。よって、そんな店からは早く出たかろうと、姉娘へ縁談の世話をしたのだ。

「妹贔屓の親が、持参金を付けなくても困らないよう、お美代様は考えたんだな。それで道具などはお美代様が用意することにし、稼ぎが良い大工との話を、勧めたそうだ」

支配町の内にある縫箔屋の騒動に、元御殿女中が絡んだのだ。事を聞いた町名主は、どうなることかと胃の腑を痛めた。だが、大工とお秋の話はあっさりまとまり、周りの皆は、ほっとしたのだ。

「おや、何とかなりましたか。あのぉ、その件がこの後、皆さんが悩むような、厄介事に化けたんですか?」

麻之助が首を傾げると、金吾は深く頷き、小声で、おなごは怖いと言ったのだ。

「姉娘の相手は、元御殿女中が、わざわざ人に頼んで見つけた男だ。すらりと背が高くて、鯔背《いなせ》で、いい男だった」

もちろん大工は、縁談が決まった後、縫箔屋へ挨拶に行った。すると、その時から妹娘が、やたらと大工を気にし始めたらしい。

「おやおや」

麻之助が、両の眉尻を下げる。

もっとも染物屋の次男坊と違って、大工は婿入りしなくとも、自分の腕一本で食っていける。それに妹が、姉の許婚を取り上げた話を聞いていたようで、利口にも、妹にはなびかなかった。ところが、それでも騒ぎは起きた。妹娘に泣きつかれ、わざわざ騒ぎを引き起こしたのは、親であった。

「二親は、よっぽど妹娘を甘やかすことに、慣れてたんだな。姉娘と染物屋を呼ぶと、姉妹の縁談を、元に戻すと話したんだ。妹は、大工の嫁の方が向いてると言ってな」

「えっ？　そんな勝手、姉や染物屋は、承知したのかしらん？」

突拍子もない話に、麻之助が目を丸くしていると、その後の事情を語る町年寄の声が、低くなってゆく。

「まず、嫁が変わるような縁談から、大工が逃げた」

次に染物屋も、縁談を引っこめた。染物屋に相談も無く、また嫁を変えたからららしい。

「そしてだ。お美代様が町名主ではなく、この町年寄を、屋敷へ呼びつけた。まあ、実際呼ばれて行ったのは、俊之助だがな」

元御殿女中が整えた縁談の嫁御を、縫箔屋は勝手に差し替えた。親戚とはいえ、お女中の承諾も得ず、やっていい話ではなかったのだ。

「縫箔屋は、どういうつもりで勝手をしたのかと問われ、俊之助は大いに困ったんだ。今も困っている」

お美代からは、この件、どういう形で終わらせる気かと、問われているのだ。

「町年寄の名で、返事をしなくてはならない」

その上、他にも悩み事が出てきた。よみうりに書き立てられた羽奈屋が、評判を落としているのだ。

「この上、お美代様の口から、縫箔屋への不満が語られたら、まずい。刺繡入りの着物を着るような方々の間で、縫箔屋羽奈屋の品が、厭われてしまいかねない」

華やかな商いというのは、悪い評判に弱かった。支配町のお店が危うくなると、町名主が既に、頭を抱えているという。

羽奈屋では、多くの職人達が働いているのだ。店が傾くと、その者達の暮らしが成り立たなくなる。麻之助が眉尻を下げた。

「縫箔屋は蕎麦屋のように、どこにでもある店じゃ、ないですからねえ」

職人達は、店を移る事が難しいのだ。気がつけば親の贔屓が、日本橋辺りをひっくり返すような、大事を引き起こしていた。

「分かってくれたようで、嬉しいよ。麻之助さん、だからね」

ここで町年寄が、優しげな目を向けてきた。それが恐ろしいものに思えて、何故だか、部屋から逃げだしたくなる。

（でも、どこへ逃げるっていうんだ？　家へ逃げ帰ったって、おとっつぁんから叱られるだけだし）

眼前の怖い目は、何処《どこ》までも追ってくるに違いない。麻之助がそう考え震えた時、江戸の町人で、一番偉い町年寄の一人、樽屋が先を語った。

「麻之助さん、親子の諍いの裁定なら、お前さんに頼むのがいいと、噂になってるそうじゃないか」

ならば今回の厄介な話も、麻之助に頼むしかない。樽屋達はそう思い定めて、麻之助を屋敷へ呼んだというのだ。

「おや、親子の諍いに強いって話は、ただの噂だっていうのかい？　そうかも知れないね。けどさ、そこを気にしても、仕方がないじゃないか」

親子の諍いに強い町名主など、江戸に居なかろうと、樽屋はあっさり言う。

「つまりだ、噂はただの噂と承知で、今回の件は、麻之助さんに任せようって話になったんだ。だから、引き受けておくれ」

「そんな、無理ですよぅ」

「縫箔屋の揉め事を、どういう形で終わらせるか。お美代様が納得する答えを探しだし、この樽屋へ報告しておくれ」

高橋家の支配町内の事ではないから、余分な仕事を任されたと、腹が立つかも知れない。だが。

「怒るなら、麻之助さんの名を噂に流した、誰かに怒ってくれ」

そう言われても、そんな相手が見つかる当てなどなく、麻之助は泣きそうな顔になった。

ただ、偉い町年寄から頼まれ事をした場合、町名主は断れない。その事だけは、嫌と言うほど分かっていた。

五

本当に困ってしまった時、頼れる相手は限られる。麻之助は町年寄の屋敷から出た後、とぼとぼと歩いて、まずは奉行所にいる友、吉五郎《きちごろう》を訪ねた。

もっとも昼の日中から、仕事中の吟味《ぎんみ》方与力《かたよりき》見習いを、呼び出す訳にもいかない。麻之助は近くの茶屋で急ぎ文をしたためると、顔なじみの中間《ちゅうげん》を探し、友へ渡して貰う事にした。

それから、悪友清十郎の屋敷へ足を向けたが、途中、年配の友にも知らせを入れておかないと、悲しい顔をすると気がついた。よって道端で、また文を書くと、堀川をゆく船頭に小遣いを添え、それを託す。

それから重い足取りで、町名主の八木家へ行き着くと、何と高利貸しの友丸三《まるさん》の方が、麻之助よりも先に、清十郎の部屋に顔を出していた。

「麻之助さん、何と、御殿女中だった方と揉めたんですって？」

短い手紙が誤解を生んだようで、丸三が、とんでもない事を言ってくる。麻之助は慌てて違うと言い、清十郎の傍らに座ると、事情を告げた。すると友二人は、更に顔を強ばらせる事になってしまった。

「町年寄様に、元御殿女中が絡んだ揉め事を、押っつけられたとは」

清十郎に、真顔で溜息をつかれた。そして友は、大奥のお女中も、御年寄という立場に出世すると、何と、江戸城に居る御老中並の力があるようだと、噂を口にしてきた。

「麻之助、親になった途端、背負い込む厄介事が、強烈になってないかい？」

「元御殿女中が関わってきたのは、お女中が町人の出だからだよ。仲人をしてくれた俊之助さんの、お兄さんの知り合いらしい」

「世の中、どこでどういうお人と繋がるか、分かりませんねえ」

思わぬ縁を聞いて、丸三が感心したように言う。するとその話に、渋い声が割って入った。

「麻之助、暢気《のんき》に話している場合じゃなかろう。文を読んで、父上までが溜息をついておられたぞ」

「吉五郎、早、来てくれたのか」

「父上が用を作って、奉行所から出して下さったのだ。この意味、分かるか？」

日本橋に屋敷を構え、隠居している元御殿女中、お美代の噂を、小十郎《こじゅうろう》は承知していた。何でも、今も大奥においでの方々から、大層慕われている、情の深いお方だという。

「今回は、情けない働きに終わると、本当に麻之助の立場が、危うくなるやも知れない。父上はそう言っておいでだ」

「えっ？　小十郎様ったら、怖い事を」

「赤子が生まれたばかりなのに、それでは哀れだ。だから、手を貸してこいと言われたのだ」

「えーっ、お美代ちゃんてば、そこまで偉いお人だったんだ」

「お美代ちゃん？」

友三人が目を見開いたので、少なくとも手習い所に行っていた頃、お女中は〝お美代ちゃん〟と呼ばれていた事を告げる。少し、八木家にいる面々の様子が和らいだ。

「おや、よくある呼び名を聞くと、気持ちが和らいで、何とかなりそうな気がしますね」

丸三が笑い、まずは紙に、問題を書き出してみようと言いだした。自分の質屋へ難題が舞い込んだら、そうすると言う。そして、その書き付けを見つつ、どういう手が打てそうか、考えていくわけだ。

「分かった。やってみる」

ただ。向かいに座った吉五郎が、困った顔でつぶやく。揉め事の元は縁談であり、問題を引き起こしたのは、親子の情であった。

「奉行所吟味方のお裁きのように、決まりに沿って断じるなど、出来ぬ話だろう？　どうする気だ？」

「まだ、さっぱり分からないよ」

麻之助は、清十郎の墨や紙を使って、起きた事を綴った。
一、縫箔屋羽奈屋夫婦は、姉妹二人の内、妹娘を贔屓している。
二、妹娘お春は、姉、お秋のものを欲しがる。先には姉の縁談相手、染物屋の次男との縁談を、己のものにと望んだ。次男も承知し、店は妹が継ぐという話になった。
三、御殿女中だったお美代様が、縁談を失ったお秋へ、良縁を紹介した。しかし縫箔屋は勝手に、相手の大工と妹を添わせようとした。
四、大工と染物屋の次男が、羽奈屋との縁談から逃げだした。
五、元御殿女中のお美代様が怒る。このままだと悪い噂が広がり、縫箔屋羽奈屋が潰れかねない。
六、麻之助が事の始末を、町年寄から言いつけられる。
七、縫箔屋だけでなく、麻之助の身も危うい。麻之助が可哀想だ。とっても哀れだ。
清十郎の目が、三角になった。

「麻之助さぁ、最後の一文は余分だ。吉五郎が心配する程の、難しい一件を押っつけられたんだ。ぴしりとしな！」

麻之助は文机《ふづくえ》の前で、仕方なく背筋を伸ばした。そして書き付けを畳に並べ、これからどういう手を打っていくべきか、皆で目を見交わす。清十郎がつぶやいた。

「真剣勝負が始まったな。さて、どう動いたら事が片付くかね」

まずは、麻之助が口を開く。

「一番簡単な片付け方は、妹ばかり贔屓するなと、縫箔屋羽奈屋の主夫婦を叱る事だと思うんだ。二人が改心し、姉娘に詫びを入れてくれれば、直ぐに事が終わるよ」

その時、主夫婦が元御殿女中にも頭を下げてくれたら、更に良い。縁者の立場に甘え、縁談を勝手に動かした事を、謝ってもらうのだ。

ただ。丸三が途中で片手を上げ、麻之助の言葉を止めると、苦笑を浮かべた。

「羽奈屋さんは叱られても、反省などしないんじゃないかな。この件の危うさが分かる御仁《ごじん》なら、お美代様が整えた縁談へ、勝手に口出しするなんて事、そもそも、やってないでしょう」

きっと羽奈屋にとって、お美代は今も親戚の女の子、お美代ちゃんのままなのだ。しかも嫁にも行かず、子も持たず、御殿勤めも止めたおなごだ。

「だから無礼も平気だと、思ってる気がします。お美代様に、頭なんか下げないと思うんですよ。羽奈屋が、己の方が上だと考えてても、驚かないですね」

丸三の言葉に、吉五郎がうめく。

「ううむ、町年寄では片付けられず、麻之助へ回ってきた件は、さすがに難物だな」

吉五郎がここで、男の親戚から羽奈屋へ、強く言ってもらうのはどうかと口にした。並のやり方だが、元御殿女中と揉める事を、身内は望まないだろうと言う。

だが麻之助は、首を横に振った。

「親戚はこれまでも、お秋さんの扱いなどで、羽奈屋へ文句を言ってる。けどさ、暖簾《のれん》に腕押しなんだよね。羽奈屋さんは、縁者の言う事など聞かなかった。つまりこれからも、聞かないと思うんだ」

唯一、素直に話を聞く相手が、妹娘のお春のみだから、厄介な事になっているわけだ。

「まずいねえ。どうすれば、親は姉娘の事も、考えるようになるのかな」

麻之助は口を尖らせ、目をつぶって考える。すると清十郎が、麻之助では思いつけずにいた案を、出してきた。

「染物屋を説得するのはどうだ？　妹娘お春と、染物屋次男との縁談を、何より先に、まとめてしまうんだよ」

姉娘のお秋は、染物屋の次男との縁を、既に望んではいない。ならばこの縁談がまとまっても、大丈夫であった。

「染物屋の次男と婚礼を挙げれば、お春さんは、羽奈屋の若おかみとなるんだ。お秋さんの縁談を、邪魔しなくなるさ」

その内、子も生まれるだろう。姉にばかり関わっている事は、出来なくなる筈だ。

「そうなればお秋さんは、心穏やかに過ごせるじゃないか」

「おや、そうきたか。清十郎、面白い手だな」

吉五郎が、良き案かも知れないと言ってから、四人が顔を見合わせる。吉五郎が、この後、どう動くかを決めた。

「まず麻之助は、妹娘ばかり贔屓する、縫箔屋羽奈屋の主夫婦を叱ってこい。町名主の一人として、町年寄にまで迷惑が掛かっている事を言い、二人を改心させるんだ！」

上手くいく望みは薄いが、これは、やっておかねばならない事であった。そして。

「清十郎、お前さんは今話したように、染物屋の次男と、妹娘の縁をまとめてみてくれ」

麻之助には、経験豊富な丸三が付き添う事になった。門前払いを避ける為、奉行所の与力見習い吉五郎が、清十郎と共に行く。

二組は揉め事が、早々に片付くことを願いつつ、八木家の屋敷から出て行った。

六

麻之助達は、早々に、八木家へ戻る事になった。するとだ。清十郎の部屋には、既に悪友二人が、顔を揃えていたのだ。

「ありゃ、そっちも、事が上手く進んだようには思えないね」

正直に友へ言うと、ご同様かと言葉を返された。麻之助は苦笑を浮かべ、羽奈屋で酷い扱いをされたと、正直に伝えたのだ。

金と悪名に守られ、いつもならば丁重に扱われる丸三は、羽奈屋から思い切り見下され、熱い鉄瓶のようにたぎっていた。

「あの縫箔屋っ。並の町人には客などいないと心得てて、態度が大きいんですよっ」

麻之助達が訪ねてゆくと、お秋の件と聞いた途端、羽奈屋は、帰ってくれと言った。麻之助は支配町の町名主ではないし、悪名高き高利貸しにする話など、無いと言う。

羽奈屋の縁談が元で、町年寄に迷惑が掛かっている。その件で、麻之助が来たと告げたのだが、それなら町年寄自身が、羽奈屋へ来るべきと返された。

「うわっ、江戸に三人しか居ない町年寄を、呼びつける気なのか」

この話には魂消て、清十郎、吉五郎が目を見開く。麻之助は苦笑し、羽奈屋が本気で、町年寄を呼びつける気ではなかろうと言った。だが並の商人ならば、そもそも口にする言葉ではないのだ。

「娘さんの扱いといい、羽奈屋さんは、少々変わった性分のお人みたいだね。たまにいるけど、ああいう御仁は、自分が変わってるなんて、思ってなさそうだ」

お春が、とんでもない振る舞いをするのも、親似だからか。もしかすると、己の行いが姉とは違うと感じ、お春には不安も、焦りも、怒りさえ、生まれているのかも知れなかった。

「ただお春さんは、それを分かっていても、また何かやらかしそうだけど。とにかく私と丸三さんは、説得どころか、羽奈屋さんと話をすることすら無理だった」

言い訳も出来ない、見事な敗戦であった。

「仕方なく、そのまま帰ってきました」

麻之助達がうなだれると、今度は吉五郎が、溜息を漏らしてくる。やはり友二人の戦果も、華々しいものではないのだ。

「おれと清十郎は染物屋へ行くと、用向きを告げ、店奥へ通された。主と次男も現れ、きちんと挨拶をしてくれたのだ」

ただそこからが、思いの外《ほか》であったという。

「魂消た。何と染物屋の次男は、破談の後、早々に次の縁をまとめていたんだ」

「は？　もう、嫁御を決めてたの？」

羽奈屋の騒動に巻き込まれるのは嫌なので、大急ぎで次男の縁をまとめた。二人は染物屋から、きっぱりそう言われたという。

「だから今後、羽奈屋がらみの話は、持ち込まないで欲しい。そうも願われたよ」

親戚だが、縁は切ったと染物屋は言い、更に一言付け足してきた。

「正直に申しますと、羽奈屋さんは小さい頃から、変わり者でして。ただ、高直な刺繍などを扱う商売は、お客様も馴染みが多い。納める品物は確かだったので、今まで、大過なくやってこられたのでしょう」

しかし、同じく変わり者のお春に跡を取らせるなら、そろそろ店が危ういと、染物屋は言い切った。

「うちの息子は一時、綺麗なお春さんに迷いました。だから、拳固を食らわせましたよ。お店の主になる者は、嫁を、顔で決めてはいけませんからね」

今回縁を得た次男の相手は、平凡な見た目だが、しっかりとした性分で、跡取り娘だ。染物屋は、これで良かったと頷くと、吉五郎達に、お帰り下さいと言ったのだ。

「こちらは、それ以上何も言えなかった」

「あらま。もう染物屋さんに、何か頼む訳には、いかないみたいだね」

四人は仕方なく、他に打つ手があるか、考える事になった。そこに八木家の主《ぬし》、三毛猫のみけが顔を見せ、四人の丁度真ん中に座り込み、あくびをする。

猫に呆れられては悲しいと、丸三が、次の案を考えついてくれた。

「あのぉ、染物屋の次男さんとは、縁がなかった。ならば、お秋さんの縁談相手だった、大工さんに会ってはどうでしょう」

大工は、羽奈屋とお春から逃げたが、お秋と揉めた訳ではない。会って事情を話し、もう一度縁組みを考えてくれないか頼んでみたいと、丸三は言ったのだ。

「お秋さんが幸せになれれば、元御殿女中お美代様も、納得するかと思います」

「うん、確かに」

麻之助は頷いた後、ふと、ならば町年寄の手代である、俊之助の兄御と、一回会っておきたいと口にした。

元御殿女中殿の考えが、気になってきていた。俊之助の兄御ならば、お美代がどういう御仁か、知っているかも知れない。

「麻之助、何故知りたいんだ？」

吉五郎の問いに、素直に答えた。

「だってさ、元御殿女中お美代ちゃんは、御老中並の力を持つ御年寄になるまで、長く江戸城の奥に居たんだ」

となると、親戚とはいえ若いお秋と、御殿へ上がる前に、親しかったとは思えない。年の差を考えると、お秋は幼かったか、もしくは、生まれてもいなかった筈なのだ。

「おや、そういえば、そうだな」

親戚とは聞くが、お美代は縫箔屋羽奈屋の娘ではないし、お秋の母でも姉でもない。今回何故、お秋の事で怒ったのか、気になるのだ。

ここで清十郎が、ならば麻之助が、俊之助の兄御へ会いに行けと口にした。

「樽屋の手代の、縁者の所へ行くんだ。お武家の吉五郎が、付いていってくれ」

「承知した」

「ならば、あたしと清十郎さんは、大工を訪ねるわけですね」

今度こそ良き答えを得たい。丸三の言葉に、残りの三人が頷いた。そして今から人を訪ねるとしたら、帰りは遅くなるゆえ、次に集まるのは明日にしようと話をまとめた。

七

翌日、麻之助は一人で町名主八木家の屋敷へ顔を出し、清十郎、丸三と話をした。

吉五郎は、二日続けて奉行所を留守には出来ず、今日は、与力見習いの仕事に向かったのだ。

麻之助が笑う。

「奉行所は、何時《いつ》だって人手が足りないから。仕方が無いわな」

何しろ、五十万も暮らしている町人達の訴えを、南北の奉行所がさばいているのだ。こなしきれないから、金絡みの揉め事などは、己達で何とかするか、町名主が間に入る事が多かった。

「吉五郎達、忙しすぎて、溜息をついているだろうね」

麻之助は小さく頷いてから、昨日、吉五郎と共に会った、俊之助の兄御の話を口にした。兄の俊五郎《しゅんごろう》は存外近くの日本橋で、葉茶屋を営んでいた。

「実は、この店へ奉公に来たのですが。そのまま、入り婿となりました」

一番上の兄は、親と一緒に医者をしているらしい。姉と妹もいると、俊五郎は笑った。

「お尋ねなのは、御殿女中になられたお美代さんの話ですか。あの方は少し、お気の毒でしたね」

「気の毒？」

最初の返事が意外なものだったので、麻之助と吉五郎が目を見合わせる。俊五郎は、お美代が下駄屋の娘であったと告げた。

「ある時、もらい火で店が焼けちまって。長男はもう、親を手伝ってた頃の事です。店も商品も全部、その火事でなくしました」

食うにも困って、お美代はまだ子供だったが、商売で縁のあった旗本へ奉公に出たのだ。

すると、お美代の器量が目立ったようで、旗本の養女になり、その後、江戸城へ入ったと知らされた。それきり、顔を見ることも無くなったのだ。

「その後、お美代さんの親は、確か本所《ほんじょ》で下駄屋を始めたと聞きました」

お美代が、一生奉公と言われる大奥へ入ったので、旗本から幾らか、下駄屋が受け取ったのではないか。親が、そう噂をしていた。

「手前が知ってるのは、それくらいです。少し前、お美代さんが日本橋に戻ってきたと、噂で聞きました。町が変わっていて、驚いたろうと思います」

並の暮らしを送る筈が、出世をして喜んだのか、それとも大奥に押し込められ、嘆いたのかは分からない。ただ、もらい火の為に、お美代の一生が変わってしまった事だけは確かだと、俊五郎は口にした。

「下駄屋の親戚の縫箔屋？　いや、知らないですね。会った事はないです。お秋さんという名も、知りません。お秋さん、若いんですか。なら親戚と言っても、お美代さん、知らないんじゃないかな？」

俊五郎から聞いた話は、それ位であった。そして麻之助は帰り道、思いついて、吉五郎へ語った事があった。

「お美代ちゃんの里方、下駄屋は、本所に店を出したんだ。もし親御が亡くなっていても、親戚の近くに住むという手はあったろう。けどお美代ちゃん、昔住んでいた日本橋に戻ったんだね」

ひょっとしたら、兄すらもう故人となり、今の下駄屋の親戚には、馴染みがないのかも知れない。大奥勤めだと、好きに表へ出掛ける訳にもいかない。今まで親戚達との付き合いが、濃かったとは思えなかった。

「私と吉五郎の調べは、こんなものだった」

で、そちらはどうだったかと、麻之助が清十郎と丸三へ問う。二人は顔を見合わせ、大工の事を語り出した。

「お秋さんの元許婚、大工には会えたよ。うん、普請場《ふしんば》にいたんだ。噂通り、良き見た目の兄さんだった」

ただ、お秋との縁談について話したいと、年輩の丸三から告げた所、大工は直ぐに、首を横に振ったのだ。

「おれが、縁談から逃げたと言われてる事は、承知だ。けれどね、逃げちゃいないんだよ」

縁談が揉めて、奇妙な事になってきた時、大工は腹を決め、お秋に言ったという。

「親や妹が重いなら、一緒になった後、二人で、上方へ行かないかって聞いたんだ」

「お、おや」

清十郎も丸三も、目を見開いたという。お秋は、大工の男気に感謝をしてくれた。だが、それでは大工の一生を変えてしまうからと、話を受けなかったと言う。

「おれが、とても良い人だから、江戸で、幸せになって欲しいと言われたよ。うん、お秋さんは、優しい娘さんだ」

互いに嫌ってはいないが、お秋と大工は、もう縁談を終えてしまっていたのだ。こうなると、他人が口を挟む事ではなかった。

麻之助が、清十郎の部屋でうめく。

「うわぁ、どうしてこう、どの思いつきも、上手くいかないのかなぁ」

それでも、縫箔屋の件を放り出すことも出来ず、麻之助は友二人と、必死に次の策を考えた。するると悩んでいる時、清十郎の妻、お安が部屋へ現れ、一つ考えを聞かせてくれた。

「お秋さんに、別の、新しい縁談をお世話してはどうでしょう。仲人さんは多いです。一人に断られたからって、諦める事はありません」

「おお、その手がありましたか」

ただお安は、急ぎの仕事が来たからと、清十郎を、町名主の仕事へ向かわせた。仕方ないと、丸三と二人、八木家を出て、顔見知りの仲人の所へ行く事になった。

ところが。ここで麻之助達は、また躓《つまず》いてしまったのだ。

「縫箔屋羽奈屋のお秋さん！　知ってますよ。良い娘さんだって事は、承知しております。跡取り娘さんじゃなかったら縁談を世話したいと、以前から思ってましたので」

ただ、それは前の話だと仲人は言った。

「羽奈屋さんには、変わった親御さんと、大いに変わった妹娘さんが、おられると分かったんで。今からお秋さんに縁談を世話するのは、難しいですよ」

「えっ、そうなんですか？」

「もう仲人の間に、噂が回ってます」

仕方なく、一旦屋敷へ帰って、仕切り直しをする事になった。麻之助が父の宗右衛門に、これまでの経緯を話すと、深い溜息が返ってきた。

「それでも、町年寄様から、言いつかった仕事だからね。麻之助、羊羹でも買ってくるから、それを食べて頑張りなさい」

「羊羹が、効くといいですね」

麻之助は、か細い声を出す事になった。

ところがだ。翌日、更に恐ろしい一報が、文となって高橋家へ舞い込んだ。宗右衛門の前で文を開くと、丸三からで、養い子万吉《まんきち》が熱を出し、お虎《とら》に風邪が移ったので、看病で表へ出られなくなったと言ってきた。

「丸三さん、そりゃ仕方のない話で」

しかし、知らせはそれだけでなく、丸三は文に、恐ろしい事を付け足していた。

「縫箔屋羽奈屋が、贔屓のお客と揉めているらしいよ。娘二人の噂を聞いて、説教してきたお客と、言い合いになったんだってさ」

噂が広がって、店が傾かねば良いがと、丸三は書いている。麻之助はいよいよ、事が切羽詰まってきたのを知った。

「羽奈屋さんが潰れたら、どうなるんだろ」

親はまず、お春の身を案じるだろう。お秋はまた、ぞんざいに扱われ、それを知ったお美代が、怒りを募らせる筈だ。

すると、事は麻之助に任せたのに、何で大事になったのかと、町年寄樽屋が怒る。

次に町年寄の手代で、麻之助の仲人俊之助は、頭を抱えるだろう。

手代は、町名主達と会う事も多い。だから俊之助が困ると、その内、江戸中の町名主が、麻之助が頼まれ事をしくじったと知る事になる。この後祭りなどで、高橋家が町名主達と動くとき、立場が弱くなりそうであった。

（い、いや、違う。高橋家の事ばかり、考えてちゃ駄目だ）

羽奈屋が潰れたら、一番困るのはお秋であった。元々立場の弱い娘は、明日、どうなるかも、分からなくなりそうだ。

麻之助はこの時本気で、目の前が揺らぐのを感じた。一寸《ちょっと》、足下がふらついたのだ。

「あ、もしかしたら羽奈屋さんの件は、もう、どうにもならないのかな。この話、おしまいか」

宗右衛門が側から、必死に声を掛けてくるのが分かった。珍しくも親は、事を軽く言い、慰めるような話ばかりしてくる。

「麻之助、気をしっかり持ちなさい。大丈夫だよ。羽奈屋さんが潰れたって、お秋さんが無事なら、何とかなるさ」

いざとなればお美代のように、武家奉公に出る手もあると、親は言い出したのだ。

「おとっつぁん、妙な噂を背負った親を持つと、武家奉公は難しいですよ」

「なら……そうだね、お秋さんは、何かの師匠になったらどうかな。茶道とか、お花とか、お琴とか」

「お秋さんは、芸事が得意なんですか？」

「それは、分からないが」

「江戸には、芸者や芸人上がりの、芸事が得意な者が大勢いるんですよ」

遊芸の師匠になると言っても、簡単ではない。すると宗右衛門が、更に思いつきを重ねた。

「そうだ、元御殿女中お美代様の、お世話をするのはどうだろう。親戚だしね」

「お美代ちゃんのお宅では、もう小女《こおんな》くらい、置いていると思いますが」

そう言った時、麻之助は大きくふらつき、畳の上へひっくり返ってしまった。

立てないでいると、宗右衛門が大きな声を上げた。じき、お和歌や母の、自分を案じる声が聞こえてくる。その内、麻之助は何故だか布団に埋もれていった。

ほっとしたら、大分楽になってきた。しばらくすると、暗かった目の前が、少し明るくなった気がした。

するとようよう、考えが巡るようになり、明るい事も、思い付くようになった。

八

情けなくも部屋で転んだ麻之助は、翌日には起き上がり、大丈夫だと言い張って出掛けた。行き先は、俊五郎から教えてもらっていた、元御殿女中お美代の屋敷であった。

さすがに、道幅の広い表通りではないが、屋敷は堀近く、舟で出かけるのに、便利な場所に建っている。麻之助が玄関から声を掛けると、奥から小女が顔を見せ、余裕のある暮らしぶりがうかがえた。

奥の間に現れてきたお美代は、元御殿女中らしからぬ薄化粧で、歳が分かりづらい器量好しであった。

「町年寄樽屋さんの、ご紹介とか。町名主の、高橋麻之助さんですか」

麻之助が、樽屋から難題を言いつけられたと知ると、お美代は声を殺して笑った。

「縫箔屋羽奈屋の件で、私が納得する答えを探す事になったのは、麻之助さんでしたか。手代の、俊之助さんがなさると思ってました」

「縫箔屋の揉め事を終わらせ、樽屋へ報告するよう、私が言いつかってます」

ただ麻之助は昨日まで、失敗を繰り返していた。そもそも人の情というものは、町役人の意向で、変わったりしなかったからだ。

「大いに困りました。困り切っておりました」

このままでは、町年寄にうんざりされ、仲人の俊之助に頭を抱えられ、何よりお美代が承知しないと思われた。そしてお美代が納得せねば、今回の件は終わらない。

「いつまで羽奈屋の件を背負うのかと、不安になりました。私はのぼせてひっくり返り、家の者を心配させちまいました」

「あら、大変」

麻之助はここで、お美代を見つめた。

「その時私は、布団の中で気がついたんです。今回の件、羽奈屋さんの揉め事に見えます。でも実は、羽奈屋さんは、大して関係ないのではないかと」

羽奈屋がお春を贔屓にし、それをお美代が厭うたから、事が揉めたのだ。つまり。

「大事なのは羽奈屋さんでも、お春さんでも、お秋さんでも無かった。実はお美代様が一番の、鍵だったのではと思い至りました」

「あら、私が揉め事の大本なの？」

では、その大本とは何だったのか。

「多分、江戸城大奥へ入られる前、お美代様に、何かがあったと考えております」

お秋の事を聞いて思い出し、胸を痛める元になった事だ。お美代はその件があったから、お秋を心配する事になったのだろう。それが何なのか分からないと、麻之助は引き受けた件を、終わらせる事が出来ないのだ。

「以前、何があったのでしょうか？」

いつもの麻之助からは考えられない、丁寧な言葉が続いた。そしてまたじっと、お美代を見つめる。

するとお美代が、一寸笑うような顔になった。そしてその後、静かに答えた。

「麻之助さん、何もなかったのよ」

本当に。お美代はそう言い切った。


「私の、考え違いだと言われますか」

麻之助が、両の眉尻を下げる。するとお美代は、その問いにも首を横に振った。

「何もなかったのは本当なの。そしてね、私はその事が、それは酷く、辛かった」

「はて？」

首を傾げると、簡単な話だと、お美代は続ける。

「家が焼けた。貧しくなって、子を奉公に出すのは分かるわ。けれど娘を旗本へやって、大奥へ一生奉公にやるのは、意味が違った」

親とも、家の皆とも、友とも、もう二度と会えなくても、不思議ではない奉公だった。だが、焼け出されたお美代の親達は、娘を差し出せば店をまた持てると、それは喜んでいたのだ。

「気がついた時、もう私は、お旗本のところへ行くと決まってた。その後、大奥へ上がるからと、色々習う毎日が始まったの」

誰もお美代へ、養女に出してもいいかと、聞いてはくれなかった。このままでは子も、亭主も持てないだろうが、その覚悟はあるかと、問われる事もなかった。何もなかった。

「そのまま、皆の都合の良いように、いつの間にか事が進んでいたの。私一人に全てを押しつけ、家の皆は、新しい暮らしに向かっていく。それが分かって、酷く辛かったわ」

だからお美代は、下駄屋の親戚達がいる町で、隠居をしなかった。だがそれでも、お秋の雑な扱いが耳に届くと、お美代の心は騒いだ。子の一人と上手くやれない親は、今も、江戸にいたのだ。

ここまで話した後、お美代はふっと息を吐き、麻之助を見てきた。

「そうね……話してみて、分かった気がするわ。私は羽奈屋の騒ぎで、お秋さんの心配をしていたんじゃないのね。自分の若い頃を思い出して、苦しくなってたんだわ」

お秋の件は、戻った日本橋で一人、老いて行く己を、思い起こさせたわけだ。

「おなご一人で、困らず生きていける暮らしが、手に入っている。なのに、それを感謝もせず、羽奈屋を何とかしろと、町年寄へ文句を言ったの。私も大概《たいがい》、嫌なおなごになったものだわ」

大奥にいた頃は慈悲があり、頼れると言われていたのに。お美代はまた、溜息を漏らした後、麻之助へ静かに言った。

「麻之助さんは、どちらの町名主なのかしら。ああ、神田の界隈に、支配町が散ってるのね。日本橋の町名主でもないのに、手を掛けさせてしまったわ」

昔の事を厭うても、お美代の今が変わる訳ではない。そろそろ恨みを思い返すのは止めて、町年寄へ、今回の件の終わりを告げねばならないと、お美代は口にした。

「それで麻之助さんの頼まれごとも、終わるかしら」

麻之助はゆっくり頷いた。ただ、その後お美代へ、言葉を続けもした。

「あのぉ、お美代様は今、ご自分なりに、区切りを付けたのでしょうか。なら、そろそろ次へ、踏み出してはどうかと思うんですが」

「次に踏み出すとは？　私は生まれた町に、落ち着いた所よ」

「大奥で出世を重ねた方は、土地や屋敷を持ち、地代などを得ておいでだと聞いてます」

隠居した後も、頂ける手当は多く、暮らしは安泰なのだ。

「噂では、そういうお女中は跡取りを貰い、一家を構えるとか。そして、心安らかな日々を過ごしていると聞きます」

ならばだ。

「お美代様も、養子を迎えられてはどうでしょうか。多くの元御殿女中の方々が、その道を選ばれているのですから」

「養子ねえ。今更、知らない人と暮らすのは、難儀かもしれないわ」

お美代の心は動いていないようだったが、それを承知で、麻之助は言葉を続ける。

「例えば、お秋さんはいかがです？　親戚と聞きました」

同じ屋根の下で、ただ毎日、話などをして過ごすのが大変ならば、一緒に目指すものを持てばいい。麻之助の父など、芸事を教えるのが良かろうと、勝手を言っていた。

「その為には、まずはお秋さんを、お美代様が鍛えねばなりません」

お琴や茶道、華道など色々あるが、お美代が得意なものにすればいい。もし、一つの芸事に絞れなければ、武家奉公へ行く為の、心得を教えるのも良いと言ってみる。

娘御達とて、いきなり武家の屋敷へ放り込まれるのは不安だろう。奉公へ出る前に、お武家の暮らしを、お美代から教わっておくのだ。

「あら、そういう事なら、私でも教えられそうだわ。そうね、町家で暮らしてきたお秋さんがうちに来て、手伝ってくれるなら、二人で教えていけるかも」

お美代は裕福で、弟子が払う束脩《そくしゅう》を当てにしなくとも、暮らしていける。これは、ありがたい立場であった。

お美代が興味を持った所で、麻之助はもう一つ思いついた。風邪が治ったら、芸事が得意な丸三の相手、お虎に、弟子の集め方を聞いたらいいと考えたのだ。お虎はさっぱりした性分だから、お美代と合いそうだと思う。

「お虎さん？　まあ、是非引き合わせて頂きたいお人ですわ」

気がついたら、麻之助とお美代が話すことは、お秋や、お虎や、習い事の事ばかりになってゆく。お美代が早々に、昔のことを語らなくなったのを知り、麻之助はそっと息を吐いた。

（ああ、やっとこれから、もういない親の思い出が、昔の事になっていくんだね）

お秋とて羽奈屋から出られれば、楽になるはずだ。お春にばかり目を向けた親の事を、怒りを隠さずお美代へ語れる日も、やがて来るかもしれない。

暮らしが落ちつけば、要らぬ噂も減ってゆく。いつかお秋も、亭主や子を得られる気がしてきた。養子になったお秋に子ができれば、お美代にも、孫と遊ぶ日が来るだろう。

（うむ、何とかなりそうじゃないか）

麻之助とお美代は、更に明日の事を語っていった。この分なら、帰りに町年寄の屋敷へ寄り、事の終わりを告げられるかなと言うと、お美代が笑っている。

（そうだね。子を贔屓する親は、この先も出てくるだろう。けど、何とかなる明日も、どこかに見つかるんだ、きっと）

そう思える事が、心底ありがたかった。

（赤子の宗吾のことは、ただただ可愛い。親子で揉める事があるなんて、考え付かないくらい、可愛い）

だから、娘達を区別した羽奈屋の気持ちは、麻之助には分からない。

（いつか分かる日が来るのか？　それとも……）

思いきり良き明日を引き寄せようと、麻之助とお美代は更に、思いついた夢を語っていった。

［初出一覧］

オール讀物

たのまれごと　二〇二一年六月号
こころのこり　二〇二一年九・十月合併号
よめごりょう　二〇二一年十二月号
麻之助走る　二〇二二年三・四月合併号
終わったこと　二〇二二年六月号
おやごころ　二〇二二年九・十月合併号

畠中 恵（はたけなか・めぐみ）
高知県生まれ、名古屋育ち。名古屋造形芸術短期大学卒。漫画家を経て、二〇〇一年『しゃばけ』で第十三回日本ファンタジーノベル大賞優秀賞を受賞してデビュー。「しゃばけ」シリーズは大ベストセラーになり、一六年には第一回吉川英治文庫賞を受賞した。他に、「若様組」シリーズ、「明治・妖モダン」シリーズ、「つくもがみ」シリーズ、『ちょちょら』『けさくしゃ』『うずら大名』『まことの華姫』『わが殿』『猫君』など著書多数。本作は、『まんまこと』『こいしり』『こいわすれ』『ときぐすり』『まったなし』『ひとめぼれ』『かわたれどき』『いわいごと』と続く「まんまこと」シリーズ（文藝春秋）の第九弾。

おやごころ

二〇二三年五月十日　第一刷発行

著　者　畠中《はたけなか》 恵《めぐみ》
発行者　花田朋子
発行所　株式会社 文藝春秋
〒一〇二－八〇〇八
東京都千代田区紀尾井町三－二三
電話　〇三－三二六五－一二一一
印刷所　凸版印刷
製本所　加藤製本
組　版　言語社

ISBN978-4-16-391694-1